선단기

선단기 1

초판 1쇄 인쇄일 2020년 09월 17일 ┃ **초판 1쇄 발행일** 2020년 09월 23일

지은이 조휘 ┃ **펴낸이** 곽동현 ┃ **담당편집 팀장** 이범수
편집부 정요한 최훈영 이현아

펴낸곳 (주)조은세상 ┃ 출판등록 제2002-23호
주소 경기도 연천군 미산면 청정로1355
TEL 02)587-2966 ┃ FAX 02)587-2922
E-mail bukdu@comics21c.co.kr

조휘ⓒ2020
ISBN 979-11-6591-273-4 ┃ ISBN 979-11-6591-272-7(set)
값 8,000원

선단기

1

조휘 신무협 장편소설

NEO ORIENTAL FANTASY STORY

조휘 대체 역사 장편소설

NEO ORIENTAL FANTASY STORY

CONTENTS

1장. 신비한 족자(簇子)

1장. 신비한 족자(簇子)

"야, 유건(劉乾)! 빨리 안 오고 뭐 해! 너 때문에 늦어지잖아!"

유건은 선생님이 부르는 소리를 두 귀로 똑똑히 들었다. 그러나 어쩐 일인지 그 자리에 못 박힌 것처럼 움직이지 못했다. 체험 학습차 찾은 박물관에서 유건의 시선을 강하게 잡아 끄는 그림을 발견했기 때문이었다. 문제의 그 그림은 고풍스러운 족자에 끼워져 전시실 한편에 쓸쓸히 걸려 있었다.

내용은 별거 없었다. 등을 반대편으로 돌리고 절벽에 웅크리고 앉은 거대한 백호 한 마리가 밤하늘의 보름달을 고요한 시선으로 올려다보는 모습을 묘사한 산수화(山水畵)였다.

유건은 시선을 내려 족자에 적힌 설명을 읽어 보았다.

[백호좌애간월도(白虎坐崖看月圖)]
[작자 미상, 연대 미상.]

유건은 홀린 사람처럼 족자의 그림을 다시 응시했다. 흔히 보는 그림이었다. 필치나 화풍 역시 특별하지 않았다. 다만, 그림 속 백호와 그 주변 풍경이 사진처럼 생생하단 점은 사람의 이목을 충분히 끌 법했다. 마치 손을 뻗어 그림 속의 백호를 쓰다듬으면 털의 촉감이 그대로 느껴질 듯했다.

한데 유건은 그 특별할 것 없는 그림에 완전히 매료당해 좀처럼 눈을 떼지 못했다. 마치 그림에서 눈을 떼면 불행한 일이 생길지 모른다는 알 수 없는 불안감마저 들 정도였다.

그때였다.

갑자기 머릿속에서 처음 들어 보는 여자의 목소리가 들려왔다.

[지금부터 모든 일을 본녀에게 맡기시고 공자(公子)님은 긴장을 푸세요. 알아요. 공자님에겐 이 모든 일이 혼란스러울 수밖에 없다는 사실을……. 하지만 이건 공자님에게 주어진 숙명과 같아요. 공자님은 피할 수도, 벗어날 수도 없어요.]

처음에는 산사(山寺)의 그윽한 풍경 소리처럼 조용히 스며들던 암시가 갑자기 강해졌다. 급기야 머릿속에서 범종이 울리듯 쾅쾅 폭발했다. 유건은 서 있는 일조차 쉽지 않았다.

이상한 일은 그뿐만이 아니었다.

유건은 누가 고문을 하기 위해 불에 달군 인두로 정수리를 마구 지지는 것처럼 머리가 타는 듯이 뜨거워져 기절하기 일보 직전이었다. 한데 그다음에 더 이상한 일이 벌어졌다.

달을 올려다보는 백호의 모습에서 어딘지 모르게 친숙하다는 느낌을 받은 것이다. 친한 친구를 오랜만에 다시 만나 반가운 느낌이었는데 유건은 도저히 이해가 가지 않았다.

선생님의 지시를 무시하는 유건을 보며 아이들이 웅성거릴 때였다. 결국, 참다못한 선생님이 화가 난 표정으로 유건 쪽으로 걸어갔다. 그러나 선생님은 유건을 혼내지 못했다.

그림 안에서 달을 바라보던 백호가 갑자기 살아 있는 것처럼 고개를 돌려 유건을 쳐다보았기 때문이었다. 흠칫 놀란 유건은 급히 뒷걸음질 쳤다. 그러나 그는 마치 거미줄에 걸린 잠자리처럼 그 자리에서 손가락 하나 까딱하지 못했다.

유건은 그저 잔뜩 겁에 질린 눈빛으로 그림 속에서 유령처럼 튀어나와 그를 향해 사납게 달려드는 백호를 지켜볼 따름이었다. 그때, 코앞까지 다가온 백호가 갑자기 커다란 입을 벌려 유건을 집어삼키려 들었다. 그야말로 눈 깜짝할 사이에 벌어진 일이라 장내에 있는 누구도 정확히 무슨 일이 일어나는 중인지 이해하지 못했다. 그때, 유건을 한입에 삼켜 버린 백호가 유유히 몸을 돌려 그림 속으로 사라졌다.

놀란 선생님과 아이들이 족자가 걸린 벽 쪽으로 달려갔을 때는 이미 유건도, 백호 그림이 걸린 족자도 사라진 후였다. 그저 조명을 받아 밝게 빛나는 흰 벽만 있을 따름이었다.

◆ ◈ ◆

백호에게 잡아먹혀 그림 속으로 빨려 들어간 유건은 하늘 과 땅이 수없이 뒤바뀌는 고통을 겪었다. 무채색에 가까운 그 공간에선 시간의 흐름을 알 수 없는 탓에 10분 같기도 하 고 100년 같기도 한 시간이 지났을 때였다. 지금까지 그가 경험한 고통의 거의 수십 배에 이르는 극통이 찾아왔다.

유건은 기절하고 싶었다. 기절은 고통을 견디는 가장 좋 은 방법이었다. 그러나 그는 기절하지 못했다. 족자 앞에서 그에게 이상한 암시를 걸던 여인의 목소리가 끊임없이 말을 걸어왔기 때문에 그는 고통 앞에서 도망칠 방법이 전혀 없었 다.

한데 어느 순간, 몸이 갑자기 한없이 무거워진단 느낌을 받았다. 수영장에서 신나게 놀다가 밖으로 나왔을 때와 비슷 했다.

뒤이어 빙글빙글 돌던 하늘과 땅이 제자리를 찾아간다는

느낌이 들기 무섭게 그를 괴롭히던 여인의 목소리가 종적을 감추며 팽팽하게 당겨져 있던 의식의 끈이 마침내 끊어졌다.

얼마 후, 의식을 다시 회복한 유건은 눈을 뜨고 하늘을 올려다보았다. 그는 지금 어떤 석실(石室) 중앙에 누워 있었다.

"여긴?"

유건은 벌떡 일어나 석실을 둘러보았다. 석실 벽에는 속이 들여다보이는 투명한 넝쿨이 자라 있었다. 또, 석실 북쪽에는 비취색 불상이, 동쪽에는 책이 가득 꽂힌 거대한 서가가, 서쪽에는 향로와 그릇 수백 개가 열을 맞춰 놓여 있었다.

마지막으로 석실 남쪽에는 출구로 보이는 노란색 문이 있었다. 유건은 우선 남쪽에 있는 노란색 문부터 조사해 보았다.

그러나 소득이 없었다. 문에는 손잡이나 경첩이 없었다. 심지어 문이라면 당연히 있어야 할 틈마저 없었다. 마치 석벽에 노란 칠을 해 둔 것 같았다. 유건은 하는 수 없이 침상 쪽으로 돌아와 그가 현재 처한 상황을 이해해 보려 애썼다.

한데 그때였다. 노란색 문이 스르륵 열리더니 습기가 가득한 뜨거운 바람이 석실 안을 휘몰아쳤다. 유건은 깜짝 놀라 문 쪽으로 고개를 홱 돌렸다. 그 순간, 그 앞에서 낯선 노인 하나가 유령처럼 솟아올랐다. 낯선 노인은 체구가 엄청나게 컸다. 그는 노인의 가슴께에도 미치지 못할 정도였다.

머리를 깨끗하게 민 노인은 하얗게 센 눈썹과 수염이 길게 뻗어 있어 무척 신비한 느낌을 주었다. 버드나무 가지처럼 가는 눈썹은 귓불에 닿을 정도였고 기름을 바른 것처럼 윤기가 자르르 흐르는 흰 수염은 거의 배꼽까지 뻗어 있었다.

유령처럼 나타난 낯선 노인은 승려임이 분명했다. 터럭한 올 보이지 않는 민머리에 선명히 찍힌 손톱만 한 계인 12개와 통나무처럼 굵은 손목에 찬 황금색 염주가 그 증거였다.

유건을 본 노승은 보기만 해도 긴장과 불안이 절로 사라지는 자애로운 미소를 지으며 두 손으로 정중히 합장했다. 합장을 마친 노승은 범종 같은 맑은 목소리로 나지막이 무언가를 암송한 다음, 유건을 바라보며 무언가를 질문했다.

유건은 노승의 말을 전혀 알아듣지 못했다. 그저 노승의 어조와 몸짓을 통해 그에게 무언가를 묻고 있음을 눈치 챘을 따름이었다. 유건은 노승에게 그가 현재 처한 상황을 솔직히 털어놓았다. 지금 이곳에서 그를 도와줄 수 있는 사람은 노승밖에 없었다. 이 모든 일을 꾸민 사람이 노승일지 모른다는 의심이 들긴 했지만, 지금은 다른 방법이 없었다.

그가 노승의 말을 알아듣지 못한 것처럼 노승 역시 유건의 말을 알아듣지 못했다. 노승의 인자한 얼굴에 당혹스러운 기색이 번져 갔다. 눈을 감고 손목에 찬 염주를 풀어 천천히 돌리던 노승은 해결 방법을 찾았는지 슬며시 미소를 지었다.

노승은 손바닥이 천장을 보도록 만든 상태에서 오른팔을

내밀며 고개를 끄덕였다. 마치 자기가 내민 손을 잡아 보란 의미 같았다. 잠시 고민하던 유건은 노승의 손바닥 위에 왼손을 살짝 올렸다. 그 순간, 노승의 손바닥에서 불광(佛光)처럼 보이는 장엄한 금빛 서광이 폭발하듯이 피어올랐다.

노승의 손바닥에서 피어오른 금빛 서광에 휩싸인 유건은 인두에 덴 것처럼 머릿속이 엄청나게 뜨거워져 땀을 비 오듯이 흘렸다. 당황한 유건은 노인의 손바닥에 올린 왼손을 급히 빼려 했다. 그러나 담담한 표정으로 미소를 지은 노승은 유건이 손을 빼기 전에 자신이 먼저 손을 놓았다.

유건은 노승을 경계하며 한 걸음 뒤로 물러섰다. 한데 그때 갑자기 머릿속에서 난생처음 보는 문자와 단어가 수만 개의 문장을 이루며 둥둥 떠다니기 시작했다. 심지어 처음 보는 문자와 단어임에도 읽거나 말하거나 이해하는 데 문제가 없었다.

그때, 노승이 자애로운 미소를 지으며 물었다.

"시주, 노납(老衲)이 하는 말을 이해할 수 있겠습니까?"

유건은 당황함을 감추며 최대한 침착한 목소리로 대답했다.

"예, 이해할 수 있습니다."

"언어 쪽의 비술(祕術)을 꽤 오랜만에 사용하는지라, 노납 역시 불안한 마음을 감출 길이 없었는데 참으로 다행입니다."

흐뭇한 표정을 지은 노승은 손바닥으로 허리춤에 찬 녹색 호리병을 건드렸다. 그 순간, 호리병 안에서 옥으로 만든 탁자와 의자가 튀어나와 두 사람 사이에 천천히 내려앉았다. 어찌나 자연스러운지 처음부터 그 자리에 있었던 것 같았다.

다시 녹색 호리병을 슬쩍 건드려 찻주전자와 찻잔 두 개를 꺼낸 노승은 노란빛이 도는 차를 찻잔 두 개에 나눠 따랐다. 유건은 의자에 앉아 노승의 행동을 조용히 지켜보았다.

차에 독이 없다는 사실을 알려 주려는 사람처럼 자기 앞에 놓인 찻잔의 차를 한 모금 음미한 노승이 유건에게 권했다.

"이 차는 영롱차(玲瓏茶)라 하는데 꾸준히 장복하면 몸에 있는 나쁜 기운을 제거하여 무병장수할 수 있게 도와주지요."

유건이 보기에 노승이 보인 마술 같은 실력을 생각하면 차를 마시고 죽든, 노승의 손에 죽든 크게 다를 게 없어 보였다.

유건은 속는 셈 치고 차를 마셔 보았다. 차를 마시는 순간, 정말로 아랫배 안쪽이 따듯해지며 심신이 편안해짐을 느꼈다.

유건은 찻잔을 내려놓으며 조심스레 물었다.

"이곳은 어디입니까?"

"남환산맥(南環山脈) 남쪽의 쌍주봉(雙柱峰)이지요."

유건은 노승과의 대화를 통해 놀라운 사실을 알아냈다.

이곳은 삼월천(三月天)이란 행성이었는데 삼월천은 다시 청사계(靑蛇界)라 불리는 행성계에 속해 있었다. 노승의 말이 모두 맞는다면 그는 지구, 아니 태양계를 벗어나 있었다.

유건은 도저히 믿어지지 않아 이곳이 청사계의 삼월천임을 알 수 있는 증거가 있는지 물었다. 그에게 지구와 태양계에 관해 몇 가지 질문한 노승은 그를 석실 밖으로 데려갔다.

마침 달이 뜬 한밤중이었는데 유건은 손에 잡힐 듯이 가까이 떠 있는 달을 보곤 다리가 후들거려 서 있기가 힘들었다.

그가 놀란 이유는 달이 가까이 떠 있어서가 아니었다. 밤하늘에 하나여야 하는 달이 무려 세 개나 있었기 때문이었다.

노승은 당황한 유건 옆에서 차분한 어조로 설명했다.

"청사계는 지구의 태양에 해당하는 오조룡성(五爪龍星)을 중심으로 이루어진 거대한 행성계지요. 낮에 보면 청사계의 태양을 오조룡성이라 부르는 이유를 쉽게 알 수 있답니다. 오조룡성 표면에 정체가 밝혀지지 않은 검은 강물이 흐르는데, 강물이 화염 속에서 폭발할 때마다 발톱이 다섯 개 달린 용이 포효하는 광경과 비슷하여 그런 이름이 붙었지요."

노승은 유건을 다시 석실로 데려가 많은 이야기를 해 주었다. 청사계에는 21개의 행성이 존재하는데 삼월천은 그중 오조룡성과 다섯 번째로 가까운 행성이었다. 또, 지금까지 밝혀진 바에 따르면 21개의 행성 중 생물이 거주할 수 있는 행성은 삼월천과 녹소천(綠沼天), 뇌봉천(雷鳳天) 세 개였다.

노승은 또 자신이 누구인지를 유건에게 알려 주었는데, 그는 헌월종(憲越宗) 개파조사(開派祖師)인 헌월선사(憲越禪師)였다.

헌월선사의 설명에 따르면 쌍주봉 북쪽에 있는 북주봉(北柱峯) 석실에서 수행하던 그는 갑자기 쌍주봉 상공에서 누군가가 떨어지는 소릴 들었다. 불문의 고승답게 자비심이 발동한 그는 바로 석실 밖으로 몸을 날려 땅에 거의 충돌하기 직전이던 소년을 구했는데 그 소년이 바로 유건이었다.

또, 구한 다음에는 그의 제자가 사용하던 남주봉(南柱峯) 석실로 그를 옮겨 놓고 깨어날 때를 기다리고 있었다고 하였다.

헌월선사는 유건을 훑어보며 감탄을 금치 못했다.

"시주의 상태가 좋지 않아 깨어나는 데 적어도 며칠은 걸릴 거라 예상했는데 이렇게 빨리 깨어난 것을 보면 시주의 자질이 대단하단 반증일 것입니다. 그런 자질로 선도(仙道)에 입문하면 대도를 이루는 것이 그리 어렵지 않을 테지요."

유건은 일어나서 정식으로 감사 인사를 올렸다.

"살려 주셔서 감사하다는 말씀부터 드려야겠습니다. 스님의 도움이 없었으면 저는 지금 이 자리에 있지 못했을 테니까요."

헌월선사가 정중하게 겸양했다.

"나무아미타불, 이 모두 부처님의 뜻이겠지요."

유건은 헌월선사에게 자신이 처한 현재 상황을 최대한 자세히 설명하며 돌아갈 방법이 있는지 간곡한 어조로 물었다.

한참을 숙고한 헌월선사가 한숨을 길게 내쉬었다.

"으음, 청사계가 속한 나려성운계(螺麗星雲界)에는 범인이 거주하는 10여 개의 계가 있습니다. 하지만 시주가 설명한 계와 일치하는 계는 없는 듯하군요. 아마 다른 계인 듯한데 청사계에서 다른 계로 넘어가려면 선도의 경지가 최소 비선(飛仙)은 넘어야 할 것입니다. 더욱이 시주가 말한 계가 다른 성운계라면 최소 산선(散仙)은 되어야 할 것입니다."

유건은 답답함을 감추지 못하며 물었다.

"스님께서 말씀하신 선도란 대체 무엇입니까?"

"선도는 간단히 말해 몸과 마음을 수양해 육신의 한계를 벗어나는 과정을 뜻합니다. 쉽게 말해 신선에 이르는 과정이지요."

"선도에 단계가 있습니까?"

"그렇습니다. 선도는 총 열두 개의 경지로 이루어져 있어 보통 선도십이경(仙道十二境)이라 하지요. 선도에 막 입문한 단계를 뜻하는 입선(入仙)부터 시작해 점차 경지를 높여나가면 마지막엔 천선(天仙)의 경지에 이르는데 천선 후기를 대성해 신겁(身劫)마저 마치면 천신(天神), 즉 신의 경지에 도달할 수 있습니다. 모든 수사의 꿈과 같은 경지지요."

유건은 믿기 힘들다는 표정으로 물었다.

"사람의 몸으로 정말 그런 경지에 도달할 수 있단 말입니까?"

헌월선사는 윤기가 흐르는 수염을 쓰다듬으며 미소를 지었다.

"시주가 그 좋은 예이지요."

유건은 놀라 물었다.

"어째서 제가 그 예란 말입니까?"

헌월선사는 의미심장한 표정을 지으며 설명했다.

"시주가 방금 노납에게 한 설명이 모두 사실이라면 그런 일을 꾸밀 수 있는 수사는 이 세상에 천선밖에 없을 것입니다."

"그렇습니까?"

"전송진이라 불리는 진법을 이용하면 사람이나 물건을 멀리 떨어진 장소로 보낼 수 있습니다. 하지만 자연의 섭리에 따라 거리가 멀어질수록, 보내려는 사람이 많거나 물건이 클수록 전송진의 위력이 강해야 합니다. 한데 시주가 살던 세계와 이곳 삼월천 사이를 오갈 수 있는 전송진이라면 그 크기가 아마 삼월천의 한 대륙만 해야 할 것입니다. 거기다 그런 전송진을 만드는 데 필요한 재료를 마련하기 위해선 행성 수십 개에서 나는 자원을 다 가져다 써야 할 겁니다."

유건은 그제야 조금 이해가 갔다.

"그런 전송진을 만들려면 최소 천선은 되어야 한다는 거군요?"

"그뿐만이 아닙니다."

"더 있습니까?"

"시주는 노납에게 백호가 그려진 그림 속으로 빨려 들어갔다고 말했는데 그건 아마 전송 효과가 있는 법보(法寶)일 것입니다. 한데 그런 법보를 만드는 것은 천선조차 쉽지 않은 일입니다. 아무리 천선이라도 거대한 대륙 크기의 전송진을 작게 줄여 족자처럼 만들기는 쉽지 않은 일이니까요."

"그럼 천선보다 더 강한 사람이 만들었단 뜻인가요?"

"그럴 것입니다. 아마 천선 후기를 대성한 천선 여럿이 협력해 만들었거나, 아니면 진짜 천신이 나섰을 가능성이 큽니다."

유건은 한숨을 내쉬며 물었다.

"대체 그런 법보를 만들어 저를 삼월천으로 전송한 이유가 무엇일까요? 저를 골탕 먹이기 위해서는 아닐 게 아닙니까?"

헌월선사 역시 그 점에는 동의했다.

"그야 그렇겠지요. 하지만 그런 신령스러운 존재들이 목적 없이 이런 일을 꾸미진 않았을 테니 뭔가 이유가 있을 겁니다."

유건에게 오늘 하루는 푹 쉬라는 말을 남긴 헌월선사는 곧 그가 머무르는 북주봉으로 돌아갔다. 헌월선사는 나타날 때와 마찬가지로 연기처럼 흩어져 순식간에 모습을 감추었다.

"정말 마술 같군. 선도를 배우면 다 저런 능력을 얻는 것일까?"

유건은 중얼거리며 침상에 털썩 주저앉아 턱을 괴었다. 그는 사실 별로 돌아가고 싶지 않았다. 그는 의지할 데 없는 고아였다. 보육원 관계자들은 냉랭했고 선생님이나 반 친구들은 그를 별로 좋아하지 않았다. 오히려 새로운 세계에서 새로운 방식으로 새 인생을 살아 보고 싶은 욕구가 강했다.

어차피 돌아갈 방법이 있는 것도 아니었다. 헌월선사에 따르면 성운계를 자유롭게 돌아다니기 위해서는 최소 산선은 되어야 한다고 했는데 산선이 되는 게 그리 쉬울 리 없었다.

유건은 삼월천이란 새로운 세계를 조금 더 둘러본 다음에 헌월선사의 바짓가랑이를 붙잡아서라도 그 선도라는 신기한 수련법을 배워 보기로 굳게 마음먹었다. 헌월선사가 그를 싫어하는 것 같진 않았기에 가능성이 아예 없지는 않았다.

유건은 다음 날, 석실을 찾은 헌월선사에게 그의 뜻을 전했다.

그러나 헌월선사는 단칼에 거절했다.

"노납이 관상을 약간 볼 줄 아는데 시주는 불문과 인연이 없습니다. 오히려 불문에 적을 두면 패가망신할 관상이지요."

예상치 못한 거절에 당황한 유건은 조금 더 필사적으로 나왔다.

"그럼 선사 밑에서 선도를 배울 방법이 전혀 없는 것입니까?"

빙그레 미소 지은 헌월선사는 아이를 달래듯이 그를 달랬다.

"그보다 삼월천이 어떤 곳인지 좀 더 알아보고 결정하는 게 어떻겠습니까? 세상을 돌아다니다 보면 곧 진짜 인연을 만날 수 있을 것입니다. 허허, 시주가 가진 선근(仙根)의 재능을 알아본다면 다들 제자로 들이고 싶어 안달을 낼 테니까요."

유건은 다른 방법이 없어 헌월선사의 뜻을 따르기로 했다. 헌월선사는 바로 손가락을 튕겨 구체 형태의 투명한 보호막으로 두 사람을 에워쌌다. 유건은 보호막이 신기하여 손으로 만져 보았다. 손은 보호막을 뚫고 구체 밖으로 튀어 나갔다. 마치 물에 손을 집어넣은 것과 비슷한 느낌이었다.

유건이 손을 다시 거두는 순간, 보호막은 마치 처음부터 구멍 따위는 없었다는 것처럼 금세 다시 원래 형태로 돌아왔다. 심지어 투명한 구체에는 바람이 새어 들어올 만한 공간이 없음에도 평소처럼 숨을 쉬는 데 전혀 문제를 겪지 않았다.

"정말 신기한 수법이군요."

헌월선사가 웃으면서 설명했다.

"놀랄 것 없습니다. 시주가 선도의 길을 걷기만 하면 노납보다 더 뛰어난 신통(神通)을 마음껏 부릴 수 있을 테니까요."

두 사람을 보호막으로 감싼 헌월선사는 허리춤에 찬 호리병을 살짝 건드려 구름처럼 생긴 거대한 비행 법보를 꺼냈다.

헌월선사가 먼저 법보 위에 올라타며 말했다.

"이건 소요운(逍遙雲)이란 비행 법보인데 속도가 꽤 빨라 보름이면 녹원대륙(鹿苑大陸) 전체를 돌아볼 수 있을 겁니다."

헌월선사의 말대로였다. 소요운은 푹신하여 마치 솜털 이불에 앉아 있는 느낌이었다. 더욱이 속도마저 빨라 지구의 몇 배 크기인 녹원대륙을 보름 만에 전부 둘러볼 수 있었다.

헌월선사는 녹원대륙을 돌아다니는 도중에 그와 왕래하는 다른 수사 몇 명을 방문해 유건을 제자감으로 소개해 주었다. 가끔은 상공을 지나가는 헌월선사와 유건을 발견하고는 상대방이 먼저 인사를 하기 위해 찾아오는 적도 있었다.

수도계에서 헌월선사의 위치가 대단한지 그를 본 다른 수사들은 극히 공경스러운 태도를 보였다. 심지어 헌월선사의 체면을 봐서 범인인 유건에게조차 함부로 말을 걸지 못했다.

헌월선사와 다른 수사들의 대화를 통해 헌월선사의 경지가 선도십이경 중에서 장선(將仙)의 위치에 해당함을 알 수 있었다. 심지어 장선 중에서도 후기를 대성해 비선 진입만 남은 상태였다. 평소에 삼월천 최강자에 해당하는 비선을 보기가 극히 어렵다는 점을 고려하면 헌월선사는 삼월천 수도계에서 가장 높은 위치에 있는 수사나 마찬가지였다.

헌월선사는 유건에게 사부로 삼을 만한 수사를 여럿 소개해 주었다. 그러나 유건은 그들이 하나같이 마음에 들지 않았다.

어떤 수사는 얼굴을 비롯한 온몸에 문신을 새긴 흉악한 모습을 하고 있었다. 또, 어떤 수사는 마치 야만인처럼 거의 벌거벗은 상태에서 거리낌 없이 주변을 활보하며 돌아다녔다.

그들은 외모 또한 하나같이 흉측하기 짝이 없었다. 애꾸눈이거나 팔다리 중 하나가 없는 자들은 약과에 불과했다. 개중에는 요사스러운 기운을 뿜어내거나 짐승처럼 송곳니가 튀어나오고 온몸이 거친 털로 뒤덮인 수사마저 끼어 있었다. 유건은 그들을 사부로 삼고 싶은 생각이 들지 않았다.

헌월선사가 그에게 소개해 준 사부 후보들이 마음에 들지 않을수록 헌월선사에게 선도를 배우고 싶단 열망이 강해졌다.

헌월선사는 불문의 선사답게 아주 자비로웠다. 무엇보다 다른 수사들이 그 앞에서 쩔쩔맬 정도로 강한 실력의 소유자였다.

보름간의 녹원대륙 일주를 마치고 다시 남환산맥 쌍주봉으로 돌아오기 무섭게 유건은 헌월선사 앞에 바짝 엎드려 자신을 제자로 받아 달라 간청했다. 그러나 헌월선사는 계속 유건이 불문과 인연이 없음을 강조하며 정중히 거절했다.

헌월선사가 그렇게 나올 거라 예상한 유건은 더 정성을 다
해 진심으로 간청했다. 헌월선사 역시 그런 유건의 정성에
마음이 흔들렸는지 양쪽 모두 만족할 만한 타협책을 내놓았
다.

"배움을 원하는 시주의 간절한 청을 외면하는 행동은 부처
님을 섬기는 불제자가 마땅히 가져야 할 도리에 어긋나는 일
임이 분명합니다. 그렇다고 불문에 들면 패가망신할 게 뻔한
시주를 제자로 받아들이는 일 역시 가르침을 어기는 짓이기
는 매한가지겠지요. 일단, 이렇게 하는 게 어떻겠습니까?"

유건은 기대에 찬 눈빛으로 물었다.

"어떻게 말인가요?"

헌월선사는 한숨을 내쉬며 대답했다.

"시주에게 선도에 입문하면 필수적으로 배워야 하는 공법
하나를 가르쳐 드리겠습니다. 이 공법은 천도오행공(天道五
行功)이라 하는데, 이론상으로는 이 천도오행공법만 수련해
도 천선에 등극할 수 있지요. 또한, 이 천도오행공은 도가(道
家)의 공법인지라, 불제자인 노납 역시 연이 아닌 자에게 사
문의 공법을 전수하지 않겠다고 한 소싯적의 맹세를 어길 필
요가 없습니다. 만약 시주가 10년 안에 이 천도오행공을 바
탕으로 입선 중기에 도달해 원신(原神)을 배양하는 데 성공
한다면, 그땐 노납이 맹세를 어기는 한이 있더라도 시주를
제자로 받아들여 대도를 이루도록 돕겠습니다."

"알겠습니다. 반드시 10년 안에 원신을 배양해 보이겠습니다."

유건은 일단 10년이란 시간을 벌었단 생각에 바로 승낙했다.

유건은 그날부터 남주봉 석실에서 생활하며 헌월선사가 가르쳐 준 천도오행공을 수련했다. 헌월선사의 말처럼 천도오행공은 아주 기초적인 공법이었다. 도가에서 선도에 처음 입문한 수사의 수련을 돕기 위해 만든 공법이었는데 이론상으로는 천도오행공만으로도 천선에 등극하는 게 가능했다.

물론, 아무리 좋은 선근을 가진 자라고 해도 천도오행공만으로 천선에 등극하려면 최소 100만 년의 시간이 필요했다. 즉, 이론상으론 가능해도 현실에서는 불가능하단 뜻이었다.

천도오행공은 쉽게 말해 우리가 사는 세상을 구성하는 다섯 가지 기본적인 기운, 다시 말해 물, 나무, 불, 흙, 쇠 이 다섯 가지 기운을 단전에 받아들여 법력(法力)의 형태로 바꾸는 공법이었다. 또, 천도오행공은 단전에 저장한 법력을 활용하여 범인과 수사를 구별하는 가장 큰 특징인 원신을 단전에 배양할 수 있게 도와주는 공법이었다. 수사는 단전에 원신을 배양해야지만 선도를 제대로 수련할 수 있었다.

그러나 천도오행공 서두에 나온 문구를 본 유건은 실망을 감추지 못했다. 천도오행공 서두에 입선 중기에 이르는 데 적게는 30년, 많게는 60여 년이 걸리니 공법을 익히는 수사는 부단히 노력해야 한단 문구가 적혀 있었다. 이는 헌월선사와 약속한 10년은커녕, 나이가 들어 노년에 이를 때까지도 입선 중기에 이를 수 있을지 장담하기 어렵다는 뜻이었다.

◆ ◈ ◆

어떻게 해서든 헌월선사의 제자로 들어가고 싶었던 유건 은 천도오행공 서두에 나온 경고를 무시하고 열심히 수련했 다.

헌월선사가 한 달에 한 번씩 찾아와 단약과 식수를 공급해 주었기 때문에 배고픔으로 고통받을 일은 없었다. 헌월선사 가 만든 단약은 효과가 아주 뛰어나 손톱만 한 단약 한 알로 열흘을 버틸 수가 있었다. 삼월천의 하루가 지구의 하루에 비해 훨씬 길단 점을 고려하면 믿을 수 없는 효과였다.

다만, 석실이 있는 위치가 남주봉 중턱인 탓에 밖으로 나 갈 수 없다는 점은 약간 불편하긴 하였다. 남주봉이 꽤 높아 서 중턱이라고 해도 밑으로 떨어지면 뼈도 추리기 어려웠다.

물론, 외출이 가능해도 나갈 수 없기는 매한가지였다. 쌍 주봉이 있는 남환산맥 동쪽에는 사람과 짐승을 사냥해 뇌수 만 파먹는 흉포한 맹금류가 서식해 외출 자체가 불가능했다.

석실에 모든 편의 시설이 잘 갖춰져 있는 데다, 외출까지 불가능한 탓에 잠자는 시간 외에는 전부 수련하는 데 사용했다.

수련 속도는 아주 빠른 편이었다. 유건은 불과 한 달 만에 천지에 흩어져 있는 오행의 기운을 감응하여 단전에 저장하는 데 성공했다. 또, 반년 후에는 단전에 저장한 오행의 기운을 법력으로 변환하여 행공(行功)하는 경지에 도달했다.

마침내 입선 초기를 대성하는 데 성공한 것이다.

북주봉에서 수련하던 헌월선사는 한 달에 한 번씩 남주봉에 기거하는 유건을 찾아와 수련을 지도해 주었다. 유건의 수련 속도가 그의 예상을 훨씬 웃돌았는지 헌월선사는 만날 때마다 입에 침이 마르도록 그의 자질을 칭찬했다. 이에 자극을 받은 그는 밤잠까지 줄여 가며 더욱 수련에 매진했다.

그러나 입선 초기를 대성한 후에는 수련 속도가 눈에 띄게 느려졌다. 생각보다 느린 진도에 답답해하던 유건은 마음에 여유를 찾기 위해 서가에 꽂혀 있는 책으로 시선을 돌렸다.

헌월선사가 제자들을 위해 모아 놓은 책은 대부분 선문(仙文)으로 적혀 있었기 때문에 유건은 시작부터 상당히 수준 높은 선문을 익혔다. 선문 중에 아주 오묘한 의미를 담은 문자의 경우엔 한 글자를 적는 데 필요한 획만 무려 1,000개에 달해 웬만큼 총명하지 않고서는 암기조차 어려웠다.

유건은 수련하는 틈틈이 서가에 꽂혀 있는 장서 1만 권을 독파했다. 책은 손가락 한 마디 두께에 불과한 얇은 책부터 사람 머리통만 한 두께의 책까지 다양했는데, 책에서 다루는 분야가 아주 방대해 세상의 지식이 다 모여 있는 듯했다.

독파한 책의 숫자가 늘어날수록 헌월선사가 가르쳐 주지 않은 선도의 세계를 좀 더 자세히 접할 수 있었다. 선도십이경이 입선, 공선(工仙), 오선(悟仙), 장선, 비선 등으로 이루어졌다는 사실과 입선을 대성하면 뇌력(腦力)이라 불리는 의식의 힘을 다룰 수 있다는 사실을 책을 통해 알아냈다.

또, 공선에 이르면 중력에서 벗어나 하늘을 날 수 있고 오선에 이르면 본신과 원신을 분리하는 유체 이탈이 가능해졌다.

심지어 장선의 경지에 오르면 화신(化身)을 여러 개 만들어 생존력을 높일 수 있었고 비선에 등극하면 호흡, 수면, 섭취, 배설처럼 인간이 살아가는 데 필요한 본능에서 자유로워졌다. 즉, 우주를 자유롭게 돌아다닐 수 있다는 뜻이었다.

서가에 있는 책을 읽어 선도에 대해 더 많이 깨우칠수록 수련 속도가 좀 더 빨라진다는 사실을 느낀 유건은 그에게 주어진 시간의 반을 서가의 책을 읽는 데 쓰고 그 나머지 시간에 천도오행공을 수련하는 형태로 수련 방법을 바꾸었다.

한데 서가의 책을 독파해 나가면서 책의 주제가 몇 가지 분야에 치중되어 있단 사실을 깨달았다. 대충 훑어볼 때는 깨닫지 못했는데 본격적으로 파고들어 가기 시작하는 순간, 대부분이 과거에 명성을 크게 떨친 수사가 보여 준 이적(異蹟)과 관련한 내용이거나, 아니면 삼월천에 존재하는 신기한 짐승과 희귀한 약초를 설명한 책이란 사실을 깨달은 것이다.

특히, 두 가지 분야에 관한 책이 아주 적었는데 바로 부적 (符籍)과 진법(陣法)에 관한 책이었다. 부적과 진법은 수행이 약한 수사가 자신보다 강한 수사를 상대할 수 있는 거의 유일 한 방법이었기 때문에 좀 더 자세히 배워 보고 싶었다.

어느 날, 유건은 석실을 찾은 헌월선사에게 은밀하게 청했 다.

"부적과 진법에 관련한 책을 더 구할 방법이 있는지요?"

한데 그때, 헌월선사가 전에 없이 엄한 태도로 그를 꾸짖었 다.

"진법, 부적과 같은 잡기들은 수사가 대도를 이루는 데 걸 림돌로 작용할 뿐입니다. 노납은 그동안 시주처럼 뛰어난 선 근을 지닌 총명한 젊은이가 잡기에 빠져 세월을 낭비하는 것 을 수없이 보아 왔지요. 지금은 기초를 다질 때이지, 잡기에 빠져 가장 중요한 부분을 소홀히 할 때가 아닐 것입니다."

헌월선사의 말이 이치에 맞는단 생각이 든 유건은 얼른 사 죄한 후에 다음 날부터 부적, 진법 관련 책은 쳐다보지 않았 다. 헌월선사의 신경을 건드려서 좋을 게 없기 때문이었다.

헌월선사는 유건의 그런 행동이 마음에 들었는지 기초적 인 술법(術法) 몇 가지를 가르쳐 주었다. 눈앞에 있는 장애물 을 넘기 위해 높이 도약하거나, 먼 거리를 빠르게 달리는 것 과 같은 술법으로 기초 중의 기초에 해당하는 술법이었다.

유건은 헌월선사에게 배운 술법을 펼쳐 보며 감탄을 금치 못했다. 경신술(輕身術)이란 술법을 펼치는 순간, 웬만한 운동장보다 큰 석실 한 바퀴를 몇 초 만에 주파할 수 있었다.

또, 부약술(浮躍術)이란 술법을 펼치면 종유석 조명이 달린 천장까지 단숨에 도약할 수 있었다. 심지어 부약술을 잘만 쓰면 허공에서 이리저리 방향을 바꾸는 응용마저 가능했다.

유건은 처음 배워 보는 술법에 흠뻑 빠져 어린애처럼 석실 안을 마구 돌아다녔다. 한데 경신술과 부약술을 배운 다음부터는 그가 있는 석실이 전보다 훨씬 작아 보이기 시작했다.

유건은 헌월선사가 단약을 만드는 데 필요한 약초를 캐기 위해 쌍주봉을 떠나 있을 때를 틈타 석실 밖으로 나왔다. 헌월선사가 석실에 걸린 금제를 여닫는 열쇠에 해당하는 진패(陣牌)를 주고 간 덕에 석실을 출입하는 데 문제가 없었다.

쌍주봉은 남환산맥에서 경치가 가장 뛰어난 곳 중 하나였다. 석실을 빠져나오는 순간, 바로 눈앞에 사방으로 광대하게 뻗어 나간 산맥이 끝도 없이 펼쳐졌다. 남환(南環)이란 이름에서 알 수 있듯 산맥이 고리처럼 끊임없이 이어져 있었다.

바위로 이루어진 석봉(石峯)인 쌍주봉은 계곡 양쪽 정상에 북주봉과 남주봉 두 봉우리가 등대처럼 우뚝 솟아 있었다.

쌍주봉의 북주봉과 남주봉 사이에는 은룡(銀龍)이 승천하는 것 같은 폭포가 흘렀고 폭포 주변에는 잎이 웬만한 저택의 지붕보다 큰 초대형 대엽수(大葉樹)와 바람이 불어올 때마다 칠채색(七彩色) 꽃가루를 휘날리는 화초가 자생했다.

또, 대엽수와 이름 모를 화초들 사이에선 왕관 모양의 뿔을 지닌 거대한 원각녹(圓角鹿)과 입에서 불을 뿜는 앵무새인 화앵무(火鸚鵡)가 한가로이 돌아다니며 먹이를 찾았다.

석실이 남주봉 중턱에 있는 탓에 전엔 혼자 내려갈 엄두를 내지 못했다. 그러나 지금은 그렇지 않았다. 불과 반년이란 짧은 시간에 부약술과 경신술을 완벽히 터득한 유건은 자신감 넘치는 표정으로 까마득한 지상으로 몸을 날렸다.

까마득하던 지상이 순식간에 눈앞으로 다가왔다. 그동안 연마한 경신술로 몸을 가볍게 만든 유건은 부약술로 독수리처럼 몸을 틀어 대엽수에 달린 커다란 나뭇잎 위에 내려섰다.

유건의 몸무게를 견디지 못한 대엽수 나뭇잎이 크게 출렁이며 그를 다시 공중으로 날려 보냈다. 신이 난 그는 공중에서 자세를 계속 바꿔 가며 놀다가 마침내 지상으로 내려갔다.

갑작스러운 인간의 등장에 놀란 원각녹과 화앵무 등이 사방으로 도망치는 바람에 조용하던 숲에 잠시 소란이 일었다.

유건은 숲을 돌아다니며 과일을 따서 주린 배를 채우고 비취색이 도는 향기로운 샘물을 마셔 갈증을 풀었다. 헌월선사가 쌍주봉에 처음 터를 잡을 때, 그가 가진 방대한 법력을 이용해 주변을 싹 갈아엎었기 때문에 쌍주봉 안에는 유건이 먹어서는 안 되는 해로운 독초나 독충이 존재하지 않았다.

덕분에 유건은 해가 질 때까지 걱정 없이 돌아다닐 수 있었다. 해가 진 다음에는 다시 부약술과 경신술을 이용해 석실로 돌아가 수련에 매진했다. 그렇게 나흘쯤 했을 무렵이었다.

유건은 원각녹 수컷 한 마리를 길들여 타고 돌아다녔다. 원각녹은 사슴이 많기로 유명해 녹원(鹿苑)이라 불리는 녹원대륙에서 가장 큰 사슴 종류 중 하나로 덩치가 거의 작은 집채만 했다. 다만, 원각녹은 상당히 순한 성격을 지닌 데다, 사람을 잘 따르는 편이라 길들이는 게 별로 어렵지 않았다.

원각녹이 사람을 잘 따르는 이유는 녹원대륙에서 사슴을 죽이면 죽을 때까지 사슴의 저주가 따라다닌단 속설이 있는 탓에 수사든 범인이든 절대 건드리는 법이 없기 때문이었다. 원각녹이 좋아하는 과일을 이용해 그중 뿔이 가장 멋들어지게 자란 우두머리 수컷 한 마리를 길들이는 데 성공한 유건은 해가 질 때까지 사슴을 타고 신나게 돌아다녔다.

원각녹을 타고 신나게 돌아다니던 유건은 우연히 푸른색 눈과 피처럼 붉은 털을 지닌 신기한 토끼 한 쌍을 발견했다.

유건은 토끼를 잡아다가 석실에서 키워 볼 생각에 원각녹에게 얼른 토끼의 뒤를 쫓게 했다. 원각녹은 기린 다리처럼 매끈한 다리를 재빨리 놀려 토끼 한 쌍의 뒤를 급히 쫓았다.

한데 토끼가 짧은 다리로 어찌나 잘 도망치는지 번번이 눈앞에서 놓쳐 버렸다. 다섯 번쯤 실패했을 때였다. 원각녹의

뿔을 당겨 그 자리에 멈춰 세운 유건은 주변을 슬쩍 둘러보았
다.

쌍주봉 두 봉우리는 여전히 잘 보였다. 그러나 쌍주봉을
상징하는 대엽수는 보이지 않았다. 생각보다 멀리 왔단 증거
였다.

흠칫한 유건은 급히 원각녹의 방향을 돌려 쌍주봉으로 돌
아갔다. 헌월선사에게 쌍주봉 전체가 금제로 둘러싸여 있단
말은 들었지만, 그 경계가 어디까지인지는 듣지 못했다. 만약
금제 범위를 벗어났다면, 여간 곤란한 게 아니었다. 한데 항
상 그렇듯이 불안감을 느꼈을 땐 이미 늦은 후였다.

끼아아아악!

멀리서 고막을 울리는 날카로운 울음소리가 들려왔다. 깜
짝 놀란 유건은 원각녹의 배를 걷어차 속도를 더 끌어올렸다.

그때였다. 먹구름이 잔뜩 낀 것처럼 하늘이 어두워지는가
싶더니 원각녹보다 두 배는 커 보이는 커다란 날개가 양쪽에
달린 독수리가 번개처럼 그가 있는 곳으로 날아들었다.

흰 깃털을 지닌 독수리는 어깨 위에 똑같이 생긴 머리가 두
개 달려 있었고 쫙 벌린 발톱에선 하얀 냉기가 흘러나왔다.

바로 헌월선사가 조심하라고 신신당부한 쌍두백빙응(雙頭
白氷鷹)이었다. 순식간에 거리를 좁힌 쌍두백빙응은 하얀 냉
기를 풀풀 흘리는 커다란 발톱으로 그의 몸통을 낚아채려 했
다.

유건은 바로 부약술을 써서 원각녹의 등을 박차고 뛰어올랐다. 간발의 차이로 빗나간 쌍두백빙응의 발톱이 원각녹의 등에 틀어박혔다. 그 순간, 원각녹은 마치 지독하게 차가운 얼음물에 들어간 것처럼 그대로 얼어붙어 움직이지 못했다.

새카만 부리로 얼어붙은 원각녹의 머리를 쪼아서 뇌수를 순식간에 파먹은 쌍두백빙응은 고개를 들고 주변을 수색했다.

그리 멀리 떨어지지 않은 곳에서 유건이 열심히 도망치고 있었다. 쌍두백빙응은 그대로 날아올라 유건을 쫓았다. 쌍두백빙응의 날갯짓 한 번에 거리가 거의 반으로 줄어들었다.

마침내 지척까지 다가온 쌍두백빙응이 발톱으로 유건의 등을 후려쳤다. 유건은 급히 법력을 경신술에 더 투입해 거리를 벌렸다. 그때, 공중에서 춤을 추는 것처럼 앞으로 회전한 쌍두백빙응이 새카만 부리로 유건의 정수리를 냅다 찍었다.

유건은 부약술로 급히 공중으로 도약해 간발의 차이로 쌍두백빙응의 부리 공격을 피했다. 아니, 피했다고 느낀 순간, 쌍두백빙응이 갑자기 부리를 벌리고 새하얀 냉기를 쏘아 보냈다. 그의 얼굴에 처음으로 공포의 감정이 떠올랐을 때였다.

유건은 정수리가 불에 타는 것처럼 뜨거워지기 무섭게 단전에 엄청난 법력이 파도처럼 쏟아져 들어오는 것을 느꼈다.

전엔 도약 한 번으로 대엽수 키의 반 정도를 도약하는 게 다였다면 지금은 도약으로 대엽수 정상을 훌쩍 뛰어넘었다.

엄청난 도약력으로 쌍두백빙응의 치명적인 냉기 공격을 피한 유건은 공중에서 아직 반쯤 남아 있는 법력을 전부 투입해 다시 한번 도약했다. 그 순간, 유건은 마치 석실 쪽에서 누가 잡아당긴 것처럼 번개 같은 속도로 뛰어올라 사라졌다.

유건을 쫓아 쌍주봉으로 향하던 쌍두백빙응은 지독한 금제가 깔려 있다는 사실을 아는지 그 앞에서 몇 차례 길게 울부짖은 다음, 반대편으로 날아가 순식간에 모습을 감추었다.

한편, 석실로 돌아온 유건은 자기 정수리를 만져 보았다. 여전히 따뜻한 게 좀 전에 쏟아져 들어온 막대한 법력의 흔적을 느낄 수 있었다. 그는 미간을 찌푸리며 생각에 잠겼다.

박물관에서 삼월천으로 넘어올 때 역시 지금처럼 정수리 부분이 불에 타는 것처럼 뜨거워지는 고통을 느낀 적이 있었다.

지금 생각해 보면 그때 역시 엄청난 법력이 머리 쪽으로 쏟아져 들어왔던 것 같았다. 다만, 그때는 아직 선도에 입문하기 전이라, 그 법력을 제대로 사용할 줄 몰랐을 뿐이었다.

"대체 내 머릿속에서 무슨 일이 벌어지고 있는 거지?"

유건은 그날 밤을 새워 가며 이유를 찾아보았다. 그러나 결국 알아내지 못했다. 며칠 후에 돌아온 헌월선사는 유건이 밖에 나갔다가 위험한 지경에 처한 사실을 전혀 모르는지 별

말 없이 수련 진도를 물어본 다음, 북주봉으로 돌아갔다.

안도한 유건은 다시는 나가 놀 생각을 하지 않고 수련에 집중했다. 그렇게 눈 깜짝할 사이에 3년이란 세월이 흘러갔다.

2장. 기사(奇事)의 연속

선도를 걷는 수사에게 3년은 그리 긴 시간이 아니었다. 헌월선사처럼 장선 후기를 대성한 수사의 경우에는 짧게는 몇 년, 길게는 수십 년 동안 입정(入定)한 상태로 지낼 수 있었다.

물론, 이제 입선 초기를 대성한 유건의 경우에는 그러지 못해 길어야 보름이 한계였다. 그러나 그런 입정을 몇 번 경험하다 보면 3년이란 세월이 촌음처럼 느껴지기 마련이었다.

지금까지 한 입정 중에서 가장 긴 기간인 20일 입정을 성공적으로 마친 유건은 가부좌한 상태에서 두 손바닥을 무릎에 올려 천장을 보게 한 다음, 몸 안을 차분하게 관찰했다.

단전에 모인 법력의 양이 눈에 띄게 늘어 이젠 거의 작은 공처럼 느껴졌다. 선도에서는 이를 법력구(法力球)라 불렀다.

유건은 천도오행공에 적힌 구결에 따라 법력구를 단전 안에서 이리저리 움직여 보았다. 처음엔 힘들 뿐 아니라, 고통스럽기까지 하였다. 법력구를 단전 안에서 아주 약간 움직이는 데만도 기진맥진할 정도의 심력과 체력을 소진해야 했다.

그러나 뭐든 처음이 어려운 법이었다. 한 달이 지난 시점에서는 법력구를 자유자재로 움직일 수 있었다. 준비를 마친 유건은 마침내 법력구에 자신의 혼백 일부를 불어넣었다.

법력구에 혼백 일부를 불어넣는 과정을 수정(受精)이라 하는데 가장 주의가 필요한 단계이기 때문에 신중하게 진행했다.

그로부터 다시 반년쯤 지났을 무렵, 유건은 마침내 수정에 성공해 법력구에 혼백을 집어넣을 수 있었다. 선도에서는 지금처럼 혼백을 흡수한 법력구를 혼령체(魂靈體)라 불렀다.

법력구는 법력이 뭉친 형태에 불과했다. 그러나 혼령체는 혼백이 들어가 있어서 살아 있는 생령(生靈) 쪽에 더 가까웠다.

유건은 어미가 태아를 품듯 이 혼령체를 단전에 품고 정성을 들여 배양했다. 혼령체에 법력을 불어넣기를 1년가량 끊임없이 했을 때, 마침내 혼령체 외피가 점점 투명해졌다.

외피가 투명해짐에 따라 혼령체 안의 모습이 훤히 들여다보였는데 혼령체 안에선 현재 인간을 수십 배 축소한 것 같은 소인(小人) 하나가 태아처럼 몸을 잔뜩 웅크린 상태에서 유건이 공급하는 법력을 흡수하며 천천히 성장 중이었다.

유건은 그렇게 혼령체에 3년 동안, 끊임없이 법력을 주입했다. 그러던 어느 날, 혼령체의 투명한 외피에 실금이 가기 시작했다. 기뻐한 그는 좀 더 집중해서 법력을 주입했다.

시간이 지날수록, 투명한 외피에 간 실금의 양이 점차 늘어나더니 급기야 혼령체 전체를 뒤덮었다. 마치 촘촘한 거미줄이 혼령체의 투명한 외피 전체를 덮은 모습에 가까웠다.

마침내 유건이 선도를 수련하기 시작한 지 10년이 지났을 무렵, 금이 가 있던 혼령체 외피가 조각조각 떨어져 나갔다.

유건은 긴장과 설렘, 흥분 속에서 혼령체를 관찰했다. 곧 떨어져 나간 외피 안에 있던 소인이 긴 잠에서 깨어난 듯 길게 기지개를 켜다가 밖으로 걸어 나오는 모습을 발견했다.

밖으로 걸어 나온 소인은 옅은 금광에 휩싸여 있었는데 상태가 아직 불안정한지 금광이 꺼질 것처럼 힘없이 깜빡였다.

유건은 숨조차 죽인 상태에서 소인이 어떻게 하는지 관찰했다. 배가 고픈지 앙증맞은 두 팔로 자기 배를 한 차례 두드린 소인은 그를 몇 년 동안 품어 주었던 혼령체 외피를 맛있게 뜯어 먹기 시작했다. 그렇게 열흘이 지났을 무렵, 단전 안에 흩어져 있던 혼령체 외피가 소인의 뱃속으로 전부 사라져 버렸다. 외피를 모두 흡수한 소인은 그제야 안정 단계에 접어들었는지 금빛 서광이 더는 힘없이 깜빡이지 않았다.

단전 안에서 가부좌를 튼 소인은 유건이 자길 보고 있단 사실을 아는지 빙그레 웃어 보인 후, 눈을 감고 명상에 잠겼다.

유건이 마침내 원신 배양에 성공해 낸 것이다. 또, 원신 배양에 성공했단 뜻은 그가 헌월선사와 약속한 기간 안에 입선 중기에 도달했음을 의미했다. 그는 말할 수 없이 기뻤다.

그러나 상태가 아직 안정적이지 않았기 때문에 유건은 원신을 완벽히 안정시킨 다음에 헌월선사에게 말하기로 하였다.

한데 그 후에 이상한 일이 연달아 벌어졌다. 우선 원신의 상태가 좀 이상했다. 천도오행공이 적혀 있는 공법서에 따르면 원신은 수사의 혼백을 먹으면서 태어나기 때문에 인족(人族)에게는 인족의 원신이, 요족(妖族)에게는 요족의 원신이, 마족(魔族)에게는 마족의 원신이 깃들기 마련이었다.

한데 유건의 원신은 인족의 원신이 아니었다. 유건의 원신은 겨드랑이 밑에 투명한 날개가 달려 있었다. 또, 이마에는 오색찬란한 광채에 둘러싸인 원뿔 모양의 뿔이 솟아 있었다. 심지어 엉덩이에는 날카로운 비늘이 달린 꼬리마저 생겼다.

유건은 자신의 원신이 이런 형태를 띠는 이유를 알지 못했다. 그는 머리에 뿔이 없었다. 물론, 겨드랑이 밑에 그가 모르는 투명한 날개가 달려 있지도 않았다. 한데 원신은 마치 그가 반인족(半人族)이라는 듯 인간과 정체를 알 수 없는 어떤 다른 종족의 원신이 결합한 것 같은 형태를 보였다.

두 번째로 이상한 점은 입정에 들 때마다 그의 신경을 거슬리게 하는 무언가가 있단 것이었다. 외부 요인 때문인지, 아니면 수련 중에 발생한 심마(心魔)의 영향인지, 정확히 파악하긴 힘들지만 어쨌든 신경을 거슬리는 무언가가 있었다.

세 번째는 원신 배양에 성공한 후부터 다시 정수리가 타는 것처럼 뜨거워졌단 점이었다. 이유를 알 수 없는 이상한 일들이 한꺼번에 닥쳐오는 바람에 그는 수련에 집중하지 못했다. 결국, 다음 날 헌월선사에게 그의 고민을 털어놓기로 하고 일찍 잠자리에 들었다. 그러나 잠이 오지 않았다.

석실 안을 한참 동안 서성인 유건은 찬바람을 쐬면 좀 나아질까 싶어 석실 밖에 있는 작은 산책로를 몇 차례 왕복했다.

한데 그때 갑자기 걸음을 멈춘 유건이 주위를 홱 둘러보았다. 그러나 유건의 주위에는 아무도 없었다. 그저 능선 북쪽에서 부는 바람이 내는 스산한 바람 소리만 들릴 따름이었다.

다시 정면으로 고개를 돌린 유건은 못 박힌 듯 한참 동안 그 자리에 우두커니 서 있었다. 처음엔 많이 놀랐는지 눈을 동그랗게 떴다. 그러나 시간이 어느 정도 흐른 후엔 마치 누군가의 말에 귀를 기울이는 사람처럼 눈을 가늘게 떴다.

꽤 오랜 시간을 서 있던 유건은 새벽이 거의 가까워졌을 무렵에야 다시 석실로 돌아가 침상 위에 피곤한 몸을 뉘었다.

유건이 다시 눈을 떴을 때는 전혀 다른 풍경이 펼쳐져 있었다.

그가 있는 곳의 구조는 남주봉의 석실과 비슷했다. 그러나 그 외의 것은 전부 달랐다. 바닥에는 핏물이 무릎까지 고여 있었고 그 핏물 속에는 사람의 온갖 장기가 둥둥 떠다녔다.

이 정도 넓이를 가진 석실 안에 무릎까지 찰 정도의 핏물을 채우기 위해서는 수천, 아니 수만 명의 피가 필요할 것이다.

또, 천장엔 수천 개의 선이 어지럽게 그어져 있는 대형 진법이 펼쳐져 있었다. 그리고 석실을 둘러싼 벽엔 끔찍한 괴물을 그린 깃발 107개가 바람도 없는데 미친 듯이 펄럭였다.

괴물을 그린 깃발이 펄럭일 때마다 세찬 바람이 불며 요사한 사기(邪氣)가 치솟았는데 천장에 도달한 사기는 바로 진법 속으로 빨려 들어가 진법을 구동하는 동력으로 쓰였다.

유건이 눈을 뜨고 얼마 지나지 않았을 때였다. 천장에 설치한 진법의 눈에서 사람과 짐승이 울부짖는 소리가 들려왔다. 소리가 얼마나 처절한지 등골이 다 오싹할 지경이었다.

유건은 피 냄새와 사람과 짐승이 미친 듯이 울부짖는 소리에 혼이 다 빠져나갈 지경이었지만 정신을 잃지는 않았다.

유건은 자신이 있는 곳부터 먼저 둘러보았다. 그는 지금 음산한 기운이 흐르는 새빨간 말뚝에 머리와 다리가 묶여 있었다.

한데 이곳에는 그만 있는 게 아니었다. 그를 중심으로 무려 107명에 달하는 사람들이 그처럼 새빨간 말뚝에 묶여 북쪽 벽에 일렬로 세워져 있었는데 성별과 나이가 다 달랐다.

유건은 곧 두 가지 규칙을 찾아낼 수 있었다. 첫 번째 규칙은 여자와 남자, 다시 여자 순으로 세워져 있단 점이었다. 즉, 석실에는 그를 포함해 여자 54명, 남자 54명이 있었다.

그리고 두 번째 규칙은 오른쪽으로 갈수록 묶여 있는 사람들의 나이가 한 살씩 많아진다는 규칙이었다. 가장 왼쪽에 있는 첫 번째 말뚝에는 이제 갓 돌이 지났을 법한 갓난아기가 밧줄에 묶여 있었다. 그리고 두 번째 말뚝에는 두 살로 보이는 남자아이가, 세 번째 말뚝에는 세 살쯤으로 보이는 여자아이가 각각 묶여 있었다. 당연히 맨 마지막 말뚝엔 얼굴에 주름과 검버섯이 가득한 노인이 힘없이 묶여 있었다.

오직 유건만이 나이와 성별에 상관없이 벽 중앙에, 그리고 다른 사람보다 머리 하나 더 높은 위치에 홀로 묶여 있었다.

그때였다.

촤아악!

무릎까지 차 있는 석실 바닥의 핏물 속에서 체구가 건장한 사내 하나가 천천히 일어섰다. 처음에는 몸에 핏물이 줄줄 흘러내려 누군지 알아보지 못했다. 그러나 눈 깜짝할 전신을 뒤덮은 핏물이 증기처럼 사라지며 본 모습을 드러냈다.

그는 바로 헌월선사였다.

헌월선사는 여전히 생불의 현신인 양, 자애로운 미소를 지으며 유건을 바라보았다. 한데 유건은 상대의 정체를 알았음에도 놀라거나 당황하지 않았다. 심지어 겁을 먹지도 않았다.

합장한 헌월선사가 염불을 외운 다음, 의외란 음성으로 물었다.

"시주께선 전혀 놀라지 않는군요."

유건은 담담한 음성으로 물었다.

"제가 놀라야 맞는 겁니까?"

헌월선사가 주먹으로 자기 이마를 때리며 웃었다.

"하하, 꼭 그런 건 아니지만 예상과 달라서 재미가 좀 덜하긴 하군요. 이날이 오길 무려 10년이나 기다려 왔으니까요."

유건은 천장의 진법을 응시하며 물었다.

"저와 끌려온 다른 사람들을 진법의 제물로 삼으려는 것입니까?"

"천령근(天靈根)의 소유자답게 역시 총명하십니다."

"108명, 아니, 수만 명을 희생시켜 얻으려는 게 대체 뭡니까?"

대답한 헌월선사는 빙긋 웃으며 대답했다.

"서가에 그와 관련한 책이 없어 시주는 처음 듣는 이야기일 테지만 선도를 걷는 수사는 항상 하늘의 심판을 받는 법이지요. 필멸자(必滅子) 주제에 하늘이 준 수명과 능력을 초월하는 힘을 가지려는데 하늘이 이를 가만 놔둘 리 있겠습니까? 당연히 하늘은 정해진 기간마다 역천(逆天)을 저지른 수사에게 벌을 내려 심판하는데 그 기간이 아주 정확하기 짝이 없어 108년, 490년, 999년마다 한 번씩 벌을 내리지요. 이를 선도에선 겁(劫)이라 하는데 각각 초겁(初劫), 중겁(中劫), 말겁(末劫)이라 합니다. 그리고 그 세 개의 겁을 합쳐 일주겁(一週劫)이라 하지요. 한데 안타깝게도 노납은 앞으로 10년 후에 일주겁 중 가장 무섭다는 말겁을 맞게 되었지 뭡니까? 참으로 참담한 일이 아닐 수 없지요."

헌월선사는 정말 안타까운지 진심이 담긴 긴 한숨을 토해 냈다. 그리곤 990년 동안 쌓아 온 수행이 물거품처럼 사라질지 모른다는 데서 오는 두려움이 담긴 표정을 잠시 드러냈다.

헌월선사가 고개를 절레절레 저으며 말을 이어 갔다.

"노납은 당연히 말겁에서 살아남을 방법을 필사적으로 찾아다녔지요. 한데 어느 날, 하늘이 노납을 가엽게 여기셨는지 어떤 마선(魔仙)이 남긴 유적 속에서 말겁을 넘길 가능성을 엄청나게 높여 주는 법보 제작법을 하나 발견했지 뭡니까? 백팔음혼마번(百八陰魂魔幡)이란 법보인데 나이가 전부 다른 동남동녀 107명을 부혼(部魂)으로 삼고 천령근을 지닌 수사를 주혼(主魂)으로 삼아 만드는 법보지요. 한데 동남동녀 107명을 구하는 일은 노납처럼 신통이 뛰어난 수사에게는 어려운 일이 아니지만, 천령근을 가진 수사를 구하는 건 쉽지 않았답니다. 천령근 자체가 희귀할 뿐만 아니라, 천령근을 가진 수사가 본인의 의지와 힘으로 배양한 원신이 꼭 필요했으니까요. 이는 힘으로 강요하거나, 혼백을 장악해 대신 원신을 배양하면 실패한단 뜻이니까요."

꽤 충격적인 얘기였지만 유건은 전혀 흔들림이 없었다.

"서가에 일주겁에 관한 내용이 없던 이유는 제가 그 책을 읽으면 선도에 회의를 느껴 수련을 게을리할까 그런 겁니까?"

헌월선사가 박수까지 쳐 가며 좋아했다.

"역시 총명하십니다. 맞습니다. 바로 그런 이유에서지요. 물론, 서가에 진법과 부적에 관한 서책이 별로 없던 이유 역시 그 때문이지요. 시주가 진법이나 부적으로 잔재주를 부려 이번 대사(大事)를 그르치기라도 하면 큰일이 아니겠습니까?"

유건은 그제야 헌월선사가 보인 행동이 이해 가기 시작했다.

헌월선사의 진짜 목적은 하나였다. 어떻게 해서든 유건이 입선 중기에 도달해 단전에 원신을 배양하도록 하는 것이었다.

그가 제자로 받아 달라 간청했을 때, 헌월선사가 선뜻 받아들이지 않은 일도, 사부를 소개해 주겠다며 이상한 자들만 찾아갔던 일도 모두 헌월선사의 치밀한 계획 중의 하나였다.

상대방이 거부하면 거부할수록 이쪽은 몸이 달 수밖에 없는 게 사람의 본능이었다. 유건 역시 헌월선사가 거절할수록 몸이 달아 그의 눈에 들기 위해 죽을힘을 다해 노력했다. 그리고 그 덕분에 뛰어난 자질을 가진 수사도 30년이 걸린다는 원신 배양을 10년이란 짧은 시간에 마칠 수 있었다.

유건은 담담한 눈빛으로 물었다.

"제게 부약술과 경신술을 가르쳐 준 이유 역시 그 때문이었습니까? 제가 입선 중기에 도달해 원신을 배양하기 전에 선사의 의도를 의심하거나, 도망치려고 들면 큰일일 테니까요."

"맞습니다. 노납은 시주가 부약술과 경신술을 배우면 분명 쌍주봉 밖으로 나가 보고 싶어 할 줄 알았지요. 역시 예상대로 노납이 없는 틈을 타서 신나게 밖을 돌아다니더군요."

대답한 헌월선사가 영수낭(靈獸囊)에서 털이 피처럼 새빨간 토끼 한 쌍을 꺼내 보였다. 유건이 원각녹을 타고 잡으려다가 쌍두백빙웅에게 잡아먹힐 뻔했던 그 토끼 한 쌍이었다.

"혈식토(血食兎)란 놈이지요. 성격이 아주 포악해서 웬만한 수사들은 길러 볼 생각조차 안 하는 놈으로 유명하답니다."

유건은 살짝 한숨을 내쉬며 대꾸했다.

"혈식토로 유인한 다음, 쌍두백빙웅으로 겁을 준 거였군요. 그래야지 쌍주봉 밖으로 나갈 엄두를 내지 않을 테니까요."

"정답입니다."

헌월선사가 혈식토 한 쌍을 영수낭에 집어넣으며 대답했다.

"이제 궁금한 점은 다 풀렸습니까?"

"한 가지만 더 묻겠습니다."

"하하, 무엇이든 상관없습니다. 물어보시지요."

"나를 삼월천으로 데려온 것 역시 선사의 짓입니까? 천령근을 가진 나를 법보에 쓰기 위해 납치했는지를 묻는 겁니다."

헌월선사는 무엇이든 물어보라 했지만, 이번 질문엔 처음으로 약간 당황하는 모습을 보이더니 돌연 살기를 드러냈다.

"크크, 이제 부처님을 만나러 갈 시간이다."

헌월선사는 호로병에서 꺼낸 새하얀 향로를 하늘로 던졌다. 공중에 뜬 향로는 살아 있는 것처럼 쉼 없이 꿈틀거렸는데 문외한이 보기에도 범상치 않은 법보가 분명했다. 손으로 복잡한 수결(手決)을 맺은 헌월선사가 손가락으로 공중에 떠서 꿈틀거리는 향로를 가리키는 순간, 바닥에 있던 핏물이 공중으로 용솟음쳐 하얀 향로 안으로 쏟아져 들어갔다.

마침내 헌월선사가 백팔음혼마번 제작에 착수한 것이다.

◆ ◈ ◆

헌월선사는 거침없이 대법을 펼쳐 갔다.

대법이 이루어지는 북주봉 석실에는 헌월선사가 심혈을 기울여 설치한 강력한 금제가 무려 5개나 펼쳐져 있었다. 그보다 강한 비선이 직접 나선다면 모르지만, 그게 아니면 헌월선사보다 강한 장선 후기가 여럿 나서도 금제를 뚫는 데 최소 1년은 필요했다. 즉, 지금부터는 적이 그가 대법을 펼치는 틈을 이용해 기습을 가해 와도 두려울 게 없다는 뜻이었다.

물론, 대법 중에 이상이 생길 가능성까지 완전히 사라진 것은 아니었다. 나이가 각기 다른 107명의 동남동녀야 이미 숨이 끊어진 지 오래라 신경 쓸 필요가 없었다. 그러나 백팔음혼마번의 주혼을 맡을 예정인 유건은 대법 완성 직전까지 살아 있어야 해서 현재는 금제로 제압만 해 뒀을 뿐이었다.

한데 만약 유건이 대법 중에 그가 펼쳐 준 금제를 풀고 무방비나 다름없는 그를 기습한다면 일이 꼬일 위험이 존재했다.

신중한 성격의 헌월선사는 10년 동안 노심초사해 가며 세운 장대한 계획을 한순간의 방심 때문에 물거품으로 만들 만큼 부주의한 사람이 아닌지 미리미리 보완 장치를 해 두었다.

유건에게는 별로 좋은 소식이 아니었다. 원래 장선 후기인 헌월선사와 입선 중기인 유건 사이엔 엄청난 격차가 존재했다.

장선 후기가 사람이라면 입선 중기는 발밑을 지나가는 개미보다 못한 존재였다. 사람이 평소에 걸어 다니면서 발밑을 지나다니는 개미에 별로 신경 쓰지 않는 것처럼 유건 역시 헌월선사에게 위협을 주는 존재가 아니었다. 헌월선사와 같은 경지에 오르면 유건 따위는 살짝 노려보는 동작만으로도 충분히 죽일 수 있었다. 한데 그런 헌월선사가 천만분의 일, 아니 백억분의 일 확률로 일어날지 모르는 비상 상황에 대비하기 위해 미리 보완 장치까지 마련해 두는 순간, 유건이 이번 겁을 피할 확률은 거의 없다고 봐야 옳았다.

헌월선사가 공중에 띄운 하얀 향로는 태풍의 눈처럼 석실을 가득 채운 핏물과 장기를 빨아들였다. 향로가 빨아들인 핏물과 장기가 늘수록 하얗던 향로 표면에 붉은 핏방울이 맺혀 갔다. 급기야 향로를 핏물에 빠트렸다가 다시 꺼낸 것처럼 표면이 붉게 변했다. 핏물과 장기를 다 빨아들인 향로는 금방이라도 폭발할 것처럼 커졌다가 줄어들길 반복했다.

가부좌한 상태에서 신중한 표정으로 향로의 변화를 관찰하던 헌월선사는 손가락을 허공에 뻗어 복잡한 도면으로 이루어진 문양을 그려 갔다. 마치 비어 있는 허공 속에 실체가 없는 그림을 그리는 것 같았는데 문양을 모두 완성하는 순간, 갑자기 문양이 실체를 갖추며 각양각색의 빛을 뿜어냈다.

공중에서 실체를 갖춘 복잡한 문양의 정체는 바로 헌월선사가 손수 만들어 낸 10여 종류의 법결(法決)이었다. 원래 수사가 신통을 지닌 부적을 만들려면 종이, 금속, 비단, 영액(靈液), 붓, 벼루 등 수십 종류의 재료와 도구가 필요했다.

그러나 법결은 그럴 필요가 없었다. 수사가 체내의 법력으로 만들기 때문에 재료가 필요 없을 뿐만 아니라, 위력 역시 일반 부적을 월등히 뛰어넘었다. 물론, 순수한 법력으로 법결을 만들어 내기 위해서는 선도의 경지가 최소 오선은 넘어야 하는 탓에 누구나 쉽게 쓸 수 있는 수법은 아니었다.

그러나 장선 후기인 헌월선사에게는 그리 어려운 일이 아니었다. 헌월선사는 그가 만든 법결을 금방이라도 터질 것처럼 팽창과 수축을 반복하는 향로를 향해 연달아 쏘아 보냈다.

법결을 흡수한 향로는 금세 안정을 되찾았다. 헌월선사가 만들어 낸 법결의 위력이 그만큼 뛰어나다는 증거였다. 그 모습을 보며 흡족한 미소를 지은 헌월선사는 재차 법결을 만들어 향로에 흡수시켰다. 잠시 후, 두 번째 법결을 흡수한 향로가 제자리에서 미친 듯이 회전하며 빨아들인 핏물과 장기를 천장에 설치해 둔 진법의 눈으로 토해 내기 시작했다.

진법의 눈은 살아 있는 생물처럼 입을 쩍 벌려 향로가 토해 내는 엄청난 양의 핏물과 장기를 꾸역꾸역 먹어 치웠다. 진법이 먹어 치운 핏물과 장기의 양이 늘수록 진법 안에서 들려오던 사람과 짐승의 울부짖는 소리가 점점 더 처절해졌다.

"나무아미타불!"

만족한 미소를 지으며 불호를 외운 헌월선사가 이번에는 말뚝에 묶여 있는 동남동녀의 시체 107구를 손가락으로 가리켰다. 그 순간, 동남동녀의 정수리가 뜯겨 나가며 그 안에서 형체가 희미한 혼백이 튀어나와 향로 속으로 빨려 들어갔다.

강제로 뽑혀 나온 혼백은 괴로운 표정으로 몸부림치며 어떻게든 향로 안으로 들어가는 것을 피하려 들었다. 심지어 향로 모서리를 잡고 끝까지 버티는 혼백마저 있었다. 그러나 헌월선사가 진언을 외며 법결을 날릴 때마다 혼백은 밧줄에 묶인 것처럼 꼼짝 못 하고 향로 안으로 빨려 들어갔다.

동남동녀의 혼백 107개를 향로 안에 집어넣은 헌월선사는 천장에 설치한 진법의 눈을 가리키며 다시 진언을 암송했다.

그 순간, 이번엔 반대로 천장에 설치한 진법의 눈에서 음산한 기운이 광선처럼 튀어나와 향로 안으로 빨려 들어갔는데 음산한 기운은 향로에 닿기 무섭게 그 속에서 몸부림치는 107개의 가여운 혼백을 눈 깜짝할 사이에 먹어 치웠다.

혼백을 남김없이 먹어 치운 음산한 기운은 공처럼 뭉쳐 꿈틀거리다가 갑자기 사람의 형체를 띠어 갔다. 1시간쯤 지나, 사람의 형태를 완벽히 갖춘 기운은 헌월선사를 잡아먹을 듯이 노려보다가 돌연 몸을 날려 진법으로 도망치려 들었다.

그때, 긴장한 눈빛으로 그 모습을 지켜보던 헌월선사가 갑자기 허리춤에 찬 호리병을 세차게 후려치며 고함을 질렀다.

"닫아라!"

그 즉시, 호리병 안에서 뚜껑이 쏜살처럼 튀어 나가 향로 입구를 봉인했다. 당연히 진법으로 도망치려던 검은 인영 역시 같이 봉인당해 탈출할 수 있는 마지막 기회를 상실했다.

향로를 봉인하는 데 성공한 헌월선사는 가부좌한 상태에서 자기 이마를 살짝 가격했다. 잠시 후, 헌월선사의 정수리에서 헌월선사를 똑 닮은 소인이 어기적거리며 걸어 나왔다.

바로 헌월선사가 소환해 낸 자기 원신이었다. 헌월선사의 원신은 유건의 원신보다 10배가량 컸으며 형체 역시 아주 선명해 원신이 아니라, 살아 움직이는 진짜 사람 같아 보였다.

향로 위에 가부좌를 틀고 조막만 한 입을 크게 벌린 헌월선사의 원신은 금광이 섞인 자주색 화염을 발사했다. 순식간에 자주색 화염에 뒤덮인 향로는 금세 끓어 넘칠 것처럼 뚜껑이 달그락거렸다. 헌월선사의 원신은 거의 반나절 넘게 원염(原炎)을 발사해 향로를 달구었는데 붉은색이던 향로가 다시 하얗게 변한 후에야 입을 다물고 주인에게 돌아갔다.

반나절 동안 쉼 없이 원염을 방출한 원신은 꽤 지쳤는지 피곤한 표정으로 헌월선사의 정수리 안으로 모습을 감추었다.

원신을 흡수하기 무섭게 향로에 법결을 던져 넣은 헌월선사는 가부좌한 상태에서 불경을 외며 결과를 조용히 기다렸다.

잠시 후, 향로의 숨구멍에서 손톱보다 작은 검은 인영 하나가 쏜살같이 튀어나와 벽에 걸린 깃발 중 하나로 날아갔다.

검은 인영과 깃발이 충돌하는 순간, 깃발에 그려 넣은 흉악한 악귀 수백 마리가 살아 있는 것처럼 튀어나와 검은 인영을 덮었다. 검은 인영은 도망치기 위해 몸부림쳤지만 흉악한 악귀가 원체 사나운 데다, 숫자까지 많아 역부족이었다.

악귀에게 머리와 사지가 붙잡혀 깃발 속으로 끌려 들어간 검은 인영은 잠시 후, 깃발 속에서 수백 마리의 악귀에게 온몸의 살점을 물어뜯기는 참혹한 모습으로 다시 나타났다.

대법을 마친 헌월선사는 피곤한 표정으로 법력을 회복해주는 영약을 복용한 후에 눈을 감고 운기조식에 들어갔다. 다음 날 새벽에 눈을 다시 뜬 헌월선사는 어제와 똑같은 방법으로 향로와 진법을 조종하여 두 번째 깃발을 완성했다.

그런 식으로 107일 동안, 동남동녀의 몸에서 뽑은 혼백 107개를 음혼(陰魂)으로 연성한 헌월선사는 그 음혼을 다시 벽에 있는 깃발 107개에 집어넣어 백팔음혼마번을 제작했다.

한데 어제 백팔음혼마번의 부혼을 담당할 마지막 깃발을 완성했기 때문에 이젠 주혼을 맡을 주기(主旗)만이 남은 상태였다. 유건의 천령근 원신을 뽑아낼 때가 왔단 뜻이었다.

천성이 신중해선지, 아니면 900년을 넘게 산 노괴(老怪)라 그런 건진 알 수 없지만 어쨌든 헌월선사는 유건의 천령근 원신을 뽑기 전에 금제가 무사한지, 금제가 깨졌을 때를 대비해 만든 보완 장치가 제대로 작동하는지 재차 확인했다.

이상이 없음을 확인한 헌월선사는 수결을 맺은 상태에서 기이한 문양으로 이뤄진 법결을 만들어 유건에게 쏘아 보냈다.

파파파파팟!

헌월선사가 발출한 법결이 정수리에 박힐 때마다, 유건은 마치 벼락을 맞은 사람처럼 몸을 부르르 떨며 눈을 뒤집었다.

잠시 후, 유건의 정수리 위에서 금빛 광채가 연달아 터져 나오며 흰 안개에 휩싸인 유건의 원신이 강제로 끌려 나왔다.

유건의 원신이 강제로 끌려 나올 땐 희색을 감추지 못하던 헌월선사는 원신이 흰 안개에 싸여 있어 그 형태를 제대로 볼 수 없단 사실을 깨기 무섭게 당혹스러운 표정을 지었다.

헌월선사는 안력을 더 높였다. 그러나 여전히 흰 안개를 뚫지 못하긴 마찬가지였다. 하는 수 없이 그는 호리병 안에서 법보를 몇 개 꺼내 정체를 알 수 없는 안개를 없애려 하였다.

그러나 법보 역시 소용없기는 마찬가지였다. 유건의 원신은 여전히 흰 안개에 휩싸인 상태에서 희미한 금빛을 뿜어내는 중이었다. 헌월선사의 이마에 식은땀이 송골송골 맺혔다.

"흐음."

가부좌한 상태에서 공중으로 치솟은 헌월선사는 유건의 원신을 감싼 흰 안개를 자세히 살펴본 다음, 자기 이마를 쳤다.

잠시 후, 헌월선사의 정수리에서 원신이 쏜살같이 튀어나왔다. 한데 원신의 모습이 이전과는 약간 달랐다. 한쪽 어깨에 녹색 가사를 걸친 원신은 조막만 한 양손에 빛을 뿜는 법보를 들고 있었는데 오른손엔 용의 눈알처럼 생긴 염주 꾸러미를, 왼손엔 매미 날개처럼 얇은 칼날을 들고 있었다.

"나무아미타불!"

불호를 외운 헌월선사가 원신을 보며 손짓하는 순간, 원신이 유건의 원신 쪽으로 날아가며 오른손에 쥔 염주 꾸러미를 던졌다. 한데 중간쯤 날아간 염주 꾸러미가 갑자기 용트림하듯이 꿈틀거리더니 남색 비늘이 덮인 교룡으로 변했다.

"크아아앙!"

포효를 터트린 교룡은 뱀이 똬리를 틀 듯이 유건의 원신을 순식간에 휘감은 다음, 몸에 힘을 주어 안개를 조여 갔다.

교룡으로 변신한 염주 꾸러미는 헌월선사가 스승인 남포노조(藍布老祖)에게서 훔친 남룡법주(藍龍法珠)로 방어 법보를 전문적으로 깨트리는 이능(異能)을 지닌 귀한 법보였다.

헌월선사는 유건의 원신을 휘감은 흰 안개의 정체를 몰랐다. 그러나 남룡법주라면 능히 파훼할 수 있을 거라 믿어 의심치 않았다. 하지만 교룡의 광채가 희미해질 때까지 남룡법주가 법력을 썼음에도 흰 안개는 사라질 기미가 없었다.

"대체 정체가 무엇이기에 남룡법주의 이능까지 막아 낸단 말인가?"

경악한 헌월선사는 원신을 다시 움직여 매미 날개처럼 얇은 칼로 유건의 원신을 휘감은 흰 안개를 베어 갔다. 매미 날개처럼 얇은 칼은 선익비영도(蟬翼飛影刀)란 법보로 헌월선사 본인이 600년 넘게 단련한 성명(盛名) 법보였다. 헌월선사는 이 선익비영도로 10여 명이 넘는 동급 수사를 죽여 왔기 때문에 이번에는 절대 실패하지 않을 거라 확신했다.

선익비영도는 확실히 신통력이 대단해 투명한 칼 빛이 허공을 가를 때마다 유건의 원신을 감싼 흰 안개가 조금씩 잘려 나갔다. 헌월선사가 만면에 희색을 띠며 이를 지켜볼 때였다.

흰 안개가 귀찮다는 듯 한 차례 꿈틀하는 순간, 선익비영도가 캉 하는 날카로운 소리를 내며 두 조각으로 깨져 날아갔다.

또, 그와 동시에 흰 안개를 휘감고 있던 남룡법주의 교룡마저 수십 조각으로 잘려 흩어졌다. 성명 법보가 깨지는 바람에 타격을 입은 헌월선사는 괴로운 표정으로 재빨리 수결을 맺어 손상을 입은 법보를 회수했다. 선익비영도, 남룡법주 모두 영성을 지닌 법보라 시간을 들여 보수하면 회복할 수 있을 테지만 쓴웃음이 나오는 것은 어찌할 수 없었다.

자신하던 법보마저 실패한 헌월선사는 고민이 많은지 석실 안을 한동안 서성이다가 고개를 저으며 한숨을 푹 내쉬었다.

"결국, 그 보물까지 꺼내야 한단 말인가?"

헌월선사는 가사 속으로 손을 집어넣어 기다란 옥함 하나를 조심스러운 손길로 꺼냈다. 상당히 중요한 옥함인지 붉은색 글씨가 흘러 다니는 부적 수십 장이 빼곡하게 붙어 있었다.

고민스러운 기색으로 옥함을 바라보다가 다시 한숨을 푹 내쉰 헌월선사는 법결을 날려 옥함에 붙은 부적을 떼어 냈다.

부적을 다 떼는 순간, 마치 기다렸다는 듯 옥함 안에서 은빛에 휩싸인 족자 하나가 뚜껑을 박살 내며 밖으로 튀어나와 마치 살아 있는 것처럼 북주봉 석실 문 방향으로 도망쳤다.

족자가 날아가는 속도가 얼마나 빠른지 장선 후기의 뇌력으로도 족자를 제대로 쫓아갈 수 없을 지경이었다. 그러나 헌월선사 역시 미리 만반의 준비를 해 둔 터라, 족자가 문에 설치해 둔 금제를 뚫기 직전, 간신히 회수하는 데 성공했다.

족자는 마치 살아 있는 것처럼 헌월선사의 손에서 빠져나가려고 이리저리 발버둥을 쳤다. 그러나 헌월선사가 법결 몇 개를 급히 던져 넣은 후에는 족자도 더는 반항하지 못했다.

그제야 안도의 숨을 내쉰 헌월선사가 족자를 허공으로 던졌다. 그 즉시 말려 있던 족자가 풀리며 족자 안에 든 그림이 밖으로 드러났는데 선장을 쥔 헌월선사가 절벽에 서서 중천에 자리한 태양을 올려다보는 모습을 그린 그림이었다.

한데 그림의 필치와 배경, 묘사, 구도 등이 유건을 삼월천으로 데려온 백호좌애간월도와 쌍둥이처럼 닮았다는 게 기이했다. 백호좌애간월도는 털빛이 흰 백호가 밤에 달을 보는 그림이고 헌월선사가 꺼낸 족자의 그림은 헌월선사가 대낮에 태양을 올려다보는 모습을 그렸다는 점만 다를 뿐이었다.

복잡한 수결을 맺은 헌월선사가 공중에 뜬 족자를 가리키는 순간, 족자 안에서 헌월선사와 똑같이 생긴 화신이 검은색 불길에 휩싸인 채 유건의 원신으로 짓쳐 갔다. 불길이 얼마나 거센지 석실에 남아 있던 핏물이 그대로 증발해 버렸다.

유건의 원신을 둘러싼 흰 안개의 정체가 무엇이든 간에 엄청난 기세를 발하는 화신의 공격을 당해 내지 못할 것 같았다.

한데 그때, 유건의 원신을 휘감고 있던 흰 안개가 한곳으로 몰려가 뭉치더니 백호좌애간월도가 들어 있는 족자로 변했다.

"맙소사, 저 그림은 태을성진음현도(太乙星辰陰玄圖)가 아닌가!"

백호좌애간월도가 든 족자를 본 헌월선사의 눈빛이 미친 듯이 흔들렸다. 거의 천년을 산 노괴가 심중의 격동을 그대로 드러낼 만큼, 이번 일은 그에게 큰 충격을 가져다주었다.

태을성진음현도는 헌월선사가 지닌 태을성진양경도(太乙星辰極庚圖)와 한 쌍을 이루는 법보로 두 법보를 합치면 태을성진현경도(太乙星辰玄庚圖)가 만들어졌다. 한데 태을성진현경도는 그 유래와 기능이 정확히 밝혀지지 않은 법보였다.

20여 년 전, 우연한 기회에 양경도를 손에 넣은 헌월선사조차 법보가 가진 여러 기능 중에서 고작 대여섯 가지만 알아냈을 따름이었다. 그리고 그 기능 중에서 헌월선사가 지닌 법력으로 실현이 가능한 기능은 고작 두 가지에 불과했다.

첫 번째가 전송 기능이었고 두 번째는 화신을 담아 두는 기능이었다. 흰 안개에 막혀 유건의 원신을 취하는 데 실패한 헌월선사는 결국 양경도를 꺼내 최후의 승부를 걸었는데 놀랍게도 양경도의 짝에 해당하는 음현도가 튀어나와 버렸다.

그때였다.

크아아앙!

음현도 속에서 털 빛깔이 눈처럼 하얀 백호가 포효를 지르며 튀어나와 양경도에서 나온 헌월선사의 화신을 덮쳐 갔다.

헌월선사의 화신은 급히 몸을 둘러싼 검은 불길로 화도(火刀) 수십 개를 만들어 백호를 베어 갔다. 이에 백호는 눈에서 금색 광선 두 줄기를 발출해 화도를 한꺼번에 잘라 갔다.

한데 금색 광선이 화도보다 위력이 훨씬 강한지 광선에 닿기 무섭게 화도는 마치 수수깡 부러지듯 순식간에 잘려 나갔다.

헌월선사의 화신은 몸에 두른 검은 불로 수십 종류가 넘는 다양한 공격을 시도했다. 그러나 그때마다 백호의 강력한 응수에 막혀 실패했다. 백호는 눈에서 쏘아져 나가는 금색 광선과 은빛이 번쩍이는 발톱을 적절히 활용해 화신을 공격했는데 화신은 결국 쩔쩔매다가 가슴을 베여 물러났다.

"크아앙!"

그때, 백호가 갑자기 성난 포효를 지르며 아무도 없는 허공을 발톱으로 후려쳤다. 그러나 반응이 조금 늦었는지 아무도 없을 줄 알았던 허공 속에서 헌월선사의 본신이 유령처럼 삐져나와 수십 개가 넘는 법보로 백호의 등을 기습했다.

콰콰콰콰쾅!

마치 별이 폭발할 때처럼 눈을 멀게 하는 광채와 충격파가 쉼 없이 쏟아져 나오며 금제로 단단히 봉한 석실이 흔들렸다.

콰아앙!

기습당한 백호는 석실 벽에 부딪혀 잠시 비틀거리다가 다시 공중으로 날아올랐다. 날아오르는 백호의 몸 주위에 옅은 금광이 아지랑이처럼 쉴 새 없이 피어오르는 것으로 보아 기습당하기 직전에 보호막을 쳐 치명상을 입지 않은 듯했다.

기습이 실패한 헌월선사는 다시 화신을 내보내 시간을 끌며 진언을 암송하기 시작했다. 잠시 후, 헌월선사 주위에 찬란한 불광이 크게 어리더니 엄청난 크기의 불상 환영이 나타났다. 헌월선사가 마침내 불가의 독문 공법을 펼친 것이다.

한편, 헌월선사가 양경도로 만들어 낸 화신은 금세라도 흩어질 것처럼 흐릿해졌다가 돌연 백호 쪽으로 쏘아져 들어갔다.

백호가 입을 벌려 포효하는 순간, 강력한 충격파가 날아가 화신을 멈춰 세웠다. 그때, 화신이 풍선처럼 부풀어 오르다가 폭발했다. 피하려다가 등 뒤에 유건이 있단 사실을 깨달은 백호는 입을 악문 다음, 몸을 둘러싼 금광의 빛을 키웠다.

퍼어엉!

화신이 자폭하는 순간, 강력한 충격파가 검은 물결을 이루며 백호를 둘러싼 금광을 강타했다. 백호는 충격파가 닥칠 때마다 몸을 떨며 물러섰다. 화신의 자폭이 매섭긴 했지만, 백호는 유건 바로 앞에서 충격파를 분쇄하는 데 성공했다.

그때, 화신이 자폭하는 틈을 이용해 불가의 공법을 완성한 헌월선사가 엄청난 크기의 불상을 앞세워 공세를 이어 갔다.

광목천왕(廣目天王)처럼 눈을 부릅뜬 불상이 불경을 외우는 순간, 불상 입에서 치명적인 위력이 담긴 법결이 사슬처럼 서로 이어지며 튀어나와 백호의 몸을 단단히 옥죄었다.

그러나 이 정도 공격으론 백호를 어찌할 수 없다는 것을 아는지 불상은 곧바로 등 뒤에 멘 자바라(啫哱囉)를 꺼내 요란하게 부딪쳤다. 그 즉시, 자바라가 만들어 낸 무형의 충격파가 칼날처럼 퍼져 나와 백호의 요처를 쉼 없이 찔러 갔다.

그러나 불상의 신통력은 거기서 끝이 아니었다. 불상의 배를 찢고 나온 거대한 선장(禪杖) 하나가 수천 송이의 은색 연꽃을 피워 올려 백호의 보호막에 끊임없이 충격을 가했다.

백호는 몸에 두른 금광에 법력을 더 투입해 불상의 맹공을 막아 냈다. 그러나 불상이 뱉어 낸 법결이 백호의 몸을 옥죌 때마다 금광은 치익 하는 소리를 내며 빛이 약해졌다. 불상이 뱉어 낸 법결에 적의 보호막을 녹이는 능력이 있는 듯했다.

또, 자바라로 만든 충격파는 약해진 보호막에 금이 가게 했으며 선장이 피워올린 연꽃은 벌떼처럼 우르르 몰려가 금이 간 보호막에 구멍을 뚫었다. 운이 좋아서 장선 후기를 대성한 게 아니라는 듯 헌월선사는 상대의 보호막을 박살 내는 가장 효과적인 방법으로 백호가 펼친 금광을 무력화했다.

승기를 잡은 헌월선사는 자신 있는 법보 10개를 더 방출해 협공을 가했다. 법보는 크기와 형태가 모두 제각각이었다. 염주, 목탁, 발우, 자바라, 목탑처럼 불가와 관련한 법보부터, 단검, 도끼, 도장, 심지어는 일종의 신발인 망혜(芒鞋) 형태까지 있었다. 이 10개의 법보는 헌월선사가 가진 수백 개의 법보 중에서 위력이 가장 뛰어난 것만 추린 것이기 때문에 위력이 대단해 수세에 처한 백호를 더 몰아붙였다.

몸을 보호하는 금광이 거의 깨지기 직전임을 깨달은 백호는 중대한 결심을 했는지 날카로운 송곳니로 양 손목의 혈관을 스스로 찢었다. 곧 털 빛깔처럼 하얀색 피가 용솟음쳐 나왔는데 흘러나온 피의 양이 늘수록 흰 눈처럼 하얗던 털이 생기를 잃어 갔다. 이는 백호가 진혈(眞血)을 크게 소모했단 증거로 대결에서 승리해도 피해가 클 수밖에 없었다.

백호는 뽑아낸 진혈로 1,000개가 넘는 백침(白針)을 만들어 헌월선사의 공세를 분쇄했다. 백침은 과연 그 위력이 대단해 백침에 맞은 법보는 금세 위력이 급락했다. 심지어 강력한 위력을 발휘하던 헌월선사의 불상마저 소나기처럼 쏟아지는 백침 수백 개에 구멍이 뚫려 형체가 점차 모호해졌다.

헌월선사가 급히 불상 쪽에 막대한 법력을 밀어 넣었다. 그러나 별 소용이 없어 불상은 곧 엄청난 폭음을 내며 폭발했다.

성명 공법으로 펼친 불상이 폭발하는 바람에 큰 타격을 입은 헌월선사는 대야 하나를 가득 채울 정도의 피를 토한 후에 그에게 날아오는 백침을 노려보며 지독한 살기를 발출했다.

헌월선사는 이대로 죽어 줄 마음이 전혀 없다는 것처럼 법결과 방어 법보를 이용해 10여 개가 넘는 보호막을 불러냈다.

백침의 위력이 대단하긴 하지만 헌월선사가 전력을 다해 펼친 보호막 역시 단단하기 짝이 없어 보호막이 한 꺼풀씩 뚫려 나갈 때마다 백침 수십 개가 형체를 잃고 흩어졌다.

그 틈에 여유가 생긴 헌월선사가 수결을 맺은 손으로 백호가 있는 바닥을 가리켰다. 그 순간, 바닥에서 녹색 빛을 머금은 거대한 손바닥 두 개가 솟아올라 공중에 있던 백호를 휘감았다. 워낙 예상하기 힘든 공격인 데다가, 속도까지 빨라 몸을 피했을 땐 이미 손이 백호의 두 다리를 붙잡았다.

"하하하, 역시 하늘은 노납의 편이로구나!"

껄껄 웃은 헌월선사는 다시 수결을 맺은 손으로 천장을 가리켰다. 그 순간, 천장에 설치한 진법의 눈에서 검은색 굵은 광선이 쏘아져 나와 깨지기 직전인 백호의 금광을 강타했다.

바닥에 매복한 녹색 손과 진법의 눈에서 튀어나온 검은색 광선은 모두 혹시 있을지 모르는 사고에 대비해 헌월선사가 미리 설치해 놓은 보완 장치였다. 보완 장치를 설치한 헌월선사조차 이것을 쓸 일은 절대 없을 거라 철석같이 믿었는데 유건의 원신 안에서 튀어나온 음현도와 그 음현도 안에서 튀어나온 백호 때문에 보완 장치를 사용하기에 이르렀다. 그야말로 헌월선사의 신중한 성격이 만들어 낸 기적이었다.

녹색 손에 상대의 움직임을 봉쇄하는 이능이 있는지 손에 붙잡힌 백호는 손가락 하나 까딱할 수 없는 지경에 이르렀다.

또, 진법의 눈에서 날아든 검은색 광선은 적의 보호막을 파훼하는 이능을 지녔는지 거의 깨지기 직전이던 금광이 아예 박살 나 버리며 곧장 백호의 정수리 방향으로 쏘아져 갔다.

그야말로 절체절명의 순간이었다.

바로 그때, 유건의 정수리 위를 빙빙 돌고 있던 음현도가 백호 쪽으로 날아오더니 눈을 멀게 하는 강렬한 빛을 뿜었다.

찰나의 시간이 지나간 후, 눈을 멀게 할 정도로 강력하던 빛이 홀연히 흩어지며 석실의 정황이 다시 드러났다. 한데 다시 드러난 석실의 모습이 전과는 완전히 달라져 있었다.

백호가 있던 자리에 음현도에 있는 것과 똑같은 풍경이 펼쳐져 있었다. 깊이를 알 수 없는 깎아지른 절벽, 푸르스름한 빛을 뿜어내는 은빛 달, 으스스한 밤공기, 바람이 불 때마다 흔들리는 자주색 대나무 등이 음현도의 풍경과 똑같았다.

물론, 모든 것이 다 똑같지는 않았다. 음현도의 풍경은 누가 종이 위에 그린 것에 불과하지만, 지금은 그림 속의 풍경을 현실에 재현했다는 것이 다른 점이라면 다른 점이었다.

무엇보다 백호가 누워 있던 자리에 순백의 나삼(羅衫)을 걸친 절색의 미녀가 대신 서 있다는 것이 가장 큰 차이점이었다.

순백의 나삼을 걸친 절색의 미녀가 수결을 맺은 손으로 밤하늘을 가리키는 순간, 밤하늘에 있던 달이 수천 조각으로 쪼개져 비처럼 쏟아져 내렸다. 마치 유성이 떨어지는 듯했다.

콰콰콰콰콰쾅!

달 조각이 지상에 떨어질 때마다 하늘이 무너지고 땅이 솟아올랐다. 이어 수백 층 높이의 해일이 밀어닥쳤고 온 세상을 태울 것 같은 엄청난 용암이 해일 속에서 치솟아 올랐다.

그때, 나삼 미녀가 다급한 표정으로 발을 굴러 허공으로 치솟았다. 잠시 후, 음현도가 만들어 낸 환상인지, 현실인지 구분하기 힘든 풍경이 사라지더니 다시 석실의 모습이 드러났다.

석실이 다시 모습을 드러낸 후에 가장 먼저 눈에 들어온 광경은 무언가에 뜯어 먹힌 것처럼 왼쪽 머리부터 오른쪽 허리까지 잘려 나간 헌월선사의 모습이었다. 헌월선사는 그 상태 그대로 절명했는지 선 상태에서 피를 뿜어내며 서 있었다.

음현도가 만들어 낸 엄청난 위력의 공격을 피하지 못한 것임에 분명했다. 또, 천장에 있던 진법 역시 깨진 지 오래였고 헌월선사가 사용하던 법보 수십 개는 전부 조각이 나 있었다.

말 그대로 완벽한 승리였다.

그러나 나삼 미녀는 오히려 겁에 질린 얼굴로 유건이 묶여 있는 말뚝으로 날아갔다. 한데 그녀가 말뚝 근처에 도달했을 때는 이미 헌월선사의 원신이 유건의 원신을 집어삼키는 중이었다. 유건의 원신은 바람 앞의 촛불처럼 위태로웠다.

백호가 변신한 나삼 미녀는 헌월선사보다 태을성진현경도에 대한 이해가 높았다. 헌월선사는 양경도에 화신을 집어넣

71

어 위력을 높이는 게 다였지만 나삼 미녀는 거기서 한발 더 나아가 그림을 실체화시켜 구현하는 방법까지 알고 있었다.

나삼 미녀가 펼친 수법에서 기이한 현기(玄氣)를 감지한 헌월선사는 바로 방어를 더 강화했다. 그러나 나삼 미녀가 밤하늘의 달을 쪼개 공격해 오는 순간, 피할 방법이 없었다.

마치 범인이 산속에서 거대한 호랑이와 마주쳤을 때처럼 오금이 저려 그 자리에 얼어붙는 상황과 비슷한 상황이었다.

그야말로 순식간에 그가 펼쳐 둔 여러 수법이 박살 남과 동시에 불길을 머금은 돌덩이가 날아들어 그의 몸을 찢어발 겼다.

헌월선사는 본체가 반이나 찢겨 나간 데다, 가장 중요한 머리까지 박살 난 탓에 무슨 수를 써도 회복할 수가 없었다. 그러나 그에게는 아직 희망이 있었다. 바로 미리 빼 둔 원신이 아직 남아 있기 때문이었다. 원신이 살아 있는 사람의 육체를 빼앗으면 법력을 회복하는 일은 그다지 어렵지 않았다.

마침 그의 원신 앞엔 수도계에서 가장 뛰어난 선근 중 하나로 꼽히는 천령근을 가진 유건의 육체가 말뚝에 묶여 있었다.

헌월선사의 법결에 맞아 기절한 유건은 밖으로 나온 원신을 회수 못 한 상태에서 여전히 정신을 차리지 못하고 있었다.

헌월선사의 원신은 두 번 생각할 것도 없이 즉시 싱싱한 육체를 차지하기 위해 밖에 나와 있는 유건의 원신을 노렸다. 유건의 원신은 깨어 있었지만, 입선 중기의 원신으로 장선 후기의 원신을 상대하는 것은 애당초 불가능에 가까웠다.

한편, 나삼 미녀로서는 천추의 한을 남기기 일보 직전이었다. 헌월선사의 공세가 생각보다 매서운 탓에 유건의 원신을 보호 중이던 음현도를 불러와 적을 죽인 것까지는 괜찮았다.

그녀는 본신을 잃은 헌월선사의 원신이 유건의 육체를 차지하기 위해 이렇게 빨리 움직일 거라고는 전혀 예상 못 했다.

그녀가 현장에 도착했을 땐 이미 헌월선사의 원신이 비술을 펼쳐 유건의 원신을 움직이지 못하게 한 후에 입을 벌려 유건의 원신을 집어삼키는 중이었다. 심지어 원신의 머리는 벌써 헌월선사의 입에 반 가까이 들어가 있는 상태였다.

그때였다. 유건의 원신 이마에 튀어나온 자그마한 뿔에서 강대한 기운이 흘러나와 헌월선사의 원신을 뒤로 밀어냈다.

뜻밖의 상황에 놀란 헌월선사의 원신이 눈을 부릅뜨는 순간, 오히려 이번에 유건의 원신이 입을 벌려 헌월선사의 원신을 집어삼켰다. 화들짝 놀란 헌월선사의 원신이 비술을 써서 도망치려는데 갑자기 양어깨가 무거워지더니 커다란 바윗덩어리를 짊어진 것처럼 그 자리에서 꼼짝할 수 없었다.

얼굴이 하얗게 질린 헌월선사의 원신이 다급히 용서를 구했다.

"시, 시주, 그간의 정리를 봐서라도 원신만은 제발 보내 주시오!"

그러나 유건의 원신은 듣지 못했는지 그대로 헌월선사의 원신을 집어삼킨 다음, 우걱우걱 소리까지 내며 씹어 먹었다.

나삼 미녀는 입선 중기의 원신이 장선 후기를 대성한 수사의 원신을 잡아먹을 거라고는 전혀 예상치 못했는지 경악한 표정으로 그 모습을 지켜보았다. 이는 하늘의 순리를 거스르는 일로 있어서도 안 되고, 있을 수도 없는 일이었다.

그러나 헌월선사의 원신을 먹어 치운 유건의 원신 역시 무사하진 못했다. 당장이라도 몸이 터져 나갈 것처럼 온몸이 울룩불룩하더니 급기야 몸이 풍선처럼 몇 배로 불어나 버렸다.

이는 유건의 원신이 헌월선사의 원신을 소화해 내지 못했단 증거였다. 만약 헌월선사의 원신이 유건의 원신 안에서 폭발이라도 일으키는 날엔 유건의 원신 또한 무사하지 못했다.

나삼 미녀는 다급한 표정으로 그녀가 알고 있는 몇 가지 비술을 펼쳐 유건의 원신을 안정화하는 데 전력을 기울였다.

그러나 잡아먹은 게 워낙 거물인 탓에 유건의 원신은 그로부터 무려 100일이 지난 후에야 간신히 안정을 찾았다.

원신이 안정을 찾은 유건은 정신이 돌아왔는지 주변을 둘

러보았다. 바로 그때, 그림 속에서나 볼 법한 엄청난 미녀가
그를 보고 있다는 사실을 깨달았다. 그는 정신이 멍해졌다.

3장. 의문의 나삼 미녀

3章. 의문의 나삼 미녀

나삼 미녀는 피곤함을 감추기가 어려운지 다소 지친 표정
으로 누워 있는 그를 내려다보며 엷은 미소를 지었다. 한데
나삼 미녀의 그런 모습조차 눈이 휘둥그레질 만큼 아름다웠
던지라, 유건은 심장이 쿵쾅거리고 몸에 잔뜩 힘이 들어갔다.

나삼 미녀는 마치 솜씨가 아주 뛰어난 장인이 만지면 미끄
러질 것 같은 최고급 백옥(白玉)으로 조각한 조각상 같았다.

화공이 정성을 들여 그린 것 같은 단정한 눈썹, 금빛이 살
짝 감도는 검은색 눈동자, 오똑한 코, 하얀 치아가 살짝 보이
는 작은 입술이 갸름한 얼굴 안에서 완벽한 조화를 이루었다.
더욱이 일부러 검은색 물감을 칠한 것 같은 긴 머리카락이

이마와 귓불, 목덜미 위에서 찰랑거렸기 때문에 백옥처럼 흰 그녀의 살결과 대비를 이뤄 더 매혹적으로 느껴졌다.

게다가 그녀가 걸친 순백의 나삼이 워낙 얇았던 탓에 약간만 움직여도 몸의 굴곡이 그대로 드러났는데, 어찌나 유려한지 잠깐잠깐 훔쳐보는 것만으로도 숨이 절로 가빠져 왔다.

나삼 미녀는 유건의 변화를 눈치 챘는지 한숨을 살짝 내쉬며 뒤로 돌아섰다. 그녀의 태도를 보고 나서야 실수했다는 사실을 깨달은 유건은 깜짝 놀라 벌떡 일어났다. 입선 중기 따위가 감히 그녀와 같은 높은 경지의 수사에게 불경한 태도를 보였다는 건 죽여 달라 조르는 짓이나 마찬가지였다.

그러나 일어나는 일조차 쉽지 않았다. 유건은 100일 넘게 묶여 있던 데다가, 헌월선사가 참살당한 후에는 원신을 안정화하기 위해 다시 100일 동안 누워 있어야 했다. 그 때문에 몸을 일으키기 무섭게 머리가 어지러워져 앞으로 쓰러졌다.

"본녀의 손을 잡으세요."

비틀거리던 유건이 스스로 균형을 잡을 때까지 부축해 준 나삼 미녀가 다시 몇 걸음 물러서며 둘 사이의 거리를 벌렸다.

한편, 유건은 나삼 미녀의 손길이 몸에 닿는 순간, 다시 심장이 쿵쾅거려 그녀의 얼굴을 제대로 쳐다볼 수조차 없었다. 그녀가 그를 부축해 주었을 때 느낀 그녀의 부드러운 살의 감촉과 향긋한 내음 때문에 거의 이성을 잃을 지경이었다.

나삼 미녀가 고개를 절레절레 저으며 한숨을 내쉬었다.

"여색에 약한 수사는 오래 살기 어려운 법입니다."

청아한 목소리로 말한 내용치고는 꽤 살벌했다. 소스라치게 놀란 유건은 얼른 바닥에 엎드려 그녀에게 용서를 구했다.

"선배님 앞에서 미욱한 모습을 보였습니다. 용서해 주십시오."

나삼 미녀는 법력으로 그를 다시 일으켜 세우며 고개를 저었다.

"괜찮습니다. 공자의 수행이 아직 부족해 일어난 일이니까요. 그러나 다른 여자 수사 앞에서 그런 태도를 보였다가는 살아남기 어려울 것입니다. 이 점을 유념하도록 하십시오."

그녀의 조언을 뼈에 새긴 유건은 조심스러운 목소리로 물었다.

"선배님께 물어보고 싶은 게 많습니다."

"압니다. 하지만 이곳은 대화를 나누기에 적절치 않은 듯하군요. 공자께서 기거하시던 남주봉으로 가는 게 좋겠습니다."

나삼 미녀가 주변을 둘러보며 고개를 저었다.

나삼 미녀의 말대로였다. 장선 후기에 해당하는 나삼 미녀와 헌월선사가 전력을 다해 맞붙은 결과, 강력한 금제 5개가 보호하던 석실조차 견딜 수 없었던지 폐허로 변해 버렸다.

두 사람은 남주봉 석실로 돌아가 대화를 계속 이어 갔다.

나삼 미녀가 의자에 앉으며 반대편 의자를 권했다.

"앉으시지요."

"미천한 후배가 어찌 선배님 앞에서 경거망동할 수 있겠습니까?"

피식 웃은 나삼 미녀가 고개를 저었다.

"다른 수사는 몰라도 본녀 앞에서는 격식을 차릴 필요 없어요."

유건은 나삼 미녀가 몇 차례 더 권한 후에야 의자에 앉았다.

나삼 미녀가 그 모습을 보며 의미를 알 수 없는 한숨을 쉬었다.

"우선 본녀가 누구인지부터 알려 드려야 할 것 같군요. 본녀는 백진(白眞)이라는 이름을 쓰고 출신은 성호족(聖虎族)이에요. 당연히 현재 이 모습은 의인화(擬人化)한 것이고요."

유건은 이미 어느 정도 눈치 채고 있던 사실이라, 별로 놀라지 않았다. 의인화는 인간이 아닌 종족이 인간의 모습을 잠시 빌리는 것을 뜻했다. 누가 처음 선도를 창시했는지는 아직 밝혀지지 않았다. 다만, 처음 창시할 때 인간의 신체를 기준 삼아 만든 탓에 다른 종족의 수사가 더 높은 경지로 나아가기 위해선 백진처럼 의인화를 할 줄 알아야 했다.

거기서 더 나아가 인간이 아닌 다른 종족의 수사가 산선,

지선, 천선과 같은 선도 최상급의 경지로 나아가기 위해선 아예 인간으로 다시 태어나는 병해(兵解) 과정이 필요했다.

물론, 다른 종족의 수사가 병해하지 않고 천선에 등극했던 기록이 있기는 하지만, 지금까지 밝혀진 바로는 병해를 통해 인간으로 윤회하는 것만큼 효과적인 방법은 아직 없었다.

백진은 유건의 담담한 태도에 살짝 놀란 표정을 지었다.

"본녀가 그림 속의 백호란 사실을 눈치 채고 계셨던 모양이군요."

"목소리가 전부 같았거든요."

"목소리요?"

"박물관에서 처음 들은 목소리와 일이 벌어지기 전날, 석실 앞에서 들은 목소리, 그리고 오늘 들은 목소리가 모두 같아 선배님이 족자의 백호란 사실을 쉽게 알 수 있었습니다."

그 말처럼 백호에게 먹혀 그림 속으로 빨려 들어가기 직전에 암시를 걸던 목소리와 일이 벌어지기 전날, 유건에게 다음 날 벌어질 일을 이야기해 주며 걱정할 필요 없다고 안심시키던 목소리, 그리고 오늘 처음 만난 나삼 미녀의 목소리가 모두 일치했기 때문에 알아채지 못하는 게 더 이상했다.

헌월선사가 숨겨 둔 야욕을 드러내기 바로 전날, 이유 모를 불안감 때문에 잠을 이루지 못하던 유건은 찬바람을 쐬면 잠이 올까 싶어 석실 밖을 산책했다. 그때, 10여 년 만에 박물관에서 암시를 걸던 여자의 목소리가 다시 들려왔다.

헌월선사를 조심하란 그녀의 경고에 처음에는 의심이 약간 갔다. 그러나 들으면 들을수록 현재 그가 처한 상황과 딱 맞아떨어진단 사실을 깨달은 유건은 조용히 귀를 기울였다.

헌월선사가 내일 무슨 짓을 저지를지 자세히 설명한 그녀는 특별한 일이 생기지 않는 한, 둘 다 무사할 거라 장담했다.

이번엔 유건이 먼저 백진에게 물었다.

"먼저 선배님께서 그 족자의 주인이 맞는지요? 맞는다면 족자를 이용하여 후배를 삼월천으로 데려온 이유가 무엇인지요?"

유건의 질문에 백진은 약간 당혹스러운 표정을 감추지 못했다.

"공자께서는 믿지 않으실 테지만 본녀 역시 공자를 삼월천으로 데려온 정확한 이유를 알지 못합니다. 본녀보다 실력이 훨씬 고명한 어떤 고인께서 본녀의 기억 일부에 봉인을 걸어두었기 때문이지요. 본녀는 그저 고인께서 지시하신 대로 공자를 그림 속에 가둔 다음, 삼월천으로 갔을 따름입니다. 또, 삼월천에 도착한 후엔 헌월선사의 동태를 몰래 감시하며 그가 수작을 부리지 못하게 경계했을 따름이지요."

유건은 백진이 서두에 한 말대로 그녀의 말을 믿을 수 없었다. 당사자인 그녀가 모른다면 대체 누가 안단 말인가. 그러나 그녀에게 버릇없이 계속 캐물을 수는 없는 노릇이었다.

장선 후기를 대성한 헌월선사를 없앤 것으로 보아 백진은 최소 장선 후기의 실력자에 해당했다. 지금의 유건으로서는 감히 처다볼 수조차 없는 상대였다. 실제로 유건과 백진이 모종의 관계로 얽혀 있지 않았다면 그는 그녀에게 감히 말조차 걸 수 없었을 것이다. 선도는 수행이 강한 자가 왕이었다. 말 그대로 철저한 약육강식으로 이루어진 세계였다.

그러나 무슨 일이 벌어지더라도 이 질문만은 꼭 해야 했다.

"족자의 그림을 이용하면 다시 돌아갈 순 있는 겁니까?"

유건의 질문을 받고 잠시 고민하던 백진이 나삼 소매를 펄럭였다. 그 순간, 그녀의 소맷자락 안에서 둘둘 말린 족자 두 개가 튀어나와 공중으로 치솟았다. 한데 족자가 보여 주는 행태가 아주 괴이했다. 마치 사랑하는 연인이 오랜만에 다시 만난 것처럼 서로에게 들러붙어 떨어질 줄을 몰랐다.

백진은 수결을 맺은 손으로 법결을 날려 엉켜 있는 두 족자를 떼어 냈다. 유건은 그제야 족자의 형태를 자세히 볼 수 있었는데, 푸른빛에 휩싸인 족자는 유건이 박물관에서 보았던 백호좌애간월도였다. 다만, 그땐 백호가 절벽 위에 앉아 밤하늘에 뜬 달을 바라보는 그림이었다면 지금은 백호가 보이지 않았다. 또, 밤하늘에 뜬 달 역시 처음 보았을 때의 보름달이 아니라, 이제 막 빛을 내기 시작한 초승달이었다.

백진이 백호좌애간월도를 유건 앞으로 끌어왔다.

"공자께서 계시던 곳에서는 백호좌애간월도라 불린 듯하지만 그건 사람들이 그림의 풍경을 보고 붙인 이름이고 진짜 이름은 태을성진음현도입니다. 전송 기능을 쓰지 않을 때는 본녀가 기거하며 천지의 법력을 흡수하는 용도로 썼지요."

"그림 속 달의 형태가 바뀌었군요."

"그건 헌월선사를 참살할 적에 본녀가 그림 속의 달이 머금은 천지 영기를 강제로 끌어다 사용했기 때문입니다. 아마 보름달로 다시 변하려면 적지 않은 세월이 필요할 것입니다."

대답한 백진이 이번에는 두 번째 족자를 끌어와 보여 주었다. 두 번째 족자는 헌월선사의 화신이 들어 있던 족자로 깊이를 알 수 없는 절벽과 커다란 해가 중천에 뜬 모습을 그린 그림이었다. 물론, 헌월선사의 화신은 백진에게 죽었기 때문에 헌월선사의 화신이 서 있던 절벽 위는 텅 비어 있었다.

"이건 태을성진양경도입니다. 음현도가 극음의 기운을 가지고 있는 것처럼 양경도는 극양의 기운을 가지고 있지요. 한데 이 두 그림은 태어날 땐 한 몸이었기 때문에 아무리 멀리 떨어져 있어도 서로의 존재를 감응할 수가 있답니다."

유건은 고개를 끄덕였다.

"두 그림이 아무리 멀리 떨어져 있어도 서로의 존재를 감응할 수 있었던 덕에 전송진처럼 사용이 가능했던 것이군요."

"바로 그렇습니다."

백진의 확답을 들은 유건은 말없이 고개를 끄덕였다.

그림이 가진 전송 기능을 이용해 지구로 돌아가려면 두 족
자 중 하나는 지구에 있어야 했다. 그래야 그림끼리 서로 감
응하는 것을 이용해 돌아갈 수 있는 것이다. 그러나 지금은
두 그림이 같은 장소에 있었기 때문에 불가능한 일이었다.

유건이 이해했음을 눈치 챈 백진이 법결을 만들어 족자를
향해 날렸다. 잠시 후, 음현도와 양경도가 서로 합쳐져 새로
운 그림이 만들어졌는데 그림 한쪽 끝에는 달이, 그리고 반대
쪽 끝에는 태양이 뜬 기묘한 그림이었다. 또, 두 그림에 있던
절벽이 서로 합쳐진 듯 거대한 원통 형태의 절벽이 그림 가운
데에 우뚝 솟아 있었다. 원통 형태의 절벽 옆으로는 해일이
몰아치는 바다를 연상시킬 정도로 엄청난 크기의 구름이 쉴
새 없이 흘러갔다. 또, 절벽 정상에는 자주색 대나무와 기이
한 화초에 둘러싸인 자그마한 초가집이 있었다.

더 놀라운 점은 그림 속의 풍경이 실제처럼 움직인단 사실
이었다. 그림 양 끝에 있던 달과 해가 삼월천의 달과 해와 똑
같은 속도로 움직였는데 달이 그림 중앙에 있을 땐 주변 배경
이 어두워지고 해가 가운데에 있을 때는 다시 밝아졌다.

또, 비가 오고 눈이 내리고 강한 바람이 불어올 때도 있었
다. 심지어 사슴, 토끼, 새와 같은 짐승부터 나비, 벌과 같은 곤
충이 초가집 주위를 돌아다니며 즐겁게 노닐기까지 하였다.

유건이 선도에 대해 아직 잘 알진 못하지만 이런 능력을 지닌 법보를 만들기 위해서는 엄청난 법력이 필요할 것이다.

백진이 석실 한쪽을 가릴 정도로 커진 족자를 보며 설명했다.

"이 그림은 음현도와 양경도가 합쳐 만들어진 태을성진현경도인데 본녀조차도 그 쓰임새를 다 파악하지 못했을 만큼 엄청난 법보지요. 본녀가 화신인 탓에 소모한 법력을 안정적으로 회복하기 위해선 다시 그림 안으로 들어가야 합니다."

유건은 화들짝 놀라 물었다.

"지금 모습이 화신이라면 본신은 다른 장소에 있는 것입니까?"

백진은 한숨을 푹 내쉬며 대답했다.

"그렇겠지요. 한데 지금은 그 기억마저 봉인을 당한 상태라, 본녀조차 본신이 어디에 있는지 알아낼 방법이 없답니다."

유건은 백진의 고충을 이해할 수가 있었다. 화신, 즉 신외화신(身外化身)은 본신과 합체하지 않으면 특수한 영약이나 현경도와 같은 법보의 힘을 빌려 법력을 회복해야 했다.

한데 백진은 현재 자신의 본신이 어디 있는지 알지 못하기 때문에 현경도에 들어가 법력을 회복하는 수밖에 없었다.

유건은 백진이 현경도로 들어가기 직전에 다급하게 물었다.

"그럼 후배는 이제 앞으로 어찌해야 합니까?"

백진은 성미 급한 아이를 달래는 듯 차분한 어투로 대답했다.

"본녀는 본녀의 화신을 음현도 안에 집어넣은 고인의 금제 때문에 영원히 공자를 떠날 수 없는 몸이랍니다. 본녀가 비록 법력을 소모해 그림 안에서 휴식을 취해야 하긴 하지만 도와줄 방법이 전혀 없는 것은 아니니 염려하지 마십시오."

말을 마친 백진은 이젠 말할 기력도 없는지 그대로 몸을 날려 공중에 있던 현경도 안으로 들어갔다. 그녀가 들어가는 순간, 현경도가 빛을 뿜어내며 빠른 속도로 줄어들었다.

급기야 손바닥만 한 크기까지 줄어든 현경도는 마치 주인을 찾듯 석실 주변을 한 차례 돈 후에 유건 쪽으로 떨어졌다. 유건은 그림을 펼쳐 보았다. 조금 전까지 비어 있던 절벽 위 초가집에 하얀 호랑이 한 마리가 잠을 자듯 엎드려 있었다.

한숨을 내쉰 유건은 현경도를 품속에 고이 간직한 상태에서 북주봉으로 돌아갔다. 유건은 그가 기절해 있는 때, 그의 원신이 이상한 신통을 부려 헌월선사의 원신을 잡아먹었던 사실을 알지 못했다. 그러나 기억 속에 생소한 기억이 끊임없이 솟아나는 것을 보고 어느 정도 짐작은 할 수 있었다.

유건은 곧 헌월선사의 기억을 통해 수수께끼 하나를 풀 수 있었다. 공중에서 떨어지던 유건을 발견해 구해 주었던 헌월선사의 설명은 새빨간 거짓말로 밝혀졌다. 양경도를 손에 넣은 헌월선사는 당시 그림과 함께 있던 공법서를 연구해 천령근을 가진 인재를 강제로 전송하는 방법을 알아냈다.

얼마 후, 헌월선사는 공법서의 대법을 실행해 천령근을 가진 유건을 삼월천으로 불러오는 데 성공했다. 천령근을 가진 유건이 있어야 백팔음혼마번을 완성할 수 있기 때문이었다.

그러나 총명한 유건은 곧 그 기억 속에 다른 의미가 있음을 눈치 챘다. 즉, 헌월선사 역시 일종의 꼭두각시에 불과한 것이다. 백팔음혼마번 때문에 천령근을 가진 자가 필요하던 헌월선사 앞에 천령근을 가진 인재를 강제로 전송할 수 있는 양경도가 때맞춰 나타났다는 게 너무나 부자연스러웠다.

다시 말해 이번 사건은 양경도와 음현도를 만들고 백진의 화신을 음현도에 집어넣은 누군가가 꾸민 음모임이 분명했다. 물론, 그자가 이런 음모를 꾸민 이유는 알 방법이 없었다. 다만, 음모를 꾸민 자가 유건을 해치기 위해서라기보다는 특정한 목적을 가지고 그랬을 거란 짐작만 할 따름이었다.

북주봉 석실에 도착한 유건은 헌월선사의 기억을 이용해 벽에 박혀 있던 백팔음혼마번 깃발 107개를 회수했다. 말뚝에 박혀 있던 동남동녀의 시체는 백진이 처리한 지 오래였다.

유건은 북주봉 북쪽에 세워져 있는 불상 앞에 헌월선사의 법보낭(法寶囊)인 호리병이 얌전히 놓여 있는 것을 보고 크게 기뻐했다. 백진과의 대결에서 위력이 강한 법보 대부분이 깨지기는 했지만 어쨌든 입선 중기인 그가 무슨 짓을 해도 구하기 힘든 법보 수십 개가 호리병에 얌전히 들어 있었다.

유건은 북주봉 북쪽 석실 내부를 돌며 쓸 만한 것을 챙겼다. 그러나 다 챙긴 후에도 자리를 떠나지 않았다. 헌월선사의 기억에 따르면 가장 중요한 공법서는 석실 지하에 있었다.

천도오행공만으론 살아남기 어려운 탓에 유건은 헌월선사가 꽁꽁 감춰 둔 공법서가 꼭 필요했다. 유건은 헌월선사의 기억 속에서 찾아낸 방법을 이용해 감춰 둔 지하실을 찾아냈다.

헌월선사는 990년을 넘게 산, 말 그대로 살아 있는 괴물이었다. 만약 그가 계획한 대로 백팔음혼마번을 완성해 일주겁 중 가장 무섭다는 구구말겁(九九末劫)을 무사히 통과했다면 수명을 2,000살로 늘려 원하는 대로 비선에 올랐을 것이다.

자연의 섭리를 거스르는 모든 생령을 심판하기 위해 하늘이 내리는 일종의 천벌인 일주겁은 수사가 선도를 걷기 시작한 날부터 정확히 108년, 490년, 999년을 주기로 닥쳐왔다.

물론 비술, 영약, 혹은 생각지 못한 특수한 방법으로 일주겁이 닥치는 기간을 줄이거나, 늘리는 수사들이 간혹 있었다.

그러나 그 방법은 정말 급하거나, 특수한 상황일 때만 썼다. 일주겁 중 하나를 미룰 수는 있지만, 그 일주겁을 미룬다고 다음에 닥칠 일주겁까지 같이 미뤄지진 않기 때문이었다.

예를 들어 수행이 부족한 수사가 선도 490년에 닥치는 사구중겁(四九中劫)을 미룬다고 구구말겁까지 같이 미뤄지진 않는 것이다. 즉, 사구중겁을 끝까지 미루면 결국 구구말겁이 닥쳐올 때, 사구중겁과 구구말겁이 동시에 닥치는 이중고를 겪어야 했다. 구구말겁 하나도 통과하기 어려운 마당에 사구중겁까지 같이 닥친다면 이미 죽은 목숨과 같았다.

선도에서는 일주겁 중 가장 먼저 닥치는 일주겁을 따로 일령겁(一齡劫)이라 칭했다. 또, 두 번째로 닥쳐오는 일주겁을 이령겁(二齡劫), 세 번째로 닥쳐오는 일주겁을 삼령겁(三齡劫)이라 칭하는데 마지막 일주겁인 십이령겁(十二齡劫)까지 통과하면 하늘이 더는 천벌을 내리지 않았다. 십이령겁까지 통과할 정도의 능력이면 하늘조차 인정하는 것이다.

구구말겁을 통과한 수사가 일령겁을 완성하면 이령겁의 백팔초겁부터 다시 시작하는데 그 기간이 108년의 10배인 1,080년으로 늘어나기 때문에 수명이 2,000살로 늘었다. 즉, 일령겁만 통과하면 최소 2,000살까지는 살아남을 수 있는 것이다.

그런 식으로 이령겁의 사구중겁은 이령겁에 들어선 지 4,900년 후에, 구구말겁은 9,999년 후에 닥쳐왔다. 일령겁,

이령겁만 통과해도 1만 년이 훌쩍 넘는 수명을 지닌단 뜻이 었다.

수사가 만약 이령겁의 구구말겁을 통과해 1만1,000살까지 사는 데 성공한다면 거기서 삼령겁의 백팔초겁부터 다시 시작하는데 이번엔 백팔초겁이 닥치는 기간이 100배로 늘어 삼령겁에 들어선 지 1만800년 후에 백팔초겁이 닥쳐왔다.

또, 사구중겁은 4만9,000년 후에, 구구말겁은 9만9,999년 후에 닥쳐왔다. 삼령겁을 마치면 나이가 11만1,000살인 것이다.

만약 수사가 그런 식으로 십이령겁까지 무사히 마친다면, 그 수사의 나이는 별의 나이처럼 세는 게 무의미해질 것이다.

물론, 하늘은 순리를 거스르는 자들이 일주겁을 쉽게 통과하게 놔두지 않았다. 이령겁은 일령겁보다 통과하기 10배 어려웠다. 또, 삼령겁은 이령겁보다 통과하기 100배 어려웠다.

즉, 갈수록 위험도가 기하급수적으로 올라가는 탓에 십이령겁을 거쳐 하늘의 간섭을 받지 않겠단 수사는 거의 없었다.

말이 990년이지, 그야말로 어마어마한 햇수였다. 당연히 990년을 살면서 얻은 경험과 지식 역시 어마어마할 수밖에 없어 그는 자기가 유건인지, 헌월선사인지 헷갈릴 정도였다.

평범한 입선 중기의 수사라면 뇌가 당장 과부하에 걸려 주화입마에 걸렸을 테지만 다행히 유건에게는 백진이라는 뛰어난 조력자가 있었다. 백진은 현경도로 돌아가기 직전에 뇌음(雷音)으로 헌월선사가 가진 엄청난 양의 기억을 다루는 방법을 알려 주었다. 덕분에 헌월선사의 기억 대부분을 뇌에 저장한 유건은 필요한 기억만 꺼내 쓰는 방법을 익혔다.

"여기쯤인 것 같은데."

유건은 곧 헌월선사의 기억을 토대로 지하실로 내려가는 입구를 찾아냈다. 헌월선사는 진법을 펼쳐 지하실 입구를 은폐해 두었다. 그러나 진법을 해제하는 방법 역시 헌월선사의 기억에 들어 있었기 때문에 어려움 없이 진법을 해제했다.

"헌월선사의 기억을 통해 어느 정도 알고는 있었지만, 실제로 보니 더 대단하군. 장선 후기들은 다 이 정도로 부자일까."

지하실로 내려간 유건은 벌어진 입을 쉽게 다물 수 없었다. 석실보다 약간 작은 지하실 안에는 100종류가 넘는 영약이 있었다. 또, 한쪽 벽 장식장에는 진귀한 영초(靈草)와 영목(靈木), 영석(靈石)이 늘어서 있었고 그 반대편 벽엔 선도에서 화폐로 쓰이는 오행석(五行石)이 산처럼 쌓여 있었다.

유건은 영약, 영초, 오행석 등을 거두어 헌월선사의 호리병에 집어넣었다. 또, 당장 쓸 양은 주머니에 따로 챙겼다. 따로 챙긴 이유는 그가 아직 뇌력을 쓸 수 없기 때문이었다.

호리병은 법보낭의 일종으로 수십만 개의 물건을 분류해 저장할 수 있었다. 그러나 물건을 분류해 맞는 칸에 저장하고 또 그 저장한 물건을 밖으로 꺼내기 위해서는 뇌력이 필수였다. 뇌력은 말 그대로 의식의 힘을 일컫는 말이었다.

뇌력은 지금처럼 법보낭에 물건을 저장하거나 꺼내는 데 필요할 뿐만 아니라, 무언가를 암기하거나 주변을 수색하는 데 사용했다. 또, 경지가 높아질수록 뇌력의 활용처 역시 기하급수적으로 늘어나서 심지어 뇌력을 이용해 상대를 결박하거나 죽이는 일도 가능했다. 물론, 최소 장선 이상의 경지에 도달해야만 뇌력만으로 상대를 죽일 수가 있었다.

뇌력을 사용하려면 입선을 대성해야 하므로 아직 입선 중기에 불과한 유건으로서는 호리병에 물건을 넣을 수는 있지만 그걸 분류하거나 다시 꺼낼 수는 없었다. 유건이 수련에 필요한 물건을 따로 챙긴 것은 바로 그런 연유에서였다.

지하실을 깨끗하게 비운 다음, 한 차례 심호흡한 유건은 북쪽 석벽으로 걸어갔다. 북쪽 석벽 위에는 탱화 몇 점이 걸려 있었는데 헌월선사가 젊었을 적에 취미로 그린 그림이었다.

그러나 유건은 탱화에는 눈길조차 주지 않았다. 그가 신경쓰는 것은 탱화 사이의 비어 있는 벽 그 자체였다. 아니, 비어 있는 벽처럼 보이는 공간 그 자체였다. 그는 조심스레 손을 뻗어 비어 있는 벽을 슬쩍 찔러 보았다. 그 순간, 마치 벽 안이 비어 있는 것처럼 손이 방해를 받지 않고 쑥 들어갔다.

"여기가 확실하군."

유건은 법결을 만들어 낼 정도로 법력을 능숙하게 다루지 못했기 때문에 헌월선사가 남겨 둔 부적 재료로 부적을 새로 만들었다. 물론, 부적 역시 만들어 본 경험이 없었다. 그는 한 달 동안 고군분투하고 나서야 부적을 만들어 낼 수 있었다.

완성한 부적에 법력을 밀어 넣은 유건은 그걸 다시 벽으로 집어 던졌다. 벽과 충돌한 부적이 검은색 연기로 변해 흩어지는 순간, 매미 날개처럼 얇은 천이 밑으로 뚝 떨어졌다.

바닥에 떨어지기 무섭게 꿈틀거리며 입구 쪽으로 도망치려는 얇은 천을 재빨리 회수한 유건은 고개를 들어 천이 있던 벽면을 살펴보았다. 그곳에는 네모난 공간이 뚫려 있었다.

뚫린 공간 안에는 옥함, 석갑(石匣), 골궤(骨櫃) 몇 개가 들어 있었다. 그는 옥함과 석갑, 골궤 등을 꺼내 내용물을 일일이 확인했다. 예상대로 헌월선사가 모아 둔 공법서였다.

유건은 뛸 듯이 기뻐 그가 얻은 공법서가 진짜가 맞는지 몇 번이고 반복해서 확인했다. 물론, 모두 진본 공법서였다.

헌월선사의 스승인 남포노조는 원래 불가 정종을 계승한 심언종(心言宗)의 제자였다. 그러나 심언종 종주(宗主) 경쟁에서 후배에게 밀리기 무섭게 사문을 뛰쳐나가 모습을 감췄다.

남포노조가 뛰어난 실력에도 불구하고 차기 종주 경쟁에서 진 이유는 불문의 제자답지 않게 아주 잔인했기 때문이었다.

공법 유출을 우려한 심언종 존장들은 당연히 남포노조를 죽여 문호를 깨끗이 정리하려 들었다. 한데 종주 경쟁을 하기 한참 전부터 사문을 배신할 마음을 품은 남포노조는 몰래 사귄 요선(妖仙), 흑선(黑仙)들의 도움을 받아 함정을 판 다음, 악독한 방법으로 존장을 기습하는 데 성공했다.

이 일로 심언종 존장 대부분이 세상을 하직해 녹원대륙 불가에서 열 손가락 안에 꼽히던 심언종은 그 명맥이 다하고 말았다. 한데 잔인한 남포노조는 그것으로 만족하지 않았다. 그는 사문에 쳐들어가 종주를 포함한 심언종 종도 수천 명을 학살해 심언종을 아예 이 세상에서 말살시켜 버렸다.

심언종을 멸해 거칠 것이 없어진 남포노조는 자기를 따르던 요선, 흑선들을 한데 모아 남포종(藍布宗)이란 사교 종파를 창건한 다음, 녹원대륙 남동쪽 일대에서 몇백 년 동안 악명을 떨쳤다. 그러나 그런 대단한 남포노조조차 구구말겁이 닥쳤을 때, 본신과 원신에 이어 혼백까지 말살당하는 참화를 입어 윤회조차 허락받지 못하는 잡귀로 전락했다.

어렸을 때부터 눈치가 빨랐던 덕에 스승이 구구말겁을 통과하지 못할 거라 예상한 헌월선사는 겁이 닥쳤을 때, 스승이 아끼던 공법서와 법보, 영약을 훔쳐 남환산맥으로 튀었다.

남환산맥으로 튄 후엔 남포노조가 그랬던 것처럼 제자를 모집해 헌월종을 창건한 다음, 초대 개파조사의 자리에 올랐다.

헌월종을 창건한 후 처음 몇백 년 동안은 남환산맥 전체를 지배할 정도로 강건한 성세를 자랑했다. 한데 정작 헌월선사는 시간이 지날수록 점점 두려워졌다. 그 역시 남포노조처럼 곧 닥칠 구구말겁을 견딜 자신이 없었던 탓이었다.

결국, 못 참고 본산을 뛰쳐나온 헌월선사는 구구말겁을 막을 방법이 있는지 찾아다니다가 어떤 마선이 남긴 유적 안에서 백팔음혼마번 제작법을 찾아냈다. 그러나 백팔음혼마번을 만들려면 천령근을 가진 인재가 꼭 필요했다. 헌월선사는 몇십 년 동안 천령근을 가진 인재를 찾아다녔지만 결국 실패했다. 한데 그때 기다렸다는 듯 태을성진양경도를 손에 넣는 또 다른 기연을 얻어 바로 대법에 착수할 수 있었다.

전부터 마음에 들어 하던 남환산맥 쌍주봉에 새 동부를 건설한 헌월선사는 제자들에게 자신이 먼저 연락하기 전에는 절대 먼저 찾지 말란 엄명을 내리고는 마번 제작에 착수했다.

즉, 유건이 찾은 옥함의 공법서는 헌월선사의 것이 아니라, 남포노조, 아니 남포노조가 적을 둔 불가 정종의 물건이었다.

함에서 꺼낸 공법서는 이름부터가 정종이라 주장하는 듯했다.

"전광석화(電光石火), 사자후(獅子吼), 구련보등(九蓮寶燈), 금강부동공(金剛不動功), 천수관음검법(千手觀音劍法)……."

공법서의 구결이 워낙 난해한 탓에 유건은 입문 구결조차 제대로 이해하지 못했다. 그는 시간을 들여 천천히 연구해 보기로 하고 공법서를 은폐하는 데 사용한 얇은 천을 꺼냈다.

어쩌면 유건에게 공법서보다 더 귀중한 물건이 이 매미 날개처럼 얇은 천일 수 있었다. 아무리 훌륭한 공법을 익혀도 입선이 오선, 장선을 상대로 이기는 것은 불가능했다. 그렇다면 강적이 나타났을 때 도망치거나 재빨리 숨을 방법이 필요한데, 이 얇은 천이야말로 그러한 목적에 딱 알맞았다.

무광무영복(無光無影服)이란 이름을 가진 이 천을 사람이나 물건 위에 덮어씌우면 감쪽같이 사라졌다. 게다가 헌월선사의 기억에 따르면 최소 장선 초기 경지까지는 완벽하게 속일 수 있었다. 유건은 미친 듯이 기뻐 환호성을 질렀다.

유건은 무광무영복을 외투처럼 머리 위에 덮어써 보았다. 그 순간, 마치 그 자리에서 사라진 것처럼 그의 모습이 보이지 않았다. 심지어 그림자조차 남지 않았다. 그는 오른손을 들어 눈앞에 가져가 보았다. 손이 있다는 것을 뇌는 알지만, 눈으로는 보지 못하는 기이한 느낌에 소름이 쫙 돋았다.

무광무영복을 덮어쓴 상태에서 석실로 돌아간 유건은 거울을 찾아 몸을 비춰 보았다. 역시 보이지 않았다. 그는 내친김에 흐르는 물에 몸을 비춰 보았다. 여전히 보이지 않았다.

그제야 무광무영복의 성능을 완벽히 신뢰한 유건은 무광무영복을 벗어 주머니에 집어넣었다. 북주봉에서 챙길 물건을 다 챙긴 그는 남주봉으로 돌아가 앞으로의 일을 고민했다.

그에게는 지금 두 가지 선택권이 있었다. 첫 번째는 남주봉에서 수련을 계속하며 뇌력을 쓸 수 있는 입선 후기를 대성하는 선택이었다. 또, 두 번째는 남환산맥의 다른 곳에 석실을 만들어 수련을 이어 나가는 것이었다. 유건은 고민 끝에 첫 번째 방법을 선택했다. 헌월선사의 제자가 찾아올 가능성이 있긴 하지만 강력한 금제로 보호받는 남주봉 석실에서 수련을 이어 나가는 게 훨씬 안전하단 생각이 들어서였다.

유건은 그날부터 헌월선사가 남긴 영약으로 법력을 높이며 공법서에 적힌 구결을 수련했다. 헌월선사가 남긴 영약은 헌월선사 본인에게는 별 소용이 없었다. 그가 남겨 둔 영약 대부분이 오선과 장선 초기 수사에게 효과가 있는 영약이라, 장선 후기인 헌월선사에게는 효과가 그다지 크지 않았다.

그러나 입선 중기에 불과한 유건에게는 영약이 어마어마한 효과를 가져다주었다. 오히려 영약의 기운이 너무 세서 탈이 날 지경이었다. 그는 기운이 약한 영약은 그대로 복용하고 기운이 센 영약은 몇 개로 쪼개 시간을 두고 복용했다.

영약을 복용할 때마다 법력이 급격히 늘어나는 것을 느낀 유건은 뛸 듯이 기뻐하며 수련에 몰두했다. 그는 영약을 복용하는 틈틈이 이번에 구한 불가 정종의 공법을 연구했다.

앞서 느낀 것처럼 지금은 어떻게든 약육강식의 논리가 지배하는 선도의 세계에서 살아남는 것이 중요했다. 유건은 여러 공법 중에서 적의 공격으로부터 자신을 보호하는 공법과 강대한 적을 마주쳤을 때, 재빨리 도망칠 수 있는 공법 위주로 연구했다. 마침 전광석화와 사자후, 금강부동공 세 개가 딱 그런 공법이라 유건은 밤낮을 잊어 가며 연구했다.

전광석화는 말 그대로 번갯불처럼 빠르게 움직일 수 있는 공법이었다. 전광석화가 원만한 경지에 다다르면 빠르게 움직일 수 있을 뿐만 아니라, 몸을 강력한 벼락이나 고온의 불길로 두른 다음, 적을 직접 타격하는 일까지 가능했다.

또, 사자후는 강력한 음파를 뿜어낼 수 있는 공법으로 적의 발을 잠시 묶을 수 있었고 금강부동공은 신체를 강하게 해 줌과 동시에 강력한 보호막을 생성할 수 있게 도와주었다.

유건은 입정에서 깰 때마다 현경도를 펼쳐 백진에게 말을 걸었다. 그러나 백진은 여전히 백호의 모습을 한 채, 초가집 안에서 긴 잠을 잘 뿐이었다. 헌월선사와 싸울 때 법력 대부분을 소비했는지 좀처럼 깨어날 기미를 보이지 않았다.

"아쉽지만 어쩔 수 없지."

포기한 유건은 수련에 매진했다. 그렇게 3년쯤 흘렀을 때였다.

후기 고비만 남겨 둔 유건은 헌월선사가 남긴 영약 중에서 기운이 센 영약 하나를 통째로 복용한 다음, 입정에 들어갔다.

입정에 든 유건은 시간이 어느 정도 흘렀는지 감조차 잡지 못했다. 어쩔 땐 조금 전에 입정에 든 것 같기도 하고 또 어쩔 땐 마치 100년 동안 입정에 든 것 같기도 하였다.

그러던 어느 날이었다. 단전 안에서 가부좌한 자세로 입정에 든 그의 원신이 눈을 번쩍 뜨더니 황금색 광채를 뿜어냈다.

자리에서 일어난 원신은 고개를 빳빳이 들고 위쪽을 쳐다보았다. 마치 중요한 대사를 앞두고 잠시 숨을 고르는 것 같았다. 잠시 후, 귀여운 표정으로 콧바람을 한 차례 뿜어낸 원신은 순식간에 티끌처럼 작아지더니 뇌 쪽으로 돌진했다.

유건은 좀 더 집중해서 원신의 움직임을 관찰했다. 뇌 안으로 들어간 원신은 혈류를 타고 뇌 안 여기저기를 떠돌아다녔다. 한데 처음에는 관절이 아픈 노인이 지팡이를 짚고 산책하는 것처럼 느리기 짝이 없던 원신이 시간이 지날수록 움직이는 속도가 빨라져 마지막엔 거의 빛의 속도로 뇌 안을 헤집고 다녔다. 원신이 이동하는 거리와 반경이 넓어질수록 머리가 그대로 폭발할 것 같은 두통이 엄습해 왔다.

유건이 사부의 도움 없이 이런 일을 겪었다면 십중팔구 주화입마에 빠졌을 것이다. 그러나 그에겐 훌륭한 사부가 있었다. 바로 헌월선사였다. 그는 헌월선사의 기억을 토대로 지금이 입선을 대성하는 데 가장 중요한 고비임을 깨달았다.

유건은 고비를 넘기는 동안 큰 소리를 내거나, 몸을 움직이면 바로 주화입마에 빠질 수 있단 사실을 미리 알았기 때문에 최대한 고통을 참아 가며 통증이 잦아들기만을 기다렸다.

그러던 어느 날, 거친 바늘로 뇌 여기저기를 쑤시는 것 같던 고통이 기분 좋은 상쾌함으로 바뀌기 시작했다. 마치 비가 내린 직후에 나무가 우거진 숲에 들어가 상쾌한 공기를 한껏 빨아들인 것과 비슷한 감각이었다. 이어 뇌 안에서 작은 폭발이 연쇄적으로 이어지더니 그 폭발이 합쳐져 종내에는 거대한 폭발로 이루었다. 유건은 바로 의식을 상실했다.

유건은 일어나 주위를 둘러보았다. 곧 아무것도 없는 흰 공간에 자기 혼자 서 있다는 사실을 깨달았다. 흰 공간은 신기하기 이를 데 없었다. 얼마나 높은지, 얼마나 넓은지, 또, 얼마나 큰지 확인할 길이 전혀 없었다. 그저 모든 게 하얄 뿐이었다.

"꿈을 꾸는 중인가?"

유건은 중얼거리며 몸을 움직여 보았다. 그러나 진짜 현실과 별 차이가 없었다. 마치 다른 세계에 와 있는 기분이었다.

"꿈은 아닌 것 같고 대체 뭐지? 일종의 환상인가?"

그때였다.

새하얗게 빛나던 공간이 수축과 이완을 급격히 반복하더

니 급기야 살이 접힐 때처럼 주름이 지며 부피가 줄어들었다. 마치 공간이 살아 있는 것처럼 스스로 부피를 줄이는 듯했다.

그러나 그가 있는 공간 자체가 워낙 컸던 탓에 아무리 줄여도 크게 티가 나지 않았다. 유건은 홀린 사람처럼 멍하게 서서 주름진 공간이 빠르게 줄어드는 모습을 지켜보았다.

그러나 시작이 있으면 끝도 있기 마련이었다. 전엔 끝을 알 길 없던 공간이 이젠 많이 줄어 눈으로 그 경계를 확인할 수 있는 수준까지 줄어들었다. 물론, 공간 자체의 크기가 줄어들었단 말은 아니었다. 살이 접히듯 공간이 수억, 수십억 번 접히는 바람에 지금의 크기로 줄어들었을 뿐이었다.

"엇!"

그때, 유건의 발밑이 갑자기 뜨거워지더니 핏물이 기둥을 이루며 치솟았다. 그는 깜짝 놀라 옆으로 비켜섰다. 그 순간, 하늘로 치솟은 핏물이 유건의 머리 위에서 실타래처럼 둥글게 뭉쳐졌다. 한데 처음엔 작은 공만 하던 실타래가 급격히 몸집을 불려 곧 하늘에 뜬 태양처럼 커다랗게 변했다.

더 신기한 일은 그다음에 벌어졌다. 태양처럼 몸집을 불린 실타래가 갑자기 사방으로 피가 흐르는 굵은 혈관을 토해냈다.

처음엔 그런 혈관이 10개에 불과했다. 그러나 혈관 표면에서 나뭇가지가 자라듯 얇은 혈관 수십억 개가 튀어나와 굵은 혈관이 가지 못한 공간까지 뻗어 나가기 시작했다. 그야말로 엄청난 광경인지라, 유건은 넋이 나가 버릴 지경이었다.

굵은 혈관이 한 공간을 개척하면 얇은 혈관이 공간 구석구석까지 파고들어 그곳을 자신만의 영역으로 만드는 중이었다.

그러나 한계는 있었다. 공간을 반쯤 통과한 후에는 앞으로 나아가지 못했다. 굵은 혈관과 얇은 혈관이 협공까지 시도했지만 투명한 벽에 막힌 것처럼 계속 튕겨 나올 따름이었다.

유건은 그제야 그가 보고 있는 환상의 정체가 뭔지 깨달았다. 그는 지금 자신의 뇌를 보고 있었다. 자신의 뇌를 보고 있다는 기묘한 느낌에 소름이 돋고 온몸의 터럭이 곤두섰다.

한데 그때, 붉은 실타래 안에서 강렬한 푸른빛을 뿜어내는 전깃불이 튀어나와 혈관을 타고 뇌 구석구석으로 뻗어 나갔다.

투명한 벽 앞에 도달한 푸른 전깃불은 몸을 태워 빛을 내는 별처럼 엄청난 광채를 뿜어내며 투명한 벽으로 돌진했다.

콰콰콰콰쾅!

하늘이 부서지는 듯한 굉음이 들리며 마침내 투명한 벽이 뚫렸다. 그 순간, 기다렸다는 듯 굵은 혈관과 얇은 혈관이 미지의 공간으로 뛰어들어 그곳에 자신만의 영역을 구축했다.

혈관은 전보다 두 배쯤 넓어진 공간을 장악한 후에야 움직임을 멈추었다. 아마 그보다 더 넓은 공간을 장악하기 위해서는 조금 전에 보았던 푸른색의 전깃불이 더 필요한 듯했다.

그때, 임무를 마친 붉은 실타래가 생명력이 다한 낙엽처럼 껍질이 떨어져 나가며 뽀얀 속살을 드러냈다. 한데 실타래 속에 생각지 못한 게 들어 있었다. 바로 유건의 원신이었다.

유건의 원신 이마 바로 위에는 여전히 오색 광채를 뿜어내는 원통형 뿔이 튀어나와 있었다. 또, 겨드랑이 양 밑에는 투명해서 거의 알아채기 힘든 날개 한 쌍이 붙어 있었고 엉덩이 쪽에는 날카로운 비늘로 이루어진 꼬리가 달려 있었다.

몇 번을 봐도 이해가 가지 않는 모습이었다. 유건은 그가 인간이 아닐지 모른단 의구심을 가져 본 적이 한 번도 없었다. 한데 원신의 형태는 그가 순수한 인간이 아님을 뜻했다.

그때, 유건을 발견한 원신이 장난감을 찾아낸 어린애처럼 함박웃음을 짓더니 갑자기 와락 달려들었다. 유건은 깜짝 놀라 원신에게 멈추란 명령을 내렸다. 그러나 유건의 원신은 본신의 명령 따윈 받지 않는다는 듯 멈추는 기색이 없었다.

철썩!

유건의 얼굴에 달라붙은 원신은 갓난아기처럼 보들보들한 작은 손가락으로 유건의 코와 입, 귀 등을 만지며 놀았다. 가끔 눈에 입김을 불거나, 손가락으로 콧구멍을 쑤시는 것 외에는 심하지 않은 장난이어서 유건은 원신이 놀게 놔두었다.

한참을 신나게 논 원신은 이제 좀 지루해졌는지 갑자기 길게 하품하더니 잠수하듯 유건의 머릿속으로 냅다 뛰어들었다.

원신이 본신으로 돌아올 때마다, 어지러운 증상을 약간 동반하기 때문에 유건은 눈을 잠시 감았다가 떴다. 한데 지금까지 그가 본 광경이 모두 허상이었다는 것처럼 그는 여전히 남주봉 석실 침상 위에 가부좌한 모습으로 앉아 있었다.

　유건은 주머니에서 법력으로 움직이는 시계를 꺼내 시간을 확인했다. 입정에 든 지 벌써 한 달 가까이 지난 상태였다.

　다시 눈을 감은 유건은 몸 안의 상태를 조용히 관찰했다. 원신은 피곤한지 단전에 대자로 누워 코를 고는 중이었다.

　안심한 유건은 본격적으로 뇌 쪽의 상황을 확인했다. 그는 곧 전에는 사용 못 하던 부분까지 사고 영역이 넓어졌단 사실을 깨달았다. 또, 뇌 자체의 기능 역시 엄청나게 좋아져 전에는 한참을 고민해야 풀리던 문제를 바로바로 풀 수 있었다. 마치 전에는 뇌를 하나만 사용했다면 지금은 두 개, 세 개의 뇌를 연결해 동시에 사용하는 것 같은 느낌이었다.

　유건은 눈을 감은 상태에서 뇌의 힘, 즉 뇌력을 끌어올려 보았다. 곧 눈에 보이지 않는 미세한 파동이 그를 중심으로 끊임없이 퍼져 나갔다. 마치 평온한 수면에 작은 돌을 끊임없이 던져 동심원을 이루는 파문을 계속 만드는 것과 같았다.

　유건이 뇌력으로 만들어 낸 미세한 파동은 물건, 생물, 지형 가릴 것 없이 부딪쳐 갔다. 그리고 부딪칠 때마다 바로 튕겨 나오며 물건, 생물, 지형 등이 가진 정보를 그에게 전달해 주었다. 덕분에 그는 마치 눈으로 자세히 관찰한 것처럼 전에는 알지 못하던 세밀한 부분까지 쉽게 알아낼 수 있었다.

　그는 석실 수로에 흩어져 사는 물고기가 몇 마린지, 또 화단 사이를 오가는 나비와 벌, 벌레가 몇 마린지까지 알아냈다.

　유건은 뇌력을 있는 대로 끌어올려 보았다. 뇌력이 석실을 지나 남주봉 전체를 뒤덮었다. 또, 남주봉 전체를 뒤덮은 후에는 북주봉까지 그 범위를 빠르게 넓혀 갔다. 뇌력을 퍼트릴 때, 대엽수 밑에서 한가로이 풀을 뜯던 원각녹 한 마리가 깜짝 놀라 주변을 둘러보는 모습까지 생생하게 느껴졌다.

　그러나 쌍주봉이 한계였다. 쌍주봉 너머를 뇌력으로 관찰하기 위해서는 지금보다 더 높은 경지에 오를 필요가 있었다.

　유건은 뇌력으로 호리병의 내부를 들여다보았다. 수천 개의 법보와 영약, 영초가 시장바닥처럼 어지럽게 놓여 있었다.

　유건은 호리병 안에 뇌력을 집어넣어 법보와 영약, 영초 등을 분류해 다시 저장했다. 호리병의 공간이 워낙 큰지라, 상당한 양의 물건을 집어넣었음에도 아직 공간에 여유가 있었다.

　유건은 시험 삼아 뇌력으로 호리병에 든 영약 하나를 꺼내보았다. 처음엔 뇌력을 다루는 게 익숙지 않아 쉽지 않았다. 그러나 반나절 동안 쉼 없이 연습한 후에는 원하는 물건을 바로바로 꺼낼 수 있는 수준까지 이르는 데 성공했다.

영약을 다시 집어넣은 유건은 심호흡을 크게 하며 중얼거렸다.

"마침내 입선 후기를 대성했구나."

선도를 걸으면 각 경지의 초기, 중기, 후기에 도달할 때마다 전에는 없던 새로운 능력이 생겼다. 입선 중기에 이르렀을 때, 원신 배양에 처음 성공한 것과 후기를 대성했을 때, 뇌력 사용이 가능해지는 것이 바로 그러한 예 중 하나였다.

입선 후기를 대성한 유건은 며칠 동안 정양하며 경지를 다졌다.

경지를 다진 후에는 거울을 가져와 얼굴을 이리저리 비춰보았다. 선도를 걷기 시작한 지 15년쯤 지났기에 이제 그도 나이를 제법 먹어 서른을 훌쩍 넘었다. 그러나 얼굴은 20대 중반을 지나면서부터 더는 나이를 먹지 않은 것 같았다.

"헌월선사가 남긴 영약 때문일까?"

유건은 헌월선사가 남긴 기억에 의존해 영약 수십 개를 복용했다. 그러나 각 영약이 지닌 정확한 효능에 대해선 크게 신경 쓰지 않았다. 아마 복용한 영약 중 하나에 젊음을 유지하게 해 주는 주안(朱顏) 효과가 들어 있었던 것 같았다.

"뭐 나쁠 건 없지."

거울을 치운 유건은 그동안 중점적으로 익힌 전광석화, 사자후, 금강부동공을 시험해 보았다. 중기와 후기는 확실히 다른지, 위력이 제법 괜찮아졌다. 물론, 실전에서는 아직 사용해 본 적이 없어 정확히 어떤 수준의 위력인지까지는 몰랐다.

유건은 그동안 수련하는 틈틈이 헌월선사의 방대한 기억을 뒤져 쓸 만한 정보를 찾았다. 헌월선사는 거의 300년 동안 녹원대륙 이곳저곳을 여행했던 터라, 그 기억을 조사하면 초출(初出)이 저지를 만한 실수를 미리 방지할 수 있었다.

한데 그 와중에 놀라운 사실을 하나 알아냈다. 헌월선사가 태을성진양경도를 찾아낸 동천복지(洞天福地)의 위치가 어딘지 알아낸 것이다. 백팔음혼마번을 완성하기 위해 몇 년 동안 천령근을 지닌 인재를 찾아다니던 헌월선사가 실패를 눈앞에 두었을 무렵, 마치 기다렸다는 듯이 그 앞에 갑자기 천령근과 관련이 있는 게 분명한 동천복지가 등장했다.

물론, 그런 동천복지를 아무나 드나들 수는 없었다. 헌월선사는 비선을 제외하면 녹원대륙에서 100위 안에 충분히 드는 수사였다. 그러나 그런 헌월선사조차 동천복지를 봉인하는 데 사용한 진법과 금제가 무엇인지 알아내지 못했다.

한데 그런 상황이 오히려 헌월선사의 도전 욕구를 불러일으켰는지 그는 그 자리에서 장장 5년 동안 동천복지를 봉인하는 데 사용한 진법과 금제 등을 연구했다. 다행히 연구에 성과가 아예 없지는 않았는지 헌월선사는 거의 6년 만에 동천복지로 들어가는 작은 우회로를 뚫는 데 성공을 거두었다.

동천복지에 입성한 헌월선사는 곧 금제로 봉인해 놓은 태을성진양경도와 공법서를 발견했다. 헌월선사로서는 6년 동안 고생해 가며 진법과 금제를 뚫은 목적을 달성한 셈이었다.

그러나 인간의 탐욕은 끝이 없는 법이었다. 수사 역시 인간이 가진 여러 본능을 완벽히 통제하진 못하는지라, 동천복지를 돌아다니며 양경도와 같은 보물이 더 있는지 조사했다.

그러나 다른 보물을 숨겨 둔 장소는 헌월선사가 절대 깰 수 없는 오묘한 진법과 기이한 금제에 둘러싸여 있었다. 강제로 진법을 깨다가 호된 고초를 몇 차례 겪은 헌월선사는 결국 남환산맥으로 돌아갔다. 곧 닥쳐올 구구말겁부터 무사히 넘긴 후에 동천복지를 다시 찾기로 마음을 먹은 것이다.

유건은 헌월선사가 양경도를 찾아낸 자화연(紫花淵)을 찾아가기로 마음먹었다. 물론, 헌월선사가 얻지 못한 다른 보물을 얻기 위해 가는 것은 아니었다. 장선 후기인 헌월선사가 얻지 못한 보물을 입선 후기인 그가 얻을 리 만무했다.

유건이 자화연으로 가려는 이유는 자화연을 아는 사람이 이 세상에 헌월선사 한 명이기 때문이었다. 즉, 헌월선사가 죽은 지금은 자화연에 대해 아는 사람이 없다는 뜻이었다.

쌍주봉이 수련하기에 나쁜 장소는 아니었다. 그러나 헌월선사의 제자들이 쌍주봉의 위치를 아는 것이 문제였다. 그는 남주봉에서 홀로 수련하던 지난 몇 년 동안, 언제 찾아올지 모르는 헌월선사의 제자 때문에 늘 마음 졸이며 살아왔다.

한데 자화연은 그런 걱정 없이 마음 놓고 수련에 매진할 수 있었다. 더욱이 헌월선사의 기억처럼 장선 후기에 이른 수사조차 쉽게 뚫지 못하는 진법과 금제가 자화연 곳곳에 겹겹이 펼쳐져 있다면 그보다 더 좋은 수련 장소는 없었다.

결정을 내린 유건은 그날 바로 짐을 챙겨 쌍주봉을 떠났다. 헌월선사의 도움 없이 세상 밖으로 나가는 건 이번이 처음이었다. 따라서 설레는 마음보다 두려운 마음이 더 컸다.

유건이 알기로 손가락 하나만 가지고도 그를 죽일 수 있는 수사가 녹원대륙에만 수십만, 아니 수백만 명에 달했다. 이는 마치 이제 막 첫걸음마를 뗀 아기가 산적들이 우글거리는 산속으로 혼자 걸어 들어가는 행동과 다를 바 없었다.

그러나 쌍주봉을 떠난 지 얼마 지나지 않아서 유건은 곧 자기 생각이 틀렸단 사실을 깨달았다. 수사만 그를 죽일 수 있는 게 아니었다. 흉포한 짐승, 치명적인 독을 지닌 독사, 공중을 선회하며 호시탐탐 먹이를 노리는 날짐승 역시 위험하긴 매한가지였다. 아직 영성을 갖추지 못해 수사처럼 교활하진 못하더라도 타고난 본성 자체가 위협적이었다. 생태계로 따지면 유건은 하위에서도 가장 하위인 셈이었다.

유건은 얼마 가지 않아 파란 몸통에 눈이 세 개 달린 흉포한 수컷 곰과 맞닥뜨렸다. 삼안청웅(三眼靑雄)이라 불리는 이 곰은 공선 중기에 해당하는 능력을 지녀 유건에게 아무리 좋은 법보가 있어도 승부를 장담키가 어려운 상대였다.

삼안청웅의 날카로운 발톱은 단단한 금속조차 찢어발길 정도로 강력한 데다, 세 번째 눈에서 쏘아 대는 청색 광망(光芒)은 웬만한 보호막을 단숨에 뚫어 버리는 이능까지 지녔다.

"어쩔 수 없지."

유건은 삼안청웅이 그를 발견하기 전에 재빨리 호리병에서 무광무영복을 꺼내 머리에 덮어썼다. 그 순간, 유건은 사라지고 유건이 있던 자리에는 웃자란 수풀과 관목만이 남았다.

삼안청웅은 후각이 발달했는지 유건이 있던 장소를 킁킁거리며 돌아다녔다. 그러나 눈에 보이는 게 없는 탓에 흥미를 잃은 삼안청웅은 곧 있던 장소로 돌아갔다. 안도한 유건은 삼안청웅이 멀리 떠난 후에야 다시 가던 길을 재촉했다.

유건은 오로지 무광무영복에 의지해 1년 동안 북서쪽으로 쉼 없이 걸어갔다. 헌월선사가 사용하던 비행 법보가 있긴 하지만 공중에 떠서 날아가는 건 자살행위나 마찬가지였다.

비행 법보를 쓰는 순간, 그 일대에 기거하는 수사와 다른 포식자의 주의를 끌 것이 분명했다. 자화연에 가까워질수록 유건은 서두르지 않고 전보다 주의를 기울이며 걸어갔다.

그러나 대홍산맥(大鴻山脈)이라 불리는 험한 산맥에 이르는 순간, 심상치 않은 일이 일어나는 중임을 직감할 수 있었다.

첫날에는 한두 명이 비행 법보나 비행 법술을 써서 그의 머리 위로 날아갔다. 그러나 두 번째 날엔 10명, 세 번째 날엔 100명이 넘는 수사가 그가 가는 방향으로 날아갔다.

앞쪽에 무언가 일이 생겼음을 직감한 유건은 잠시 고민했다. 이대로 계속 가야 하는지, 아니면 수사들을 피해 다른 방향으로 우회해야 하는지 쉽게 결정을 내리지 못한 것이다.

한데 바로 그때, 그의 간담을 서늘하게 하는 사건이 터졌다.

유건은 뇌력을 사용해 그가 있는 지역에 몇 명의 수사가 돌아다니는지 확인하지 않았다. 뇌력을 사용하는 즉시, 머리에 덮어쓴 무광무영복의 이능이 사라져 버리기 때문이었다.

그러나 뇌력을 사용하지 않고도 그 주위에 적지 않은 수사가 돌아다닌단 사실을 알 수 있었다. 바위 밑에 들어간 유건은 수사들이 다른 지역으로 이동하길 기다리며 숨을 참았다. 곧 심장 박동이 느려지며 일종의 가사 상태에 빠졌다.

그가 쓴 비술은 은신술이 아니었다. 금강부동공에 부록으로 딸린 고심술(古心術)이란 이름의 불가 비술이었다. 고심술은 원래 선종(禪宗) 선사들이 깨달음을 얻을 목적으로 10년

117

단위의 긴 입정에 들어갈 때 사용하는 고대 비술이었다.

고심술은 말 그대로 호흡과 심장 박동 등 입정을 방해하는 요소를 제거해 집중력을 높이는 비술인데, 유건은 이를 적에게서 자신의 위치를 감추는 은신술 용도로 쓰는 중이었다.

무광무영복이 신형은 가려 주지만 호흡하는 소리, 심장이 뛰는 소리, 몸에서 나는 냄새까지 가려 주진 못했다. 수사들의 오감은 범인의 수준을 훨씬 초월하기 때문에 완벽히 은폐하려면 무광무영복을 걸친 후에 소리와 냄새까지 숨겨야 했다.

고심술을 발동한 유건은 이럴 때를 대비해 미리 준비해 둔 짐승의 배설물을 온몸에 문질러 냄새까지 완벽하게 감추었다.

그때였다.

부아아앙!

노을 진 서쪽 하늘에서 새카만 빛 한 줄기가 귀청을 찢을 것 같은 굉음을 내며 무시무시한 속도로 날아왔다. 속도가 얼마나 빠른지 빛이 지날 때마다 주변에 있던 구름이 흩어지고 땅에서는 돌개바람이 일어 흙먼지가 위로 치솟았다.

쉭쉭쉭!

심상치 않은 기운을 느낀 것은 후건 혼자만이 아닌 듯했다. 사방에서 놀란 새가 홰를 치며 날아오르듯 수십 명이 넘는 수사들이 하늘로 치솟아 동쪽으로 부리나케 도망쳤다.

그때, 새카만 빛이 유건 근처 상공에 멈춰 섰다. 불길한 예감은 웬만해선 틀리는 경우가 없단 통설이 이번에도 들어맞았다. 곧 새카만 빛 속에서 사람의 신형이 모습을 드러냈다.

빛이 사라지며 등장한 것은 50대로 보이는 차가운 인상의 중년 사내였다. 박박 민 머리와 얼굴엔 호랑이 얼굴 문신을 새겼고 거의 턱에 닿을 정도로 늘어진 귓볼에는 금강석으로 제작한 해골 문양 귀걸이가 빛을 반짝거리며 걸려 있었다.

고공에 떠서 뒷짐을 진 오만한 자세로 주변을 쓱 둘러본 중년 사내가 서늘한 코웃음을 치며 냉랭한 말투로 중얼거렸다.

"흥, 버러지만도 못한 놈들. 보물에 눈이 멀어 죽을 길을 제 발로 찾아온 모양인데 죽는 게 소원이라면 소원대로 해 주지."

중년 사내의 말이 채 끝나기도 전에 지상과 지하에서 수십 명이 넘는 수사가 날아올라 사방으로 부리나케 도망쳤다.

비행과 관련한 비술을 익힌 수사는 비술로, 뛰어난 비행 법보를 보유한 수사는 비행 법보를 이용해 전력으로 도주했다.

개중 눈치 빠르고 비행 실력까지 뛰어난 수사들은 이미 작은 점으로 변해 눈 깜짝할 사이에 멀어졌다. 그야말로 가공할 만한 실력이어서 최소 오선 중, 후기의 경지로 보였다.

"흐흐, 네놈들이 뛰어 봤자 벼룩이지."

중년 사내는 상관없다는 듯 자기 이마를 냅다 후려갈겼다. 그 순간, 그의 등 뒤에서 100개가 넘는 붉은 검이 부챗살처럼 튀어나와 수사들이 도망간 방향으로 쏜살같이 날아갔다.

그야말로 빛을 방불케 하는 속도여서 실력이 제아무리 뛰어난 수사도 결국엔 따라잡혀 붉은 검의 먹잇감으로 전락했다.

"으악!"

"크아악!"

"이, 이럴 수가!"

"다짜고짜 살수부터 쓰다니……. 이런 천인공노(天人共怒)할!"

붉은 검에 따라잡힐 때마다 수사들은 끔찍한 비명을 지르며 죽어 나갔다. 개중 실력이 뛰어난 수사들은 법보나 비술을 써서 붉은 검을 막아 갔다. 그러나 붉은 검은 위력이 엄청나게 강력해 법보는 부수고 비술은 즉시 파훼해 버렸다.

마지막까지 저항하던 수사마저 붉은 검에 찔리기 무섭게 수천 조각으로 잘려 한 줄기 핏덩이로 변했다. 마치 공중에 사람의 육신으로 만든 불꽃놀이가 연이어 벌어지는 듯했다.

도망치는 수사들을 깡그리 몰살시킨 후에 만족한 미소를 지은 중년 사내가 이번엔 땅을 내려다보며 다시 코웃음 쳤다.

"버러지 같은 놈들, 녹염안(綠炎眼)을 수련한 이 요검자(妖劍子) 앞에서 그따위 조잡한 은신술 따위가 통할 줄 알았더냐?"

유건은 가슴이 철렁해 그 자리에 얼어붙었다. 그는 요검자가 누구인지 몰랐다. 그러나 요검자의 녹염안에 정말 은신술을 파훼하는 이능이 있다면 그 또한 죽음을 면키 어려웠다.

유건은 최후의 보루인 현경도를 꺼내 발출할 준비를 하였다. 백진이라면 저 무서운 요검자를 충분히 막아 낼 수 있었다.

물론, 백진이 법력을 아직 회복하지 못했다면 요검자의 살수를 피할 수 없긴 마찬가지라, 일종의 도박인 셈이었다.

그때, 수사들을 죽이고 돌아온 붉은 검이 요검자의 지시에 따라 유성처럼 떨어져 내렸다. 붉은 검이 땅에 떨어질 때마다, 커다란 구덩이가 파이고 아름드리나무가 먼지로 변했다.

"으아악!"

"크윽."

신음과 비명이 간헐적으로 들려오는 것으로 보아 그처럼 은신술이나 은신 법보를 이용해 숨어 있던 수사들마저 붉은 검에 당해 죽어 가는 중임이 분명했다.

그 순간, 붉은 검 하나가 그를 향해 곧장 날아들었다. 붉은 검의 속도가 워낙 빨라 날아온단 느낌을 받았을 땐 이미 코앞에 이르러 있었다.

붉은 검의 날아오는 속도가 워낙 빠른 탓에 유건이 현경도를 던지려는 자세를 취했을 땐 이미 모든 상황이 끝나 있었다.

퍼엉!

붉은 검이 땅에 처박히며 흙과 부서진 돌덩이가 미친 듯이 치솟았다. 유건은 뒤늦게라도 현경도를 던져 보려 하였다.

한데 그 순간, 그와 약간 떨어진 지점을 마구 헤집은 붉은 검이 검수를 돌려 다시 요검자 쪽으로 돌아가는 게 아닌가.

이는 애초에 붉은 검의 목표가 유건이 아니었음을 뜻했다. 실제로 붉은 검이 헤집은 곳에서 핏물이 솟구치는 모습이 보였다. 그곳에 숨어 있던 다른 수사가 목숨을 잃은 것이다.

유건은 천만다행이라 생각하며 현경도를 다시 품속에 집어넣었다. 그가 만약 뒤늦게라도 현경도를 던졌으면 요검자가 그의 위치를 파악했을 것이다. 말 그대로 천우신조였다.

"어쭈, 제법이구나."

그때, 붉은 검을 회수한 요검자가 유건의 머리 위로 쏜살같이 내려와 녹색 불길이 번쩍이는 눈으로 주변을 수색했다. 눈에 맺힌 녹색 불길은 그가 전에 말한 녹염안이 분명했다.

그러나 녹염안이 잘 통하지 않는지 요검자의 얼굴이 와락 구겨졌다. 화가 난 요검자는 급기야 회수했던 붉은 검 수십 개를 다시 방출해 그 일대 전체를 마구 헤집었다.

하지만 요검자는 자기 발밑에 유건이 숨어 있단 사실을 모르는 듯했다. 등잔 밑이 가장 어둡다는 속담이 딱 맞는 상황이었다.

요검자의 녹염안이 무광무영복을 뚫지 못한단 사실을 깨

달은 유건은 그 자리에서 꼼짝하지 않았다. 한데 그때, 전혀 예상하지 못한 상황이 벌어졌다. 가녀린 신형 하나가 손쓸 새도 없이 유건이 덮어쓴 무광무영복 안으로 숨어든 것이다.

기겁한 유건은 서둘러 가녀린 신형의 정체를 확인했다. 가녀린 신형은 20대 초반으로 보이는 젊은 여인이었다. 이마 뒤로 빗어 넘긴 녹색 머리카락을 허리까지 기른 여인이었는데 소매가 풍성한 검은색 상의와 같은 색 치마를 입고 있었다.

그러나 특이한 머리카락 색이나 옷차림은 눈에 들어오지 않았다. 여인은 경국지색이라는 단어로는 다 담기 어려울 만큼 아름다웠다. 아치를 그리는 눈썹과 별빛처럼 반짝이는 녹색 눈동자, 크지도 작지도 않은 코와 약간 얇은 것 같으면서도 전체적인 조화를 깨트리지 않는 분홍색 입술이 완벽한 형태의 얼굴 안에 완벽한 균형미를 이루며 모여 있었다.

그녀의 외모 다음에 눈에 띈 것은 그녀의 몸에서 나는 냄새였다. 아니, 향기라고 보는 게 더 맞았다. 그녀의 머리카락과 몸에선 박하처럼 시원한 느낌을 주는 맑은 향기가 났다.

짐승의 배설물을 온몸에 발라 악취를 풍기는 그와는 완전 딴판이라, 그는 약간 부끄러움을 느꼈다. 그러나 부끄러운 감정은 오래가지 않았다. 그보단 분노가 더 컸기 때문이었다.

아무리 예쁜 여자라도 자기 목숨보다 소중하지는 않았다. 그는 그녀가 무광무영복으로 은신한 자신을 어떻게 찾아냈는지 몰랐다.

요검자를 피해 숨어 있는 것을 보면 공선이나 오선이란 소
린데, 공선 또는 오선이 무광무영복의 이능을 꿰뚫어 보기는
쉽지 않기 때문에 특별한 법보나 비술을 익힌 게 분명했다.
그렇지 않다면 요검자도 찾아내지 못한 그를 요검자보다 훨
씬 약해 보이는 그녀가 찾아낼 턱이 없었다.

그러나 그까지 위험에 처하게 만든 그녀에게 화를 낼 순
없었다. 우선 그녀가 그보다 강하기 때문이었다. 또, 그녀에
게 화를 낸다고 해서 상황이 나아질 리 없는 탓이었다. 오히
려 그녀와 푸닥거리다가는 요검자의 주의만 더 끌 뿐이었다.

여인 역시 아주 뻔뻔한 성격은 아닌 모양이었다. 자기 때
문에 그가 위험에 처했다는 사실을 아는지 거듭해서 미안한
표정을 드러냈다. 다른 방법이 없었기 때문에 씁쓸한 표정으
로 쳐다보던 유건은 고개를 돌려 다시 요검자를 찾았다.

요란하게 분풀이를 해 댄 요검자는 다시 눈에 녹색 불길을
일으켜 주변을 수색했다. 그러나 유건을 찾을 수 없긴 마찬
가지였다. 사실, 요검자가 찾는 것은 유건이 아니었다. 무광
무영복을 덮어쓴 유건은 아예 처음부터 발견하지도 못했다.

요검자가 찾는 사람은 바로 유건 옆에 꿇어앉아 사시나무
처럼 몸을 떠는 젊은 여인이었다. 은신 법보에 의지한 상태
에서 땅속 깊숙이 숨어 있던 젊은 여인과 그녀의 동료를 발
견해 낸 요검자는 바로 붉은 검을 날려 기습했다. 그는 그 한
번의 공격으로 두 연놈을 깨끗이 처리할 거로 생각했다.

한데 그렇지 않았다. 연놈 중에 사내는 죽였다. 그러나 여자는 미꾸라지처럼 공격 범위를 빠져나갔다. 아마 사문의 존장이 준 법보를 갖고 있거나, 어떤 비술을 배운 것 같았다.

그러나 미세하게 흘러나오는 기운까지 완벽히 제거하지 못한 탓에 요검자는 여자의 위치를 추적할 수 있었다. 한데 어느 순간, 여자에게서 미세하게 흘러나오던 기운까지 자취를 감춰 버렸다.

어린 후배에게 철저히 농락당했다고 느낀 요검자는 얼굴이 점점 흉악하게 일그러져 갔다. 마치 뱃속 깊은 곳에서부터 용암처럼 끓어오르는 살기를 감추기 어려워하는 것 같았다.

"네년의 살가죽을 산 채로 벗긴 후에 소금에 절여 주마. 그러면 네 동료와 같이 죽는 게 차라리 나았단 생각을 할 것이야."

이를 부드득 간 요검자가 등에 멘 커다란 항아리를 공중에 띄웠다. 항아리 안에 지독한 법보가 들어 있는지 요검자의 손길에 자신감이 넘쳤다. 반면, 이를 지켜본 여인은 숲에서 볼일을 보다가 뱀이라도 본 사람처럼 소스라치게 놀랐다.

요검자가 항아리를 공중에 거꾸로 띄워 법결을 몇 개 날리는 순간, 항아리 뚜껑이 떨어져 나가며 그 안에서 시커먼 모래 한 바가지가 소용돌이치며 쏟아져 나왔다.

상당히 멀리 떨어져 있었음에도 모래에서 풍기는 지독한 악취와 요사스러운 사기에 갑자기 눈앞이 핑핑 돌며 구토가 일었다.

유건은 항아리 안에서 쏟아져 나온 시커먼 모래가 뭔지 몰랐다. 그러나 그 모래가 불특정 다수를 상대로 한 대량 살상용 법보란 사실은 쉽게 유추할 수 있었다. 붉은 검과 같은 대인용 법보는 표적을 포착해야 공격할 수 있었다.

그러나 검은 모래와 같은 대량 살상용 법보는 그럴 필요가 없었다. 아예 그 일대 전체를 죽음의 땅으로 만들어 버리는 것이다.

유건은 고개를 돌려 여인을 보았다. 그러나 그녀에겐 저 법보를 막을 수단이 없는지 겁에 질린 얼굴로 앉아 있을 뿐이었다.

속으로 한숨을 내쉰 유건은 품에 넣어 둔 현경도를 다시 꺼냈다. 이젠 현경도에 마지막 희망을 걸어 보는 수밖에 없었다.

한데 항아리에서 쏟아져 나온 시커먼 모래가 지상으로 내려와 그들이 숨어 있는 바위를 덮치려는 순간, 또다시 생각지 못한 일이 일어났다. 북쪽 하늘에서 북소리가 들려온 것이다.

둥둥둥둥둥!

북소리는 빠른 속도로 가까워졌다. 한데 멀리 있을 땐 기분 좋은 울림처럼 느껴지던 북소리가 가까워질수록 마치 귀옆에서 북을 치는 것처럼 쾅쾅 울려 정신을 차릴 수가 없었다. 북소리의 주인공 역시 만만치 않은 수사라는 의미였다.

"빌어먹을, 염가(炎家) 늙은이가 하필 이런 때에!"

그때, 신경질적으로 소리친 요검자가 북소리가 들린 방향으로 쏜살같이 날아가 금세 작은 점으로 변했다. 그가 남겨둔 항아리는 살아 있는 것처럼 쏟아 낸 시커먼 모래를 알아서 주워 담은 후에 앞서가는 요검자의 뒤를 급히 쫓아갔다.

요검자와 같은 수사가 발산하는 뇌력은 상상을 초월하기 때문에 유건은 자리에서 꼼짝 않고 거의 반나절을 기다렸다.

그날 날이 완전히 저문 후에야 유건은 요검자가 갔던 방향 반대편으로 몸을 날렸다. 여인 역시 같은 생각인지 유건과 같은 방향으로 몸을 날렸다. 그녀는 확실히 유건보다 실력이 뛰어나서 걸음을 몇 번 떼기도 전에 산 하나를 넘었다.

두 사람은 삼월천을 상징하는 세 개의 달이 중천에 떴을 무렵에야 아늑한 호숫가에 도착해 잠시 휴식을 취했다. 요검자의 뇌력이 아무리 대단해도 이곳까지 추적하기는 어려웠다.

무광무영복을 벗은 유건은 여인을 경계하며 조심스레 물었다.

"공선 선배님이십니까?"

여인은 유건이 자길 경계한단 것을 아는지 차분하게 대답했다.

"맞아요. 공선 중기예요. 하지만 실력이 미흡해 소협과 별 차이 없을 거예요. 본녀를 경계하실 필요가 없단 뜻이에요."

유건은 얼른 손사래를 치며 사양했다.

"소인 같은 말학 후배가 어찌 공선 선배님의 존대를 받겠습니까."

여인은 잠시 고민한 후에 고개를 끄덕였다.

"알겠네. 그쪽이 더 편하다면 그렇게 하도록 하지."

공수(拱手)한 유건은 그녀에게 정식으로 자신을 소개하였다.

"소인은 유건이라 합니다."

"본녀의 이름은 선혜수(宣慧秀)일세."

선혜수는 잠시 고민하는가 싶더니 이내 머리를 숙여 보였다.

"우선 고맙단 말부터 하는 게 맞는 것 같군. 소협의 도움이 없었다면 본녀는 그 요적에게 끔찍한 짓을 당했을 것이야."

유건은 깜짝 놀라 얼른 그녀의 인사를 피했다.

"그러실 필요 없습니다."

"아니, 이렇게 해야지만 본녀의 마음이 편할 것 같네."

유건은 자신을 선혜수라 소개한 여자와 잠시 이야기를 나누었다. 한데 그녀의 얘기가 너무 뜻밖이라 깜짝 놀라고 말았다.

선혜수가 한 말이 모두 사실이라면 그녀는 녹원대륙 십대
종문 중 하나인 구화련(九和聯) 칠교보(七橋堡)의 제자였다.
그녀는 사부의 명령을 받고 사형 은사춘(銀思春)과 함께 약
초를 채집하러 가던 도중에 이번 사건에 휩쓸린 상태였다.

그녀의 사형 은사춘은 오선 초기의 수사로 실력이 만만치
않은 사내였다. 그러나 요검자의 성명 법보인 적수검(赤收
劍)은 지독하기 짝이 없어 안타깝게도 뭔갈 해 보기도 전에
그 자리에서 즉사했다. 다행히 선혜수 본인은 사부에게 받은
설린망(雪麟網) 덕에 사형과 달리 즉사를 면할 수 있었다.

그러나 설린망으로는 요검자의 녹염안에서 완벽히 벗어나
지 못했다. 설린망이 뛰어난 법보이긴 하지만 완벽하진 않았
다.

그녀보다 훨씬 강한 사형 은사춘이 적수검을 막지 못해 두
조각으로 갈라지는 처참한 광경을 보며 소스라치게 놀란 선
혜수는 다급한 마음에 양 손가락을 관자놀이에 찔러 넣었다.

그 순간, 선혜수의 미간 위에 세 번째 눈이 생겨나 주변 사
물을 꿰뚫어 보았다. 바로 녹원대륙의 선도 명문이었던 선혜
선가(宣慧仙家)의 구명비술(求命祕術) 봉관시(鳳觀示)였다.

선혜선가의 마지막 후손인 선혜수는 가문에 내려오는 비
술을 몇 가지 익혔는데, 그중 하나가 봉관시였다. 봉관시는
일생에 단 세 번만 쓸 수 있는 특수한 비술로 이번에 쓰면 두
번째였기 때문에 잠시 망설였다.

그러나 어차피 이번 위기를 헤쳐 나가지 못하면 한번이 남았든 두 번이 남았든 못 쓰고 죽는 건 매한가지인지라, 바로 봉관시를 펼쳤다.

처음엔 봉관시를 써서 녹염안이 닿지 않는 데로 도망칠 생각이었다. 확률은 떨어지지만, 가만히 앉아서 칼이 떨어지길 기다리는 것보단 나았다. 한데 막 도망치려는 순간, 눈앞에 생각지 못한 광경이 펼쳐졌다. 앞쪽에 젊은 수사 하나가 짐승의 배설물을 덮어쓴 모습으로 숨어 있었기 때문이었다.

그 젊은 수사는 당연히 유건이었다.

선혜수는 유건이 덮어쓴 천이 어떤 법보인지 알지 못했다. 그러나 요검자의 녹염안이 통하지 않는 것만은 분명했다. 선혜수는 잠시 고민하다가 유건 옆으로 몸을 날렸다. 유건의 실력이 그다지 뛰어나 보이지 않았기 때문에 후환을 걱정할 필요가 없다는 것이 그런 결정을 내린 이유 중 하나였다.

유건이 선혜수를 경계하는 것처럼 선혜수 역시 유건을 믿지 않았다. 일설에 따르면 입선이 공선을 죽이기는 쉽지 않아도 아예 불가능한 일까지는 아니었다. 즉, 유건에게 뛰어난 법보와 비술이 있다면 그녀를 죽일 수가 있다는 뜻이었다.

그러나 공선이 오선을 죽이는 것은 그보다 훨씬 어려웠고 오선이 장선을 죽일 수 있는 확률은 극히 희박했다. 물론, 장선이 비선을 죽이는 것은 아예 불가능에 가까운 일이었다.

선혜수는 그런 이유로 인해 가문의 비술인 봉관시를 써서 무광무영복을 꿰뚫어 보았다는 사실만 제외한 상태에서 비교적 상세하게 그동안에 있었던 일을 소상히 이야기해 주었다. 유건이 무광무영복으로 신형을 감춘 상태에서 기습해 오더라도 봉관시를 써서 이를 꿰뚫어 볼 수 있기 때문이었다.

말을 마친 선혜수가 어둠에 잠긴 호숫가를 둘러보며 권했다.

"장선의 실력은 우리가 예상하는 것 이상일세. 염화도인(炎華道人)과 요검자의 실력이 엇비슷하단 소문을 듣긴 했지만, 요검자가 의외로 쉽게 염화도인을 따돌렸다면 우리를 추적해 올 여지가 있단 뜻이네. 이곳보다는 더 안전한 장소로 가서 숨어야 하네. 본녀가 가진 오행둔법술(五行遁法術)이라면 2, 3일 정도는 안전하게 숨어 있을 수 있을 것이야."

유건은 담담한 표정으로 선혜수의 말을 듣고 있었다. 그러나 머릿속은 그렇지 않았다. 머릿속으론 이해득실을 따져 보느라 정신이 없었다.

선도에서는 열 길 물속은 알아도 한 길 사람 속은 모른단 속담이 통하지 않았다. 선도에서는 물속이 아니라, 그게 물인지 독인지 먼저 확인해야 했다. 그래야 음모와 배신이 판치는 선도에서 살아남을 수 있었다.

그의 무광무영복에 탐이 난 선혜수가 은혜를 원수로 갚을 수 있는 탓에 유건은 그녀의 제안을 쉽게 수락하지 못했다.

이를 모를 리 없는 선혜수가 한숨을 살짝 쉬었다.

"보기보다 의심이 많은 성격인가 보군."

헌월선사가 떠오른 유건은 씁쓸한 표정을 지었다.

"전에 누군가에게 호되게 당한 적이 있어서요."

"그렇다면 이해가 가지 않는 것도 아니군."

고개를 끄덕인 선혜수가 법보낭에서 피처럼 붉은 종이와 붉은 붓을 꺼냈다. 혈지(血紙)와 혈필(血筆)은 가장 유명한 선약(仙約)인 삼혈서(三血書)를 만드는 데 쓰는 재료였다.

배신과 음모가 너무 판치는 탓에 언제부터인가 선도에서는 이를 방지할 목적으로 수사끼리 상대를 배신하지 않겠단 맹세가 담긴 서약을 맺기 시작했는데, 이를 선약이라 하였다.

그중 삼혈서는 만들기도 쉽고 효과 역시 뛰어나 수사들이 애용하는 선약이었다. 만약 삼혈서를 작성한 수사가 이를 어기면, 그 즉시 심마가 찾아와 가벼운 주화입마에 빠졌다. 주화입마가 강하든 약하든 상관없이 그 순간에는 무방비상태일 수밖에 없어 바로 응징이 가능하단 장점이 있었다.

물론, 단점 역시 존재했다. 삼혈서는 기간이 아주 짧아 보통은 닷새, 길면 열흘 정도밖에 효과가 없어 주로 경지가 낮은 수사가 애용했다. 경지가 높은 수사는 훨씬 복잡한 데다, 제물까지 필요한 강력한 위력의 선약을 맺곤 하였다. 그중 어떤 선약의 경우엔 죽어야지만 끝나는 것도 있었다.

은침으로 손톱 밑을 찔러 피를 뽑아낸 후에 그 피를 혈필에 묻힌 선혜수가 미리 준비해 둔 혈지에 서약의 내용을 적어 내려갔다. 다 적은 다음에는 살펴보라는 듯 혈지를 건넸다.

유건은 그녀가 건넨 혈지를 받아 자세히 살펴보았다. 그녀가 적은 서약의 내용이 살아 있는 것처럼 마구 꿈틀거리다가 어느 순간, 칼로 파낸 것처럼 종이에 음각으로 새겨졌다.

만족한 유건은 그녀가 적은 곳 바로 옆에 똑같은 방법으로 서약서를 작성해 상대에게 건넸다. 이상이 없음을 확인한 선혜수는 혈지를 반으로 찢어 그녀가 작성한 부분은 유건에게 건네고 그가 작성한 부분은 반으로 접어 품에 간직했다.

선혜수가 유건이 삼혈서를 챙기는 모습을 지켜보며 권했다.

"땀을 많이 흘린 탓에 피차 냄새가 나는 건 매한가지 같군. 숨을 곳을 찾기 전에 몸을 씻고 옷을 세탁하는 것이 좋겠네."

그렇지 않아도 짐승의 배설물 때문에 더러워진 몸을 빨리 씻고 싶었던 유건은 그녀의 호의를 거절하지 않았다. 이것이 그녀의 호의임을 알 수 있었던 이유는 그녀의 몸에서는 땀 냄새는커녕, 여전히 상쾌한 향기만이 났기 때문이었다.

"배려해 주셔서 감사합니다."

그녀에게 고마움을 표시한 유건은 호숫가 안쪽으로 걸어가 짐승의 배설물이 묻어 냄새가 나는 옷과 몸을 깨끗이 씻었다. 그동안 선혜수는 호숫가 옆에 있는 언덕에 올라가 주위를 경계했다. 물론, 유건이 있는 쪽에는 시선을 주지 않았다.

장심(掌心)에서 끌어낸 열기로 세탁한 옷가지를 재빨리 말린 유건은 상쾌한 기분으로 선혜수가 서 있는 언덕을 찾았다.

"선배님도 씻으시지요. 물이 아주 맑고 시원합니다."

잠시 고민하던 선혜수가 입술을 살짝 깨물며 당부했다.

"그럼 수사가 예의를 지킬 거라 믿고 본녀도 씻으러 가겠네."

"염려하지 마십시오. 말학 후배가 어찌 감히 선배님의 깨끗한 이름을 더럽히는 망령된 짓거리를 저지를 수 있겠습니까."

유건의 진실한 태도에 적잖이 안심했는지 선혜수도 호숫가로 날아가 흙과 먼지가 묻은 옷을 벗어 세탁하고 몸을 씻었다. 물론, 유건은 장담한 대로 그쪽엔 눈길조차 주지 않았다.

말끔한 모습으로 나타난 선혜수는 전에 보았을 때보다 훨씬 더 청초한 분위기를 풍겼다. 마치 물망초를 보는 듯했다.

그러나 선혜수의 미모에 혹해 얼굴을 붉히거나 하는 일은 없었다. 이미 백진에게서 한 차례 쓴맛을 본 적 있는 탓이었다.

백진은 그에게 여색을 탐하다간 오래 살지 못할 거란 충고를 했었다. 지금은 그 충고를 따를 때였다. 비록 삼혈서를 작성해 서로 상대를 해치진 못할 테지만 어쨌든 그녀의 미모에 혹해 냉정함을 잃어버리면 천추의 한을 남길 수 있었다.

선혜수는 그를 데리고 호숫가 가장 깊은 쪽에 있는 작은 동굴로 향했다. 동굴에 살던 짐승은 떠난 지 오래인 듯했다. 그러나 짐승이 살던 흔적은 여전히 남아 있어 꽤 더러웠다.

미간을 찌푸린 선혜수는 동굴 안으로 물 속성 부적을 날렸다. 물 부적은 곧 물보라로 변해 더러운 동굴을 깨끗하게 청소했다. 청소를 마친 다음에는 불 속성 부적으로 동굴에 남아 있는 물기와 습기를 완전히 제거해 쾌적한 상태로 만들었다. 동굴을 청소하는 그녀의 수단이 깔끔하면서도 아주 신속했기 때문에 지켜보던 유건은 절로 감탄이 일었다.

동굴이 꽤 널찍한 덕에 두 사람은 적당한 거리를 두고 마주 앉을 수 있었다. 선혜수는 자리에 앉기 전에 조금 전에 말한 오행둔법을 펼쳐 동굴 입구를 봉쇄했다. 둔법을 완성하는 데 시간이 꽤 걸리긴 했지만, 위력은 상당한 듯 자리에 앉은 선혜수가 이마에 흐르는 땀을 닦으며 긴장을 풀었다.

"이젠 한숨 놓을 수 있을 것이네."

"다행입니다."

"그럼 잠시 정양하도록 하세."

"그러지요."

두 남녀는 각자 벽을 바라본 상태에서 공법을 운용해 소진한 법력을 회복하고 흐트러진 기운을 다시 정갈하게 골랐다.

한데 먼저 입정에서 깨어난 것은 경지가 낮은 유건이 아니라, 그보다 두 단계나 경지가 높은 공선 중기의 선혜수였다.

돌아앉은 선혜수는 벽을 바라본 자세로 입정에 들어가 미동조차 없는 유건의 뒷모습을 지켜보다가 몰래 한숨을 쉬었다.

'대단한 정력(定力)이구나. 그에 비하면 나는 한심하기 짝이 없어. 고작 사내와 같은 공간에 있다는 것만으로도 마음이 어지러워져 입정에 실패하다니 그를 보기 창피할 정도야.'

선혜수는 호흡을 고르며 그가 입정에서 깨어나길 기다렸다. 다음 날 새벽, 입정에서 깨어난 유건은 바로 돌아앉아 선혜수의 상태를 확인했다. 그녀가 미소를 지으며 그를 반겼다.

"깨어났는가?"

"예, 선배님."

"자질이 훌륭해 보이는데 어떤 분에게 선도를 배우는 중인가?"

유건은 그녀를 속일 필요가 없다는 생각에 솔직하게 대답했다.

"우연히 공법서를 구해 독학했을 뿐, 따로 스승이 있진 않습니다. 선배님이 보신 법보는 공법서와 같이 있던 것이고요."

유건의 대답을 들은 선혜수가 눈을 빛내며 물었다.

"그럼 본녀가 속한 칠교보에 입문하는 것이 어떻겠는가?
알겠지만 우리 칠교보는 구화련에 속해 있고 그 구화련은 녹
원대륙 십대종문 중에 하나라네. 실력이 뛰어난 존장들이 많
이 계실 뿐만 아니라, 수련 자원 역시 아주 넉넉하여 자네처
럼 자질이 훌륭한 수사라면 금방 공선에 도달할 것이야."

거절을 너무 빨리하면 선혜수의 마음이 상할지도 모른다
고 염려한 유건은 잠시 고민하는 척하다가 정중하게 사양했
다.

"말씀은 고맙지만, 지금은 세상을 좀 더 돌아볼 생각입니
다. 만약 세상을 어느 정도 돌아본 후에도 후배와 인연이 닿
는 곳이 없다면, 그땐 선배님께 폐를 끼치도록 하겠습니다."

선혜수는 약간 의외라는 표정을 지었다.

유건처럼 사문이나 뒷배 없이 혼자 떠돌아다니는 수사를
낭선(浪仙)이라 하였다. 일정한 거처 없이 낭인처럼 떠돌아
다닌단 의미였다. 물론, 낭선이라고 다 같은 낭선은 아니었
다.

무시무시한 실력을 선보인 요검자 역시 낭선이었다. 그러
나 그는 실력이 뛰어나서 사문이나 뒷배가 필요 없는 경우였
다.

하지만 유건처럼 입선 후기에 불과한 낭선이 칠교보와 같
은 대문파 입문 제의를 거절하는 예를 보기는 쉽지 않았다.

오히려 들어가지 못해 안달하는 경우가 더 많기 때문이었다.

선혜수는 아쉬운 표정을 애써 감추며 알겠다는 듯 고개를 끄덕였다. 유건처럼 자질이 뛰어난 데다, 요검자의 녹염안이 통하지 않을 정도의 은신 법보를 보유한 수사가 그녀가 속한 계파에 합류하면 큰 도움을 받을 수 있기 때문이었다.

유건은 화제를 돌릴 생각으로 저녁에 있었던 일에 관해 물었다.

"요검자는 대체 누굽니까? 그리고 왜 살수를 펼친 것입니까?"

"요검자는 우리가 지금 있는 이 대홍산맥 전체를 지배하는 낭선일세. 경지는 장선 초기에 불과하지만, 법보가 워낙 지독한 탓에 장선 중기도 그와의 대결을 피한다고 들었네. 이길 순 있지만 자신 역시 피해를 볼 가능성이 크기 때문이지."

선혜수의 이어진 설명에 따르면 북을 치던 수사는 염화도인이란 자로 요검자와 같은 장선 초기의 수사였다. 한데 그런 염화도인이 몇 년 전에 본인이 세운 염화문(炎火門)을 앞세워 대홍산맥 북쪽에 자신의 영역을 늘려 가기 시작했다.

당연히 노발대발한 요검자는 바로 염화도인을 찾아가 사생결단을 벌였다. 그러나 본인의 실력이 요검자보다 떨어진다는 사실을 누구보다 잘 아는 염화도인은 어떤 고인에게서 요검자의 상극에 해당하는 법보를 빌려 와 적을 상대했다.

두 사람은 열흘 동안 실력을 겨루었으나 승부를 가리지 못했다. 그 후에는 소강상태가 이어졌다. 요검자는 그와 상극에 해당하는 염화도인의 법보를 꺼림칙하게 여겼고 반대로 염화도인은 상극의 법보로도 요검자를 죽이지 못해 당황했다.

말을 잠시 멈춘 선혜수가 착잡한 시선으로 허공의 한 점을 응시하며 긴 한숨을 내쉬었다. 아마 요검자 손에 죽은 사형 은사춘을 떠올리는 듯했다. 왕래가 그리 잦지는 않았지만 어쨌든 동고동락하던 사형의 시신조차 수습하지 못한 것이다.

유건은 선혜수가 감정을 추스르길 기다리며 물었다.

"대홍산맥 전체가 요검자의 영역이라면 왜 이렇게 많은 수사가 몰려든 것입니까? 이는 죽음을 재촉하는 행위가 아닙니까?"

움찔한 선혜수가 시선을 밑으로 내려 그를 쳐다보았다.

"거기엔 그럴 만한 사정이 있었다네."

"어떤 사정인지요?"

"자네 혹시 영선(靈仙)에 대해 들어 본 적 있는가?"

"영선이라면 영초나, 영목, 영석, 영기(靈器) 등이 영성을 지녀 우리처럼 선도에 든 수사를 가리키는 명칭이 아닙니까?"

"그렇다네."

눈치가 빠른 유건은 바로 무슨 사정인지 눈치 챘다.

"하면 이곳에 영선 중 하나가 나타났단 말입니까?"

"그 말대로네. 며칠 전, 영선 중에서도 아주 높은 품계에 해당하는 영선 하나가 대홍산맥 바깥에 있는 백삼곡(白蔘谷) 심처에서 모습을 처음 드러냈네. 그 소식을 듣고 근처에 있던 수사들이 몰려갔지. 사부님의 명을 받고 약초를 캐러 가던 본녀와 사형 역시 욕심을 억누르지 못하고 그들과 합류했네. 우리처럼 낮은 경지의 수사들이 그런 높은 품계의 영선을 잡으면 경지 한두 단계 높이는 것은 식은 죽 먹기와 같기 때문이라네. 한데 그 영선은 눈치가 어찌나 빠른지 자신의 은거지가 다른 수사에게 발각당했단 사실을 알기 무섭게 재빨리 도망쳤네. 그러나 영선은 자기가 도망친 곳이 범의 아가리보다 무서운 곳임을 몰랐던 모양이야."

유건은 한숨을 내쉬었다.

"영선이 요검자가 거주하는 대홍산맥 쪽으로 도망친 것이군요."

"그렇다네."

대답한 선혜수가 고개를 저으며 씁쓸하게 중얼거렸다.

"영선은 요검자와 염화도인 중에 승리하는 자가 차지할 것이야."

동굴 안에서 사흘을 같이 보낸 두 사람은 요검자의 추적을 완전히 따돌렸다고 생각할 때쯤 다시 각자의 길로 떠났다.

헤어지기 직전, 선혜수가 무슨 말인가를 하려다 고개를 저었다.

"무탈하길 바라네."

"선배님도요."

선혜수는 은사춘이 죽은 일을 보고하러 사문이 있는 방향으로 먼저 떠났고, 얼마 후 유건은 자화연에 가기 위해 다시 북서쪽으로 걸음을 옮겼다.

그러나 요검자가 사는 대홍산맥으론 갈 수 없어 길을 크게 돌아갔다. 한데 그 결정이 예기치 못한 상황으로 그를 이끌 줄은 이땐 미처 알지 못했다.

헌월선사의 기억 덕에 유건은 평범한 입선 후기의 수사가 접할 수 있는 정보보다 훨씬 많은 양의 정보를 접할 수 있었다.

헌월선사가 남긴 기억에는 영선과 관련한 정보 역시 꽤 많은 편에 속했다. 한데 그중 가장 주목할 만한 정보는 역시 꼭 살아 있는 생물만이 영성을 깨우쳐 선도의 길에 들어서는 건 아니란 정보였다. 헌월선사의 정보가 사실이라면, 생물이 아닌 것, 즉 불, 바람, 흙, 물에도 생령이 깃들 수 있었다.

또, 그 생령이 영성마저 깨우쳐 선도의 길에 들어서면 평범한 수사와 다를 바가 없어지는데 이를 영선이라 칭하였다. 극단적인 예를 들자면 심지어 사람이 인공적으로 만든 물건이

나, 건물에 깃든 생령마저 영성을 깨우칠 수 있었다.

물론, 생물이 아닌 것에 생령이 깃들 확률은 극악에 가까워 확률이란 단어가 무의미할 정도였다. 또, 생령이 깃든 후에 영성까지 깨우칠 확률은 더 희박해 일반적인 상황에선 불가능했다. 생물이 아닌 것이 영선으로 거듭나기 위해선 몇 가지 조건이 필요했다.

일단, 영성을 깨우치는 데 필요한 영기를 흡수하는 데 엄청난 세월이 필요해 보통 수만 년에서 길게는 수억 년까지의 시간이 걸리곤 하였다. 또, 그 주변에 천지 영기의 농도가 아주 짙거나, 아니면 영기가 충만한 생물과 결합하는 것과 같은 특수한 조건마저 필요했다.

다만, 수사가 만든 법보의 경우엔 약간 달랐다. 수사의 능력에 따라 법보에 생령이 깃들고 영성을 깨우치기 때문이었다.

그에 비하면 영초, 영목, 영화, 영균(靈菌) 같은 식물이 영성을 깨우쳐 영선으로 거듭나는 일은 꽤 자주 있는 편이었다.

요검자에게 죽어 간 수사들이 쫓던 영선은 그중 영초가 영성을 깨우쳐 영선으로 다시 태어난 경우였다. 한데 선도에서 법보의 위력이나 영약의 효과를 구별하는 데 사용하는 12품계에서 3품계에 들 정도로 뛰어난 영선이었기 때문에 수사들이 소중한 목숨까지 걸어 가며 그 뒤를 추격한 것이다.

12품계는 9품부터 시작해 1품까지를 이르는 산선품(散仙品) 아홉 품계에 지선품(地仙品), 천선품(天仙品), 천신품(天神品)의 세 품계를 더한 품계였다. 물론, 지선품, 천선품, 천신품 역시 산선품처럼 아홉 품계로 이루어져 있다는 일설이 있긴 하지만 말만 들었을 뿐, 확인해 본 수사는 없었다.

거기다 지선품, 천선품, 천신품 등은 삼월천처럼 천지 영기의 농도가 높지 않은 지역에서는 보기 어려운 탓에 삼월천에서는 산선품 아홉 품계가 거의 끝이라고 보는 게 합당했다.

한데 그중 3품계라면 산선품에서 상위 품계에 속하기 때문에 경지에 상관없이 눈이 회까닥 돌아갈 수밖에 없는 것이다.

물론, 유건은 영선에 욕심을 부리지 않았다. 분수도 모르고 괜히 욕심부리다가는 쥐도 새도 모르게 목숨을 잃을 터였다.

유건은 영선과 관련한 분쟁에 휘말리지 않기 위해 대홍산맥을 크게 돌아 이동했다. 일정은 늦춰질 테지만 간담이 서늘할 정도로 강력한 요검자의 눈에 띄지 않는 편이 안전했다.

과연 장선이 지닌 실력은 대단했다. 이제 입선 후기인 유건으로선 너무나 까마득한 경지라 감히 쳐다볼 수조차 없었다.

'장선 초기인 요검자가 저렇게 강하다면 장선 후기를 대성해 적수가 몇 명 없다는 헌월선사는 대체 얼마나 강한 것일까?'

유건은 자신이 운이 좋아도 너무 좋았단 생각이 들었다. 헌월선사의 독수에서 빠져나올 수 있던 것은 정말 하늘이 돕지 않았으면 불가능했을 일이었다.

우선 헌월선사가 천령근을 가진 자의 원신이 꼭 필요해 그를 죽이지 않았단 점이 가장 큰 행운이었다. 또, 헌월선사가 독수를 뻗어 왔을 땐 백진이 때맞춰 나타났기에 망정이지, 그렇지 않았으면 북주봉 석실 안에서 원신이 뽑혀 나가 법보 제물로 쓰였을 것이다.

유건은 백진이 법력을 회복 중인 현경도를 쓰다듬으며 주변을 계속 경계했다. 백진이 법력을 완전히 회복하기 전까지는 매사에 조심을 기하며 목적지인 자화연으로 가야 했다.

그러나 유건은 그때 인연이라는 것이 정말 존재할지 모른단 사실을 처음으로 깨달았다. 그는 대홍산맥 오른쪽에 있는 개염국(蓋鹽國)의 관도를 걷다가 잠시 휴식을 취하기 위해 관도에 붙어 있는 계곡 안으로 들어갔다. 계곡 깊숙한 곳에는 수도 중인 다른 수사나 포악한 짐승이 있을 수 있어 관도에 붙어 있는 얕은 계곡 안에서 바람을 피할 곳을 찾았다.

다행히 얼마 지나지 않아 깨끗한 동굴을 하나 발견한 유건은 간단한 금제를 몇 개 설치한 다음, 안에 들어가 정양했다.

한데 동쪽 하늘 저편에서 여명이 막 터 올 무렵, 가장 바깥에 설치해 둔 금제가 출렁거리며 외부인이 침입했다는 사실을 알려 왔다. 즉각 입정에서 깨어난 유건은 무광무영복을 꺼내 머리에 덮어썼다. 곧 그의 신형이 감쪽같이 사라졌다.

그제야 마음을 놓은 유건은 가장 바깥에 있는 금제 쪽으로 조심스레 이동해 금제를 건드린 게 무엇인지 알아보았다.

처음엔 녹색 털을 가진 이상한 고양이 정도로 생각했다. 한데 그 이상한 고양이가 사람처럼 두 발로 서서 뚜벅뚜벅 걸어오는 모습을 보고선 그 고양이의 정체가 무엇인지 깨달았다.

바로 요검자와 염화도인이 눈에 불을 켜고 찾던 영선이 틀림없었다. 영선은 모습이 아주 기이했다. 온몸이 부드러워 보이는 긴 녹색 털로 덮여 있단 점을 제외하면 사람과 거의 흡사했다. 검은자위 속에 박힌 녹색 눈동자는 별처럼 빛났고 고양이 코를 닮은 갈색빛의 납작코는 윤기로 번들거렸다.

다만, 몸의 비율이나 손발이 사람과 너무 똑같아 약간 꺼려지는 면도 있었다. 물론, 지금은 그게 중요한 게 아니었다.

영선은 마치 하늘에 기도를 드리는 것처럼 바닥에 오체투지(五體投地)한 상태에서 끊임없이 무언갈 중얼거리고 있었다.

유건은 영선을 갖고 싶단 욕심이 생기는 것을 부정하지 않았다. 그러나 그 욕심이 목숨을 걸 정도로 강하지는 않았다.

요검자나 염화도인과 같은 무시무시한 수사들이 영선의 뒤를 추격하는 지금, 섣불리 영선과 관계를 맺는 행동은 말 그대로 섶을 지고 불 속에 뛰어드는 것과 다름없는 짓이었다.

'영선이 눈치 채기 전에 이곳을 빨리 떠나는 게 좋겠군.'

유건은 요검자와 염화도인이 곧 나타날지도 모른단 생각
이 들기 무섭게 두려움이 엄습해 와 서둘러 도망치려 하였
다. 지금 그에게 영선은 영물이 아니라 요물에 더 가까웠다.

그때, 갑자기 머리를 든 영선이 킁킁거리며 반질반질한 코
로 주변 냄새를 맡았다. 후각이 극도로 발달했는지 무광무영
복을 덮어써 보이지 않는 유건을 냄새만으로 찾아낸 것이다.

유건이 근처에 있음을 확신한 영선은 갑자기 꺅꺅거리며
울기 시작했다. 인족의 말을 아직 못하는지 유건은 알아들을
수 있는 말이 하나도 없었다.

그러나 그것만으로도 영선이 지금 얼마나 다급한지 느낄
수 있었다. 영선의 울음소리에는 사람의 애간장을 녹여 버릴
듯한 비애가 담겨 있었다.

그러나 영선을 돕는 행동은 유건이 세운 가장 큰 원칙 중
하나를 위반하는 짓이었다. 그건 바로 자신의 목숨보다 귀중
한 건 없다는 원칙이었다. 헌월선사의 거짓 연기에 속아 넘
어가 거의 죽었다가 다시 살아난 유건은 그다음부터 모든 결
정의 기준이 그의 생명을 위협하는지, 아닌지에 있었다. 한
데 여기서 섣불리 영선을 돕는 행동은 그 원칙을 위반하는
행동을 넘어 아예 쓰레기통에 처박는 것과 다름없었다.

'불쌍하다고 목숨까지 걸면서 도와줄 순 없지 않은가.'

고개를 저은 유건은 금제를 나와 동굴 반대쪽으로 걸음을

옮겼다. 그때, 냄새로 유건이 점점 멀어진다는 것을 확인한 영선이 목이 찢어지라 울부짖었다. 근처에 요검자와 염화도 인이 있다면 그 소리를 듣지 못하기가 더 어려워 보였다.

'제길, 같이 죽자는 건가.'

유건은 걷는 속도를 더 높였다. 법력을 쓰면 좀 더 빨리 도망칠 수 있을 테지만 무광무영복의 이능이 사라져 오히려 더 위험해졌다. 지금은 그동안 단련한 체력을 믿을 때였다.

유건이 어느 정도 거리를 벌렸을 때였다.

영선의 울부짖는 소리가 점점 흐느끼는 소리로 변해 갔다. 울부짖는 소리에서 다급함이 느껴졌다면 흐느끼는 소리에서는 절망감이 느껴졌다. 이상한 예감에 걸음을 멈춘 유건이 고개를 돌리는 순간, 영선이 화로처럼 생긴 법보를 꺼냈다.

'무슨 생각이지? 보이지도 않는 날 공격하겠단 건가?'

유건은 미간을 찌푸리며 영선이 무슨 짓을 하는지 지켜보았다. 그때, 작은 입을 오물거리며 진언을 외운 영선이 갑자기 입을 크게 벌리더니 새파란 불덩이 하나를 화로에 뱉었다.

화로 속으로 빨려 들어간 새파란 불덩이는 그 크기를 금세 키워 작은 마차만 해졌다. 유건은 흠칫 놀라 침을 꿀꺽 삼켰다. 영선이 무슨 짓을 하려는 건지 알아냈기 때문이었다.

헌월선사의 기억에 따르면 나무, 풀과 같은 초목이 불에 약하듯 초목 출신 영선 역시 불 속성 법보에 약점을 드러냈다. 한데 그런 영선이 본인과 상극인 불 속성 법보를 꺼내 든 것은 스스로 목숨을 끊으려는 의도로밖에 해석할 수 없었다.

목숨을 끊으면 윤회 법칙에 의해 다시 태어나는 게 가능했다. 그러나 요검자나 염화도인에게 붙잡혀 혼백이 뽑히면 윤회조차 불가능해질 게 분명했다.

영선은 그런 이유로 인해 윤회가 가능할 때 자결해 실낱같은 희망이라도 가져 보려는 게 틀림없었다. 말 그대로 더는 희망이 없단 뜻이었다.

유건은 고개를 절레절레 저었다.

'영성을 깨우치기 위해 수천 년, 아니 수만 년을 수행했을 텐데 이렇게 쉽게 목숨을 끊을 리 없다. 아마 나에게 동정이나 연민을 불러일으키기 위해 하는 연극일 게 틀림없어.'

그때, 동쪽 하늘을 보며 아홉 번의 절을 올린 영선이 천천히 일어나 새파란 불길이 피어오르는 화로 속으로 걸어갔다.

영선은 이미 결심을 굳혔는지 아주 평온한 표정으로 화로 속에 한 발을 집어넣었다. 곧 영선의 몸을 뒤덮은 녹색 터럭이 타오르며 머리를 시원하게 해 주는 상쾌한 향이 진동했다.

영선이 불에 타서 재로 변하는 모습을 끝까지 지켜볼 자신이 별로 없던 유건은 씁쓸한 표정으로 다시 발길을 돌렸다.

쉬익!

그때, 품속에 있던 현경도가 갑자기 튀어나와 영선 쪽으로 날아갔다. 유건은 소스라치게 놀라 현경도의 뒤를 쫓아갔다.

"돌아와!"

그러나 현경도는 그의 말을 무시한 채 영선 쪽으로 곧장 날아가 우윳빛 광채를 뿜어냈다. 우윳빛 광채에 물 속성 기운이 약간 들어 있는지 광채에 닿을 때마다 화로의 불길이 금세 죽어 버렸다. 오행 기운 중 나무 속성 기운이 불 속성 기운에 약점을 보이는 것처럼 불 속성 기운은 물 속성 기운에 약했다. 우윳빛 광채가 금세 화로의 불길을 잡아 갔다.

현장에 도착하기 무섭게 화로 위에 떠서 빙빙 도는 현경도부터 얼른 붙잡아 품속에 집어넣은 유건이 백진에게 물었다.

"이게 대체 무슨 짓입니까?"

그러나 현경도 속 백진은 대답이 없었다. 유건은 얼른 현경도를 펼쳐 백진의 상태를 알아보았다. 백진은 법력을 어느 정도 회복했는지 나삼 미녀의 모습으로 돌아와 있었다. 그러나 밖으로 나오거나 말을 할 상태까지는 아니었다. 그녀는 가부좌한 자세에서 눈을 감은 채 운기조식 중이었다.

"나보고 영선을 구하란 뜻입니까?"

유건은 재차 물어보았다. 그러나 대답이 없기는 마찬가지였다. 쓴웃음을 지은 유건은 고개를 돌려 영선을 찾아보았다.

영선은 천천히 식어 가는 화로 옆에 엎드려 있었다. 녹색 터럭이 반쯤 타 버려서 꼴이 말이 아니었다.

그러나 크게 다친 데는 없어 보였다. 고개를 저은 유건은

149

정신을 잃은 영선과 영선이 사용하던 화로를 챙겨 동굴 속으로 다시 돌아갔다.

영선을 푹신한 곳에 눕힌 유건은 고개를 돌려 화로를 살펴보았다. 화로는 아주 고풍스러워서 적어도 수만 년 전에 만들어진 듯했다. 또, 화로의 옆면엔 신선 12명이 학과 거북이 등을 타고 산천을 유람하는 모습이 정교하게 새겨져 있었다.

한눈에 봐도 범상치 않은 물건이라 슬쩍 손을 뻗어 만져 보려는 순간, 화로가 살아 있는 것처럼 그의 손길을 휙 피했다.

'영로(靈盧)로구나.'

유건이 깜짝 놀라 손을 거둘 때였다. 스스로 크기를 줄인 영로가 정신을 잃고 누워 있는 영선의 단전 위에 자리를 잡았다.

잠시 후, 영로가 새파란 불길을 쏟아 내는 순간, 불길이 작은 공기 방울처럼 변해 정신을 잃은 영선의 몸으로 스며들었다. 영로가 쏟아 낸 새파란 불길을 모두 흡수한 지 얼마 지나지 않아 영선이 신음을 몇 번 내다가 천천히 눈을 떴다.

주위를 둘러보다가 유건이 옆에 있는 모습을 보고 깜짝 놀라 벌떡 일어난 영선은 갑자기 엄습해 온 통증까지 억지로 참아 가며 유건 앞에 무릎을 꿇고 머리를 바닥에 쿵쿵 찧었다.

한숨을 내쉰 유건은 영선이 머리를 찧지 못하게 막았다.

"그만하십시오. 그러다 몸이 더 상하겠습니다."

영선은 녹색 눈동자에 눈물을 그렁그렁 매단 채 꺅꺅거리며 어떤 말을 계속 반복했다. 그러나 유건은 당연히 영선의 말을 알아듣지 못했다. 녹원대륙에 존재하는 수천 개의 언어 중에 그가 할 수 있는 언어는 고작 두세 개에 불과했다.

말이 통하지 않아 답답했는지 품속에서 꺼낸 종이 두루마리를 펼친 영선이 입을 벌려 녹색 안개를 뿜어냈다. 녹색 안개는 곧장 형체가 모호한 글자로 변해 종이에 스며들었다.

작업을 마친 영선은 두루마리를 두 손으로 공손하게 바쳤다.

유건은 두루마리를 받아 헌월선사의 기억 속에 있는 방법대로 뇌력을 이용해 두루마리의 내용을 읽어 내려갔다. 두루마리에는 영선이 사용하는 언어에 관한 정보가 들어 있었다.

차 한 잔 마실 시간이 지났을 무렵, 영선이 사용하는 언어를 완벽히 익힌 유건은 뇌력을 사용하는 뇌음(腦音)으로 물었다.

"몸은 좀 괜찮습니까?"

유건의 질문을 들은 영선은 바로 바닥에 엎드려 간청하였다.

"살려 주십시오. 수사만이 저를 살려 주실 수 있습니다."

유건은 한숨을 쉬며 고개를 저었다.

"저는 입선 후기에 불과한 몸입니다. 인간 수사로 치면 공

151

선에 해당하는 수사를 제가 무슨 능력으로 살려 드리겠습니까."

영선은 개의치 않고 다급한 목소리로 계속 간청했다.

"이는 선도 경지의 높고 낮음과는 관계없는 일입니다. 오직 수사만이 절 살려 주실 수 있습니다. 만약 청을 들어주신다면, 수사와 주종의 관계를 맺고 훗날 수사께서 대도를 이루실 수 있게 전력을 다하겠다고 이 자리서 맹세하겠습니다."

"저만이 수사를 살려 드릴 수 있다고 확신하는 근거가 뭡니까?"

영선은 잠시 고민한 후에 솔직하게 대답했다.

"저희 칠채령(七彩靈) 일족은 태어날 때부터 수명을 깎아 미래를 볼 수 있는 이능을 타고납니다. 인간 수사들이 말하는 예지력에 해당하지요. 한데 이번에 큰 위험에 처했다는 사실을 깨닫기 무섭게 수명을 깎아 미래를 내다봤더니 오직 수사만이 저를 이 위기에서 구해 주실 수 있다고 나왔습니다. 일족의 이능은 아주 영험하므로 틀릴 리 없습니다."

유건은 고개를 살짝 저으며 고민하는 기색을 보였다.

그때, 영선이 다시 머리를 숙이며 간절하게 외쳤다.

"제가 운명을 비관해 스스로 목숨을 끊으려 했을 때, 이를 막으셨다는 건 저를 도와줄 마음이 있으셨기 때문이 아닌지요?"

유건은 목까지 올라온 신음을 억지로 삼켰다.

엄밀히 말하면 영선을 도와준 건 그가 아니라 현경도였다. 그러나 영선에게 현경도의 존재를 밝힐 순 없는 노릇이었다.

'나보다 실력이 훨씬 고명한 백진이 나서서 적극적으로 영선을 구하려 한 걸 보면 나에게 큰 위협이 되진 않을 것이다.'

한숨을 내쉰 유건은 백진을 믿고 영선을 받아들이기로 하였다.

5장. 영선의 합류

유건은 고개를 절레절레 저으며 물었다.

"제가 수사를 어떻게 부르면 좋겠습니까?"

영선은 마치 이미 주종 관계를 맺은 것처럼 공손하게 대답했다.

"이름은 규옥(葵鈺)이나 주인님께서 편하신 대로 불러 주십시오."

유건은 손사래를 치며 대꾸했다.

"저보다 경지가 높은 수사를 어찌 하인처럼 마음대로 부릴 수가 있겠습니까. 앞으로는 규수사(葵修士)라 부르겠습니다."

그러나 규옥이 끝까지 고집을 꺾지 않은 탓에 결국 유건은 규옥을 소옥(小鈺)으로, 소옥은 유건을 공자라 부르기로 타협했다. 주인님보다는 그나마 공자 쪽이 났기 때문이었다.

이제 문제는 어떤 방식으로 주종 관계를 맺을 것인가였다. 유건은 규옥을 동료로 삼을 생각이 전혀 없었다. 이유는 단순했다. 규옥이 더 강하기 때문이었다. 화장실 들어갈 때와 나올 때의 마음가짐이 달라지는 것은 사람만이 아닐 테니까.

물론, 규옥이 제안한 방법대로 주종 관계를 맺을 생각 역시 전혀 없었다. 규옥이 잘 아는 방법이라면 빠져나가는 방법 역시 잘 알 게 분명했다. 그렇다고 일전에 선혜수와 교환한 삼혈서와 같은 선약을 맺는 방법을 쓸 수 있는 것도 아니어서 고민이 점점 깊어졌다. 선약은 주종 관계를 맺는 방법이 아니라, 수사끼리 교환하는 맹세 쪽에 더 가까웠다.

그때였다.

백진이 갑자기 뇌음으로 말을 걸어왔다.

"소옥이 알아채지 못하게 고민하는 척하세요."

유건은 시키는 대로 묘안을 짜내는 척하며 물었다.

"법력을 모두 회복하신 겁니까?"

"현신할 정도로 회복하진 못했어요. 더구나 좀 전에 소옥을 구할 때, 법력을 쓰는 바람에 시간이 좀 더 걸릴 것 같아요."

"그럼 소옥이 그만큼 중요한 인물이란 겁니까?"

"소옥 자신은 알지 못하는 것 같지만 그녀가 물려받은 피엔 천선품에서도 극상에 해당하는 1품계 영초의 피가 들어 있어요. 또, 3만 년을 사는 동안 익힌 재주가 한두 개가 아닐 테니 공자가 선도를 걷는 데 유리한 점이 많을 거예요."

유건은 예상치 못한 소식에 눈을 빛내며 물었다.

"저, 정말 천선품 중에서도 1품계란 말입니까?"

"그녀가 물려받은 천선품 1품계 피는 극히 일부분에 불과해요. 그렇지 않다면 삼월천 같은 곳까지 흘러들어 와 고생할 이유가 없었겠지요. 하지만 극히 일부라도 공자가 훗날 대도를 이루는 데 큰 도움을 줄 수 있는 것은 마찬가지예요."

"알겠습니다. 그렇다면 배신하지 못하도록 좀 더 신경 써서 주종 관계를 맺어야 할 것 같은데 좋은 방법이 없겠습니까?"

"본녀가 아까운 법력을 소비해 가며 공자에게 말을 건 이유가 바로 그 때문이에요. 지금부터 비술 구결을 불러 드릴 거예요. 천농쇄박(天濃鎖搏)이란 구결인데 구결에 맞게 시행만 하면 공자는 비선까지도 완벽히 제어할 수가 있을 거예요."

"듣던 중 반가운 소리입니다."

백진은 뇌음으로 10만 자가 넘는 엄청난 길이의 구결을 불러 주었다. 유건이 천령근을 타고나 인세에 드물 정도로 총명하지 않았으면 몇 날 며칠을 외워도 다 외우지 못했을 것이다.

10만 자가 넘는 구결을 세 차례에 걸쳐 반복해 불러 준 백진은 피곤한 목소리로 안녕을 고한 다음, 다시 운기조식에 들어갔다. 백진은 천농쇄박이라 불리는 이 술법의 출처에 대해 말하길 꺼렸다. 그러나 최소한 삼월천에 전해지는 술법은 아닌 게 분명했다. 유건은 시간이 지날수록 천농쇄박 같은 고명한 경지의 술법까지 알고 있는 백진의 정체가 의심스러웠지만, 본인이 말하길 꺼리는 탓에 알 방법이 없었다.

그날 오후에 구결을 완벽히 습득하는 데 성공한 유건은 구결에 나와 있는 대로 법력에 진혈(眞穴)을 섞어 가는 침으로 만들었다. 완성한 침은 바로 규옥의 뇌 속에 밀어 넣었다.

만약 규옥이 유건을 배신하거나 주종 관계를 일방적으로 끊으려 들면, 뇌 속에 잠복해 있던 혈침(血針)이 폭발해 원신과 본신, 심지어 혼백까지 한꺼번에 멸살시켜 버릴 터였다.

규옥은 이런 방면에는 민감한지 법력을 움직여 자신의 뇌 속에서 눈 녹듯 자취를 감춰 버린 혈침을 찾아볼 엄두조차 내지 못했다. 만약 법력을 움직여 혈침을 찾다가 혈침을 잘못 건드리기라도 하는 날에는 그야말로 끝장이기 때문이었다.

규옥은 약간 의외란 표정으로 유건을 바라보았다. 입선 후기에 불과한 유건이 이 정도로 고명한 술법을 익히고 있을 거라 예상 못 한 듯했다. 규옥은 속으로 자신의 예지력이 틀리지 않았다는 사실에 적잖이 안심하며 긴장을 약간 풀었다.

유건은 팔짱을 낀 채 규옥의 몸 이곳저곳을 훑어보았다. 규옥에게 자연 치유력이 있는지 화상을 입었던 터럭이 빠르게 자라나 처음 보았을 때처럼 앙칼진 고양이로 변해 있었다.

'처음 봤을 때는 인간으로 변하다가 실패한 녹색 고양이 같아서 약간 꺼림칙했는데 자세히 보니 꽤 귀여운 구석이 있구나.'

유건의 강렬한 시선을 받은 규옥은 약간 부끄러워하며 물었다.

"왜 그러시는지요?"

"아무것도 아니네."

그러나 아무것도 아닌 게 아니었다. 백진은 그 외에도 쓸 만한 정보를 몇 개 주고 돌아갔는데 그중 하나는 규옥이 여자란 것이었고 다른 하나는 3만 년을 넘게 살았단 사실이었다.

'영선에게도 성별이 있는 걸까?'

유건은 팔짱을 풀며 물었다.

"네가 속해 있다는 칠채령은 어떤 일족인가?"

"칠채령은 어떤 특정한 일족을 가리키는 말이 아닙니다."

"그럼?"

"칠채석(七彩石)이라 불리는 특수한 금속에서 자란 생령을 가리키는 말이지요. 즉, 칠채석을 기반 삼아 성장한 것이라면 나무든, 짐승이든, 사람이든 다 칠채령의 일족인 것입니다."

"칠채석이 대단한 보물인 모양이지?"

"예, 대단한 보물이지요. 아주 적은 양이라도 법보의 위력을 크게 높여 줄 뿐만 아니라, 천지 영기를 끌어들이는 이능까지 보유하여 몸에 지니면 법력의 양을 늘릴 수가 있습니다."

유건은 턱을 쓰다듬으며 고개를 끄덕였다.

"대단한 보물이군. 하지만 그만큼 발견하기는 쉽지 않을 듯하군."

"그럴 겁니다. 저 역시 칠채석을 찾아 녹원대륙을 거의 천 년 넘게 돌아다녔지만 하나도 찾아내지 못했으니까요. 아마 삼월천에서는 쉽게 볼 수 있는 금속이 절대 아닐 겁니다."

이는 백진이 한 말과 일치했기 때문에 유건 역시 고개를 끄덕였다. 백진은 규옥의 몸에 천선품 1품계의 피가 흐른다고 했는데 삼월천에는 천선품 1품계는커녕, 지선품조차 별로 없었다. 즉, 규옥은 이곳에서 태어난 게 아니란 뜻이었다. 아마 규옥이 자기가 태어난 곳을 기억하지 못하는 이유는 영성이 트이기 전에 삼월천으로 옮겨 왔기 때문일 것이다.

그러나 지금 가장 시급한 문제는 규옥의 출신을 캐는 일이 아니었다. 지금 가장 시급하면서도 중요한 문제는 요검자, 염화도인 등을 따돌리고 규옥의 본신을 빼내 오는 일이었다.

규옥은 당연히 본신이 따로 있었다. 한데 규옥의 설명에 따르면 얼마 동안은 규옥과 본신이 떨어져 생활해도 별문제

가 없었다. 그러나 본신이 적에게 먼저 잡아먹혀 버리거나,
아니면 본신과 떨어져 있는 기간이 몇십 년에 달하면 본신과
규옥 둘 다 영기를 잃고 죽어 갈 수밖에 없다고 하였다.

그렇다면 규옥의 본신을 빼내는 일은 반드시 성공해야 했
다. 한데 문제는 규옥의 흔적을 추적하는 데 실패한 요검자,
염화도인 등이 규옥의 본신이 있는 지역에 매복해 있을 가능
성이 크단 점이었다. 규옥이 언젠가는 본신이 있는 곳으로 돌
아올 수밖에 없다는 사실을 그들 역시 알기 때문이었다.

규옥은 이미 그 문제에 관해 생각해 둔 복안이 있는 모양이
었다. 아니, 자신의 생명과 직결한 문제인데 오히려 미리 생
각해 둔 복안이 없다면 어쩌면 그게 더 이상할지도 몰랐다.

규옥은 자신의 본신이 있는 곳의 지형부터 상세히 설명했
다.

"주인님, 아니 공자님 앞에서 이런 말씀을 드리는 게 부끄
럽긴 하지만 저는 출신이 초목인지라, 지둔술(地遁術)에 자
신이 있는 편입니다. 덕분에 천수금요공(千手金曜蚣)이 기
거하는 곳 안쪽에 본신을 묻어 둘 수 있었지요. 아마 요검자
와 염화도인 중 하나가 숨어 있다고 해도 천수금요공을 처치
하지 못하면 제 본신을 건드리지 못할 겁니다. 또, 천수금요
공이 워낙 지독한 탓에 설령 처치했다고 해도 중상을 면할 수
없을 것이기에 그 틈에 본신을 옮길 수 있을 겁니다."

유건은 규옥이 세운 계획을 자세히 검토해 보았다. 물론

입선 후기인 그와 공선 초기인 규옥이 힘을 합친들, 요검자나 염화도인을 이길 리 만무했다. 아니, 이기기는커녕 가까이 다가가는 일조차 쉽지 않았다. 그러나 유건에겐 요검자의 녹염안조차 무효로 만드는 무광무영복이, 규옥에게는 땅속에서는 누구보다 빨리 움직일 수 있는 지둔술이 있었다.

상황을 봐 가며 이 두 가지를 이용해 적절히 상대한다면 오히려 어부지리를 얻을 가능성이 커 유건은 고개를 끄덕였다.

그러나 가능성이 있다고 해도 상대는 장선 초기 수사였다. 유건은 마지막 결정을 내리기 전에 뇌음으로 백진에게 물었다.

"괜찮겠습니까?"

다행히 백진은 바로 뇌음으로 답장해 유건을 안심시켜 주었다.

"소옥의 복안대로 움직이면 큰 문제는 없을 것입니다. 더욱이 요검자, 염화도인 둘 다 탐욕스러운 수사들처럼 보이니 그 사이에서 어부지리를 취할 가능성이 아주 클 것입니다."

백진의 확답까지 받은 유건은 그제야 마음의 결정을 내렸다.

"그 계획대로 하지."

규옥의 계획에 동의한 유건은 무광무영복을 비롯해 요검자 등에게 통할 만한 법보를 몇 개 준비했다. 헌월선사가 남겨 둔 법보는 수십 개에 달하지만, 그중 장선 초기에게 타격을 줄 만한 법보는 몇 개 없던지라, 준비는 금방 끝났다.

준비를 완료한 유건은 규옥이 자신하는 지둔술을 활용해 본신이 있다는 대홍산맥 몽무곡(夢霧谷) 깊숙한 곳으로 향했다.

유건은 몽무곡으로 이동하며 물었다.

"대홍산맥에 요검자가 있단 사실을 몰랐던 것인가?"

자신하던 지둔술로 눈앞에 있는 엄청난 크기의 바위에 구멍을 뚫으며 나아가던 규옥이 뇌음을 써서 질문에 대답했다.

"알고 있었습니다. 녹원대륙에서만 몇천 년을 살았으니까요."

"하면 어찌하여 그런 선택을 한 것인가?"

"대홍산맥 남서쪽에 있는 백삼곡에서 찾아낸 만년 묵은 인형삼(人形蔘)을 보고 욕심이 동했던 게 실수였습니다. 인형삼을 채취할 때, 주의를 게을리하는 바람에 같은 인형삼을 노리던 백삼곡 수사에게 들켰지요. 들킨 후에는 아무래도 일이 좋게 흘러갈 것 같지 않아 큰마음 먹고 수명을 깎는 비술을 사용해 점괘를 쳤습니다. 한데 점괘에 곧 지금보다 더 큰 위기가 닥치는데 그 위기를 벗어나기 위해선 대홍산맥으로 들어가 귀인을 만나야 한다고 나와 있었습니다. 요검자가 있는 대홍산맥 안에 발을 들여놓는 게 꺼려지긴 했지만, 점괘를 믿고 귀인을 만나기 위해 들어간 겁니다."

"흐음."

규옥이 위험을 자초한 이유가 자기 때문임을 안 유건은 뭐라 할 말이 없어 그가 세운 계획을 다시 점검하기 시작했다.

유건이 규옥이 세운 계획에 동의한 가장 결정적인 이유는 본신이 천수금요공의 거처에 있기 때문이었다. 천수금요공은 아주 지독한 악수(惡獸)로 능력이 장선 중기에 해당했다.

물론, 영성이 트이지 않았기에 능력은 장선 중기일지 몰라도 실제 전투력은 장선 초기를 대성한 수준에 불과할 터였다.

그렇다고 요검자나 염화도인이 무시할 수 있는 수준 역시 결코 아니었다. 아니, 오히려 요검자 등이 당할 가능성이 좀 더 높았기 때문에 그 틈에 어부지리를 노려볼 수 있었다.

천수금요공과 요검자 사이에서 어부지리를 취하기 힘들다는 판단이 내려지면 미련 없이 돌아서기로 미리 결정을 내린 유건은 규옥의 분신이 있다는 몽무곡으로 서둘러 이동했다.

한편, 천수금요공이 산다고 알려진 지하 동굴 주변은 산들바람이 내는 소리조차 들리지 않을 정도로 적막에 잠겨 있었다.

한데 어느 순간, 새카만 빛 한 줄기와 불꽃무늬가 새겨진 거대한 붉은색 북 하나가 서쪽 하늘에서 구름을 가르며 날아와 시커먼 입을 쩍 벌린 지하 동굴 입구 상공에 멈춰 섰다.

새카만 빛 속에서 모습을 드러낸 이는 박박 민 머리에 호랑이 얼굴 문신을 새긴 냉랭한 인상의 요검자였다. 또, 불꽃무늬가 새겨진 붉은색 거대한 북 안에선 심한 매부리코에 땅딸막한 체형을 지닌 추레한 인상의 노인이 걸어 나왔다.

추레한 인상을 지닌 노인은 바로 요검자의 호적수라던 염화도인이 분명했다. 만나면 싸움부터 할 정도로 앙숙이라던 두 사람이 사이좋게 나타난 것은 분명 예삿일이 아니었다.

요검자가 염화도인을 노려보며 쌀쌀맞은 음성으로 쏘아붙였다.

"우리가 설검지(舌劍紙) 선약을 맺었다는 사실을 잊지 마시오."

염화도인이 북 위에 한쪽 다리를 꼬며 앉아 콧방귀를 뀌었다.

"흥, 요검자 그대야말로 일을 성사하기 전까지 딴마음을 품지 않는 게 좋을 거요. 악침도조(岳鍼道祖)가 창안해 낸 설검지 선약은 효험이 좋기로 유명해 선약을 어기는 즉시, 복용한 설검지가 진짜 칼로 변해 오장육부를 쑤셔 놓을 테니까."

염화도인과 같은 능구렁이와는 말싸움하기 싫다는 듯 서늘하게 코웃음 친 요검자가 동굴 입구를 가리키며 설명했다.

"우리가 설검지 선약을 맺은 후에 대흥산맥 내부에서 뒤져 보지 못한 유일한 지역이 바로 이 금공동(金蚣洞)이오. 약아빠진 영선이라면 본신을 틀림없이 이 금공동에 숨겼을 거요.

우린 먼저 동굴에 사는 천수금요공을 없앤 다음, 본신을 찾아 매복해야 하오. 그러면 영선이 본신과 합체하기 위해 찾아올 때를 노려 본신과 영선 둘 다 포획할 수 있을 것이오."

그때, 염화도인이 명백히 비웃는 표정으로 물었다.

"난 요검자 그대가 대홍산맥의 단독 주인인 줄 알았는데 원래는 금요공에게 더부살이를 하는 중이었던 모양이오? 이럴 줄 알았으면 그대가 아니라, 금요공을 찾아 협상하는 게 더 나을 뻔했군. 금요공은 최소한 배신은 하지 않을 테니까."

"그건 염화 영감이 하나만 알고 둘은 모르기 때문에 하는 소리요. 금요공은 1천 년 전, 개염국, 오신국(吳臣國), 윤미국(尹米國)을 돌아다니며 패악을 일삼다가 근처를 지나가던 당대 제일의 고승 제관선사(啼觀禪師)에 의해 이곳에 봉인을 당한 거요. 제관선사의 금제가 워낙 고명해 아마 금요공은 앞으로 천 년은 더 족히 수련해야 풀려날 수 있을 것이오."

염화도인은 고개를 갸웃거리며 물었다.

"제관선사라면 나도 들어 본 적이 있소. 동급 다섯에게 협공당해 죽지 않았으면 능히 비선 후기에 들었을 선재(仙才)였다지. 한데 그런 제관선사가 어찌 금요공 같은 악수를 죽이지 않고 봉인만 해 둔 것이오? 뭔가 사정이 있던 것이오?"

요검자가 귀찮다는 표정으로 고개를 저었다.

"내가 그 이유까지 어찌 알겠소? 다만, 제관선사의 금제가

남아 있을 테니 금제를 이용하면 쉽게 처리할 수 있을 것이
오."

같은 목적을 위해 손을 잡기로 한 두 수사는 뇌음으로 자세
한 계획을 세운 다음, 몸을 날려 금공동 안으로 뛰어들었다.

두 사람은 금공동 통로를 반쯤 지나서야 제관선사와 같은
대단한 수사가 천수금요공을 봉인만 해 둔 이유를 알 수 있었
다. 물론, 그 이유는 그들의 예상 범위를 벗어나는 것이었다.

◆ ◈ ◆

어른 서너 명이 나란히 서서 걸어가도 충분할 법한 통로 가
운데에 난데없이 금빛을 발하는 석판 하나가 세워져 있었다.

"이런 곳에 웬 석판이?"

요검자와 염화도인은 누가 먼저랄 것 없이 속도를 높여 석
판 쪽으로 날아갔다. 비행술이 이미 지고한 경지에 올라 있던
두 수사는 순식간에 석판 앞에 도착해 그 근처를 수색했다.

두 수사는 곧 석판이 금빛을 발하는 이유를 알아낼 수 있었
다. 석판에 금빛 보광(寶光)이 번쩍이는 글자가 음각으로 새
겨져 있었기 때문이었다. 금석학에 일가견이 있는 염화도인
이 소리 내어 석판에 새겨진 금빛 글자를 읽어 내려갔다.

"본 선사가 천수금요공을 죽이기 직전에 가지고 다니던 신
통한 법보 하나가 소리를 내어 본 선사에게 위험을 알려 주었

169

다. 놀란 본 선사는 그 자리에서 바로 점을 쳐서 길흉을 알아보았다. 한데 천수금요공의 수명이 아직 끝나지 않았을 뿐만 아니라, 여기서 무리하게 죽이려 하다간 오히려 반격당해 본 선사가 위험해진단 점괘가 나왔다. 이를 괴이하게 여긴 본 선사는 제단을 설치해 아흐레 동안 정식으로 점을 쳐 본 후에야 천수금요공이 오늘로부터 999년 후에 어떤 요인(妖人)들에게 죽음을 맞는다는 점괘를 알아내었다. 이 석판을 보는 자가 누군진 모르겠으나 때를 잘 맞춰 천수금요공이 인세에 해악을 끼치기 전에 제거하길 바란다."

글자 밑에는 제관선사의 법명과 석판을 만든 날짜가 적혀 있었다. 한데 그 날짜가 정확히 오늘로부터 999년 전이었다.

읽기를 마친 염화도인이 팔짱을 끼며 중얼거렸다.

"제관선사의 점괘가 맞는다면 천수금요공은 오늘 우리 손에 죽을 수밖에 없는 운명인 모양이군. 한데 요인이란 단어가 마음에 자꾸 걸리는구려. 제관선사는 왜 우리를 요인으로 평가했을까? 늙은 땡중 눈엔 우리가 요인처럼 보인 것인가?"

요검자가 서늘한 미소를 지으며 대꾸했다.

"그딴 건 신경 쓸 필요 없소. 저 석판에 적힌 글씨 중에서 중요한 건 천수금요공이 오늘 죽는다는 내용 하나뿐이니까."

염화도인은 때가 낀 손톱으로 하얗게 센 백발을 벅벅 긁었다.

"그야 그렇지만 왠지 불길한 느낌이……."

그때, 고개를 돌린 요검자가 염화도인을 노려보며 쏘아붙였다.

"왜? 갑자기 두려워지기라도 한 거요?"

염화도인은 겁쟁이란 소리만큼은 듣기 싫은지 콧방귀를 뀌었다.

"흥, 두렵긴 누가 두렵다고."

요검자가 어둠에 잠긴 통로로 시선을 돌리며 다시 쏘아붙였다.

"염화 영감은 천수금요공을 죽인 다음에 영선을 잡아 반씩 나눠 가진다는 설검지 선약이나 제대로 지킬 생각이나 하시오."

"흥, 피차일반이구먼."

코웃음 친 염화도인이 먼저 발을 굴러 통로 안으로 쏘아져 들어갔다. 그런 염화도인의 뒷모습을 바라보며 살짝 비웃던 요검자 역시 이내 발을 굴러 통로 안으로 몸을 날렸다.

통로를 나서는 순간, 희미한 햇살 속에서 금공동이 그 장대한 모습을 드러냈다. 산 하나를 통째로 파낸 것 같은 거대한 동굴 안에 두 사람이 노리는 천수금요공이 엎드려 있었다.

천수금요공은 낯선 이가 자신의 거처에 방문했다는 사실을 눈치 챘는지 몸을 일으키기 무섭게 두 사람 쪽으로 날아왔다.

천수금요공은 말 그대로 지네였다. 물론, 평범한 지네는

결코 아니었다. 일단, 그 크기부터가 사람을 압도하는 면이
있었다.

한 10만 년쯤 자란 거목을 연상케 하는 황금색 몸통에는
천 개의 다리가 빼곡하게 달려 있어 징그럽기 짝이 없었다.
또, 세모꼴인 머리에는 수정 조각처럼 빛을 반사하는 노란색
눈 두 개와 노란 채찍을 연상시키는 더듬이 두 개가 달려 있
었다. 무엇보다 뱃가죽에 난 남색 털에서는 냄새를 맡기만
해도 머리가 어지러워지는 독 가루가 풀풀 휘날렸다.

천수금요공의 갑작스러운 기습에 놀란 요검자와 염화도
인은 양쪽으로 흩어지며 자신 있는 방어 법보를 꺼내 보호했
다.

그러나 두 사람은 곧 그럴 필요가 없단 사실을 깨달았다.
지네의 꼬리 중간에 금색 부적이 붙어 있는 쇠사슬이 칭칭
감겨 있었는데 사슬 끝은 다시 붉은색 바위와 이어져 있었
다.

동굴을 반쯤 날아온 천수금요공은 꼬리에 묶인 사슬 때문
에 더는 앞으로 나오지 못했다. 대신, 발광이라는 말이 어울
릴 정도로 발버둥 치며 독무를 뿜어내거나, 광선을 발출했
다.

천수금요공이 뿜어낸 독무는 지독하기 짝이 없어 요검자
가 붉은 검으로 만들어 낸 보호막을 삼시간에 녹였다. 또, 천
수금요공이 수정 조각을 깎아 만든 것 같은 눈알로 뿜어낸

노란색 광선은 염화도인이 세워 둔 붉은 북에 구멍을 뚫었다.

두 사람은 결국 보호막을 펼쳐 막길 포기하고 그 대신 비행술로 재빠르게 이동해 천수금요공의 공격을 피했다. 천수금요공은 두 사람이 도망치는 모습을 보기 무섭게 동굴 전체가 찌르르 울리는 날카로운 소리를 지르며 달려들었다.

그러나 천수금요공은 두 사람을 따라잡는 데 실패했다. 천수금요공이 뛰쳐나가기 위해 힘을 줄수록 사슬에 묶인 꼬리에서 연기가 피어오르며 역한 냄새가 진동했기 때문이었다.

천수금요공의 공격이 위협적이긴 하지만 제관선사가 남긴 금제에 묶여 움직임이 자유롭지 못하다는 사실을 간파한 두 수사는 뇌음으로 의견을 나눈 다음, 재빨리 반격에 나섰다.

둥둥둥!

염화도인은 용머리가 달린 검은색 북채로 붉은 북을 내려치기 시작했다.. 또, 요검자는 법보낭에서 꺼낸 단검 수백 개를 바닥에 말뚝처럼 박아 고정했다. 본능적으로 위험을 감지했는지 꼬리 힘으로 사람처럼 벌떡 일어선 천수금요공이 몸통에 달린 다리 천 개를 떼어 내 비검(飛劍)처럼 사용했다.

금공동 안은 금세 강풍과 찬란한 빛을 뿜어내는 여러 색의 광선, 먼지 등으로 가득 차 사물을 분간하기가 어려워졌다.

한편, 천수금요공을 금제한 사슬이 있는 방향에는 젊은 사내 하나와 녹색 털이 길게 난 고양이 한 마리가 숨어 있었다.

바로 유건과 규옥이었다. 유건과 규옥이 무광무영복으로

신형을 감춘 상태에서 금공동에 도착했을 땐 이미 요검자, 염화도인 두 명이 천수금요공과 반나절 넘게 대결하는 중이었다.

'제길, 한발 늦은 건가?'

고개를 저은 유건은 재빨리 주위를 둘러보았다.

곧 어렵지 않게 제관선사가 천수금요공을 봉인하는 데 사용한 쇠사슬이 박힌 피처럼 붉은 바위를 하나 찾아낼 수 있었다.

유건은 제관선사가 천수금요공을 봉인하는데 어떤 술법을 썼는지 알지 못했다. 그러나 술법의 위력이 대단하단 사실만큼은 금방 눈치 챌 수 있었다. 천수금요공이 괴력을 뿜낼 때마다 사슬 끝에 박힌 붉은 바위가 당장이라도 뽑혀 나갈 것처럼 부르르 흔들렸다. 하지만 그게 다였다. 붉은 바위는 마치 세상에서 가장 무거운 금속으로 통하는 만중석(萬重石)으로 만든 것처럼 땅에 박힌 상태에서 요지부동이었다.

유건은 뇌음으로 규옥에게 물었다.

"본신이 있는 곳이 저 붉은 바위 밑인가?"

"맞습니다. 제관선사의 금제 사슬이 박힌 붉은 바위 밑에 제 본신을 숨겨 두었습니다. 이 틈에 가서 확인해 보시겠습니까?"

유건은 고개를 돌려 천수금요공과 요검자, 염화도인의 대결을 지켜보았다. 염화도인은 붉은 북에서 뽑아낸 거대한 화

174

염을 마치 비단 위에 비단을 쌓듯 그 위에 계속 겹쳐 쌓아서 밑에 있는 천수금요공을 지상으로 밀어붙이는 중이었다.

또, 요검자는 그가 자랑하는 적수검 100개로 천수금요공의 공격을 물샐틈없이 방어하며 염화도인이 하는 일을 도왔다.

반면, 천수금요공은 요검자와 염화도인에게 총 세 가지 형태의 공격을 돌아가며 퍼부었는데 우선 입으로는 남색 빛이 흐르는 지독한 독무를 뿜어내 요검자와 염화도인의 접근을 차단했다. 또, 수정 눈알과 더듬이 한 쌍으론 노란 광선을 미친 듯이 발출해 요검자와 염화도인의 본신을 노렸으며 몸통에서 떼어 낸 천 개의 다리는 광주리처럼 엮어 염화도인의 붉은 북이 뿜어낸 화염이 내려오지 못하게 저지했다.

'당장은 결판이 나질 않겠군.'

고개를 끄덕인 유건은 규옥을 따라 붉은 바위 밑으로 내려갔다. 바위 밑에는 통로가 뚫려 있어 규옥의 분신이 있는 곳까지 지둔술을 펼칠 필요 없이 단숨에 도착할 수 있었다.

마침내 규옥의 본신과 대면한 유건은 그 아름다움에 반해 좀처럼 시선을 떼지 못했다. 규옥의 본신은 키가 유건 허리까지 오는 작은 나무였는데 부채를 닮은 잎 9개가 나선형으로 자라 있었다. 한데 잎 9개의 색깔이 전부 달라 기이했다.

맨 밑에 있는 잎은 금색 빛을 띠었고 그 위로 은색, 갈색, 붉은색, 초록색, 파란색, 보라색, 남색, 분홍색 잎이 차례대로 달려 있었다. 한데 잎의 색이 얼마나 진한지 마치 농도 짙은 물감에 빠트렸다가 조금 전에 다시 꺼낸 것 같았다.

이파리만 신기한 게 아니었다. 나뭇가지는 흰색이었고 투명한 얼음 같은 물체를 파고들어 간 뿌리는 짙은 검은색이었다. 무엇보다 본신에 내려앉은 작은 무지개가 인상적이었다.

유건은 자신도 모르는 사이에 감탄을 터트렸다.

"정말 아름다운 나무로군."

그 말에 규옥이 쑥스러워하며 대답했다.

"아름답다고 해 주셔서 감사합니다."

본신을 감상하던 유건은 한참 만에야 규옥을 돌아보며 물었다.

"이식대법(移植大法)은 바로 쓸 수 있는 건가?"

규옥은 심각한 표정으로 대답했다.

"지금 바로 쓸 수는 있습니다. 그러나 이식대법을 쓰는 순간, 천수금요공과 요검자 등의 주의를 끌 가능성이 아주 큽니다."

이식대법은 말 그대로 이곳에 있는 규옥의 본신을 술법으로 파내 미리 준비한 영목낭(嶺木囊)에 옮겨 심는 일을 뜻했다. 한데 술법을 펼치기 위해 법력을 끌어올리는 순간, 동굴에서 싸우는 천수금요공 등의 주의를 끌 가능성이 높았던 것이다.

유건은 턱을 쓰다듬으며 고민하다가 고개를 끄덕였다.

"그럼 일단 다시 돌아가서 상황을 살펴보는 게 좋겠군."

"같은 생각입니다."

두 사람은 다시 통로를 이용해 지상으로 나왔다.

천수금요공과 요검자, 염화도인의 대결은 점입가경이 따로 없어 이젠 눈을 찌르는 강렬한 빛 속에서 날카로운 파공성만 들릴 뿐, 뭐가 어떻게 돌아가는지 알 길이 없을 정도였다.

유건은 쓴맛을 다셨다.

'일단, 가장 좋은 선택지는 날아가 버린 셈이군.'

유건은 요검자, 염화도인 두 명이 양패구상하길 원했다. 그럼 둘 중 한 명이 승리하더라도 적잖은 타격을 입은 상태일 게 분명해 후에 있을 천수금요공과의 대결에서 패할 가능성이 커졌다. 한데 요검자, 염화도인은 유건의 예상을 뒤엎고 규옥과 본신을 한 번에 사로잡기 위해 서로 힘을 합쳤다.

그때였다.

콰콰콰콰쾅!

엄청난 폭음이 연속적으로 들림과 동시에 천수금요공의 거대한 동체가 서서히 가라앉기 시작했다. 염화도인이 붉은 북으로 만들어 낸 화염 비단이 천수금요공을 찍어 누른 것이다.

바닥에는 요검자가 미리 설치해 둔 사인첨도(四刃尖刀) 수백 개가 깔려 있어 천수금요공이 지상으로 떨어지는 즉시, 사인첨도가 튀어나와 천수금요공의 뱃가죽에 틀어박힐 터였다.

'이래선 안 되지.'

무광무영복을 덮어쓴 유건은 붉은 바위 밖으로 몰래 빠져 나와 쇠사슬에 붙어 있는 금색 부적 몇 개를 떼어 냈다. 그 순간, 땅속에서 크르릉 하는 굉음이 울리더니 사슬이 박혀 있던 붉은 바위가 땅을 뚫고 튀어 올라 공중으로 치솟았다. 마침내 천수금요공이 제관선사의 금제에서 벗어난 것이다.

금제에서 풀려난 천수금요공은 자신의 진짜 실력을 유감 없이 발휘했다. 작은 산을 연상케 하는 엄청난 동체가 허깨 비처럼 이곳저곳에 나타나 요검자와 염화도인을 기습했다.

이에 당황한 염화도인이 요검자에게 버럭 소리쳤다.

"요검자, 이게 도대체 어찌 된 일이오?"

요검자는 천수금요공이 쏜 광선을 가까스로 피하며 대답 했다.

"아무래도 제관선사의 금제가 깨진 것 같소!"

염화도인이 짜증 섞인 목소리로 소리쳤다.

"그걸 누가 모르겠소? 내 말은 대체 금제가 왜 깨졌느냔 거 요?"

그때, 사슬이 박혀 있던 붉은 바위를 관찰하던 요검자가 갑자기 화를 벌컥 내며 붉은 검 몇 자루를 그쪽으로 쏘아 보 냈다.

"요망한 것들, 숨어서 어부지리를 취할 생각이더냐?"

요검자가 쏘아 보낸 적수검이 사슬이 박혀 있던 지역에 작렬했다. 그러나 이를 예상한 유건이 규옥을 데리고 멀찍이 피해 있던 탓에 적수검은 애꿎은 붉은 바위만 산산조각 내었다.

요검자의 행동에 깜짝 놀란 염화도인이 급히 뇌음으로 물었다.

"동굴에 우리 말고 다른 자가 숨어 있던 거요?"

요검자가 바닥을 헛친 붉은 검을 회수하며 대답했다.

"그런 것 같소. 제관선사가 금제에 사용한 부적에 사람의 손길이 닿은 흔적이 있었소. 한데 어떤 고명한 은신술을 썼는지 내 녹염안으로도 그 정체를 제대로 파악할 틈이 없었소."

요검자는 뭔가 할 말이 더 있는 눈치였다. 그러나 염화도인의 기색을 슬쩍 살피고는 입을 굳게 다물어 버렸다. 그는 사실, 염화도인이 옆에 없었으면 화가 머리 꼭대기까지 치솟아 폭발해 버렸을지도 몰랐다. 평소에 자랑해 마지않던 자신의 녹염안이 요 며칠 사이에 연달아 실패를 거듭한 탓이었다.

한편, 금제에서 풀려난 천수금요공은 쓸 수 있는 모든 수단을 동원해 요검자와 염화도인을 공격해 갔다. 특히, 자유로워진 꼬리 쪽으로 펼치는 공격이 아주 지독해 한번 막으려면 그동안 고심해 만든 법보 하나를 생으로 날릴 판이었다.

콰쾅!

아끼던 벼루 법보가 천수금요공의 꼬리에 맞아 산산조각 나는 모습을 보며 입술을 잘근 깨문 염화도인이 뇌음을 보냈다.

"쳇, 이래서는 죽도 밥도 안 되겠소."

요검자는 대여섯 가지 법보로 보호막을 단단히 구축한 상태에서 번개처럼 이곳저곳을 오가며 공격을 피하다가 되물었다.

"무슨 뜻이오?"

"내 말은 이 상태로 천수금요공을 잡는다 한들, 쥐새끼처럼 숨어 있는 도적놈에게 영선의 본신을 빼앗길 거란 뜻이오."

"그럼?"

"각자 숨겨 둔 비장의 수를 사용토록 합시다."

요검자 역시 다른 방법이 없던지라, 제안을 수락했다. 결국, 두 사람은 각자 상대를 견제하기 위해 끝까지 꺼내 놓지 않았던 강력한 법보 10여 개를 꺼내 천수금요공을 협공했다.

그중 요검자가 항아리 형태의 법보로 펼치는 새카만 모래와 염화도인이 품속에서 꺼낸 파란색 철종(鐵鍾)은 위력이 대단해 천수금요공의 기세를 단번에 죽이는 효과를 내었다.

그로부터 다시 반나절이 지났을 무렵, 절망적인 위기에 몰린 천수금요공이 갑자기 날카로운 울음소리를 내더니 몸통에서 떼어 낸 천 개의 다리를 터트리기 시작했다. 그뿐만이 아니었다. 몸통과 꼬리를 100여 개로 나누어 터트리니 금공동 전체가 당장이라도 무너질 것처럼 미친 듯이 흔들렸다.

마침내 결전의 시간이 도래한 것이다.

◆ ◆ ◆

　막판에 몰린 천수금요공이 자폭해 만들어 낸 폭발력은 기절초풍할 정도로 엄청나서 새카만 모래를 뿌리던 요검자의 항아리가 가장 먼저 박살 났고 염화도인이 자랑하던 푸른 철종은 반으로 쪼개졌다. 게다가 바닥에 깔려 있던 요검자의 사인첨도는 칼끝이 죄다 부러져 쓸모가 없어졌으며 염화도인이 붉은 북으로 뽑아낸 화염 비단 역시 종적을 감추었다.

　그나마 요검자는 붉은 검으로 보호막을 만들어 버렸지만, 철종이 쪼개지는 바람에 마땅히 방어할 만한 수단이 없던 염화도인은 폭발에 휩쓸린 끝에 결국 동굴 벽에 파묻혀 버렸다.

　끊임없이 이어지던 폭발이 갑자기 모습을 감추는 순간, 황금색 구슬 하나가 연기 속에서 홀연히 튀어나와 요검자의 단전으로 빨랫줄처럼 쏘아져 갔다. 기겁한 요검자는 급히 붉은 검을 발출해 황금색 구슬을 요격하는 한편, 끝까지 감추어 두었던 방어 법보 두 개를 꺼내 자기 몸을 에워쌌다.

　황금색 구슬의 정체는 바로 천수금요공의 머리에 들어 있던 내단(內丹)이었다. 천수금요공의 내단은 요검자가 요격하기 위해 내보낸 붉은 검 수십 자루를 수수깡처럼 부수며 날아가 요검자 주위에 둘러쳐져 있던 보호막에 틀어박혔다.

　콰아앙!

　폭음이 울리며 첫 번째 보호막이 박살 나 흩어졌다. 요검자는 급히 두 번째 보호막에 전신의 법력을 모두 집어넣었다. 그 즉시, 회색빛이던 보호막이 짙은 검은색으로 바뀌었다.

이미 상당한 양의 기력을 소진한 천수금요공의 내단은 요검자가 펼친 검은색 보호막에 금이 가게 하는 데는 성공했지만 그게 다였다. 요검자가 필사적으로 투입한 법력 덕에 금이 가 있던 검은색 보호막은 순식간에 제 모습을 되찾았다.

천수금요공의 내단이 보호막을 부술 때마다, 요검자가 법력을 집어넣어 다시 원래 상태로 만드는 일이 계속 이어졌다.

요검자의 혈색 좋던 얼굴이 완전히 창백해진 것으로 보아 요검자 역시 상태가 그리 좋지 못한 게 분명했다. 그러나 내단이 기력을 소진하는 속도가 그보다 빠른지 결국, 내단이 먼저 방향을 틀어서 동굴 입구 방향으로 도망치려 들었다.

"나에게 이런 고생을 시켜 놓고 그냥 가게 놔둘 줄 알았더냐?"

서늘한 미소를 지은 요검자가 크게 손짓하는 순간, 남아 있던 붉은 검 전부가 내단을 향해 쏜살같이 날아갔다. 이를 본 내단은 속도를 더 높였다. 그러나 붉은 검이 한발 빨라 금세 포위당했다. 내단을 포위한 붉은 검 수십 자루가 그물처럼 변해 내단을 휘감았다. 내단은 빠져나가기 위해 몸부림을 쳤다. 그러나 바로 쫓아온 요검자가 부적과 법결을 연달아 날리는 순간, 몸부림치던 내단이 점차 조용해졌다.

법결을 던져 내단을 회수한 요검자가 광소를 터트렸다.

"크하하하, 이런 걸 두고 일석이조, 아니 일석삼조라 하던 가?"

요검자의 말대로였다. 요검자는 철천지원수나 다름없던 염화도인을 손 안 대고 코 푼 식으로 손쉽게 제거했을 뿐만 아니라, 귀한 천수금요공의 내단까지 획득하는 기쁨을 누렸 다. 또, 금공동을 찾아온 원래 목적인 영선과 영선의 본신 역 시 자신의 손에 들어오기 일보 직전이나 마찬가지였다. 가만 히 있어도 입가에 절로 미소가 지어지는 상황이었다.

그러나 요검자는 600년을 넘게 살아온 노괴답게 신중함을 잃지 않았다. 그에게는 지금 두 가지 문젯거리가 남아 있었 다.

첫 번째는 근처에 쥐새끼처럼 숨어서 어부지리를 노리는 제삼자의 존재였다. 그러나 요검자는 그 문제는 크게 걱정하 지 않았다. 쥐새끼가 그가 걱정해야 할 정도로 큰놈이라면 법 력을 거의 다 소진한 지금이야말로 기습하기에 딱 알맞았다. 그러나 쥐새끼는 그 정도로 크지 않은지 시간이 한참 지났음 에도 좀처럼 모습을 보일 기미가 보이지 않았다.

"흥! 지금은 그 잘난 은신 법보를 믿고 나를 우롱할 수 있을 지 모르지만, 법력을 쓰는 즉시 법보가 지닌 이능이 자연스레 풀릴 테니 그때는 내 살수를 피하기가 어려울 것이야."

유건과 규옥이 숨어 있는 방향을 바라보며 코웃음 친 요검자가 염화도인의 본신이 박혀 있는 석벽 방향으로 몸을 날렸다.

궁지에 몰린 천수금요공이 자폭 공격을 시도했을 때, 염화도인은 몸을 보호해 주던 유일한 법보인 푸른 철종이 깨지는 바람에 큰 충격을 받고 근처에 있던 석벽에 날아가 박혔다.

염화도인 앞에 도착한 요검자는 고개를 슬쩍 저었다.

"흐음, 예상보다 더 심각하구려."

염화도인은 하체 전부와 상체의 7할가량이 불에 완전히 타 버려 소생하기가 어려운 상태였다. 그런데도 염화도인이 아직 살아 있는 것은 그만큼 그의 경지가 높다는 방증일 터였다.

요검자를 발견한 염화도인이 자조하는 음성으로 물었다.

"크크, 어떻소? 내가 살 수 있을 것 같소?"

요검자는 자꾸 새어 나오려는 미소를 억지로 삼키며 대답했다.

"내가 보기에는 외상 전문인 선선노조(扇仙老祖)가 천부상골액(天腐傷骨液)을 써서 치료하는 방법 외에는 없을 듯하오."

"그 괴팍한 선선노조가 일면식도 없는 나를 치료할 리 없지. 또, 자기 목숨보다 귀하게 여기는 천부상골액을 내어 줄 린 더더욱 없을 테고 말이야. 쳇, 이 몸은 이제 쓸 수 없겠어."

"내 생각도 별반 다르지 않소."

염화도인은 남은 왼팔로 입가에 묻은 피를 닦으며 껄껄 웃었다.

"하하, 억지로 참을 필요 없소. 당신이 지금 내 상태였다면 나 역시 속으로는 춤이라도 추고 싶을 만큼 기뻤을 테니까."

기력이 점점 쇠하는지 말소리가 줄어들던 염화도인이 어느 순간, 마음의 결정을 내린 것처럼 다소 굳은 표정으로 왼팔을 힘겹게 들어 올려 자기 천령개(天靈蓋)를 내리쳤다.

천령개가 그대로 쪼개지며 그 안에서 염화도인을 꼭 닮은 노란 원신이 튀어나왔다. 씁쓸한 표정으로 요검자를 응시하던 원신은 고개를 살짝 끄덕여 보이고는 동굴 입구로 날아갔다. 다른 사람의 육신을 빼앗아 다시 수련할 셈인 것이다.

그때, 요검자가 갑자기 손을 뻗어 염화도인의 원신을 붙잡았다.

"이런!"

갑작스러운 기습에 깜짝 놀란 염화도인의 원신은 급히 진언을 외워 그 자리에서 허깨비처럼 사라졌다가 멀찍이 떨어진 곳에서 다시 나타났다. 그러나 한 번으론 안심할 수 없는지 같은 동작을 몇 차례 더 반복한 후에야 신형을 멈췄다.

분노로 폭발하기 직전인 염화도인의 원신은 그를 갑자기 기습한 요검자를 향해 입에 담지 못할 쌍욕을 퍼부으며 물었다.

"우리가 설검지 선약을 맺었다는 사실을 그새 까먹은 것이냐!"

요검자가 한쪽 어깨를 으쓱거리며 대답했다.

"지금 내 몸이 어떤 것 같소?"

"무슨 뜻이지?"

"우리가 전에 맺은 설검지 선약에 따르면 상대를 먼저 배신할 경우, 오장육부가 산산조각 나야 하는데 당신이 보기에 내 오장육부가 정말 산산조각 난 것 같으냐고 묻는 거요."

염화도인의 원신은 그제야 뭔가를 깨달았는지 겁에 질렸다.

"제길!"

요검자가 껄껄 웃으며 대꾸했다.

"하하, 그렇소. 애초에 설검지 선약에는 구체적인 범위가 들어 있지 않았소. 그저 상대가 배신할 경우, 선약에 의해 오장육부가 산산조각 난다는 구절만 있을 뿐이지, 구체적으로 그게 본신인지, 원신인지, 아니면 둘 다인지는 들어 있지 않다 이 말이오. 그리고 그 증거가 바로 지금의 나요. 내가 당신의 원신을 공격했지만 이렇게 멀쩡히 살아 있지 않소?"

염화도인의 원신이 갑자기 불쌍한 표정을 지으며 부탁했다.

"요도우(妖道友), 그러지 말고 빈도의 원신을 이대로 보내 주시오. 빈도는 본신이 완전히 망가져 버리는 바람에 실력을 되찾으려면 적어도 1, 2백 년은 필요하오. 이젠 도우의 상대가 아니니 자비를 베풀어 빈도를 이대로 보내 줄 순 없겠소?"

요검자가 서늘한 미소를 지으며 반문했다.

"내가 미쳤소? 장차 화근이 될지도 모르는 씨앗을 남겨 두게."

그때, 염화도인 원신의 얼굴이 갑자기 험악하게 일그러졌다.

"오냐, 네가 그렇게 나온다면 나도 그냥 죽어 주진 않을 것이야!"

소리친 염화도인의 원신이 진언을 외우며 수결을 맺은 손으로 벽에 박힌 본신을 가리켰다. 그 순간, 펑 하는 폭발음을 내며 폭발한 본신이 수천 개의 칼날 조각으로 변해 요검자에게 쏘아져 갔다. 마치 수천 개의 화살이 살아 있는 것처럼 사방으로 퍼졌다가 다시 한 지점을 향해 모여드는 듯했다.

"헉, 혈골시(血骨矢)?"

염화도인의 원신이 사용한 비술의 정체를 깨닫기 무섭게 안색이 급변한 요검자가 황급히 뒤로 물러섰다. 그러나 염화도인의 원신이 만들어 낸 칼날 조각은 날아가는 속도가 그야말로 가공할 지경이어서 비행술로 떨쳐 내기엔 한계가 있었다.

어쩔 수 없이 붉은 검을 엮어 공처럼 만든 요검자가 그 안으로 뛰어 들어가 몸을 보호했다. 보호한 다음에는 방어 법보 10여 개를 꺼내 사방에 물샐틈없는 보호막을 형성했다.

방패, 우산, 벼루, 비석 등 다양한 형태의 방어 법보 10여 개가 다채로운 색깔의 빛을 뿜어내며 2차 보호막을 이루었다.

콰콰콰콰쾅!

귀청을 찢는 폭음이 연달아 울리는 순간, 2차 보호막을 형성하던 각종 방어 법보가 버섯구름을 연상시키는 폭발을 일으키며 차례차례 터져 나갔다. 그러나 염화도인의 원신이 비술을 펼쳐 뿜어낸 칼날 조각 역시 요검자의 성명 법보인 적수검이 만들어 낸 공 형태의 방어막을 찢는 데는 결국 실패했다.

요검자의 얇은 입꼬리가 슬쩍 올라갔다.

"흥, 혈골시도 실패했으니 이젠 그만 발광하고 조용히 가시오."

그때, 염화도인의 원신이 노란 불꽃으로 화해 방심한 요검자를 기습했다. 염화도인의 원신이 변한 노란 불꽃은 법력이 아니라, 원신 자체를 태워서 만든 것이었다. 즉, 원신을 태워 만든 불꽃이기 때문에 다시는 윤회의 길에 들 수 없었다.

요검자는 염화도인의 원신이 윤회를 포기하면서까지 동귀어진하리라곤 예상 못 했는지 반응이 약간 느렸다. 그 순간, 노란 불꽃이 요검자가 붉은 검으로 만든 보호막을 태운 다음, 그 안으로 빨려 들어가 요검자의 가슴에 달라붙었다.

"크아악!"

요검자가 비명을 지르며 고개를 내려 보았다. 이미 노란 불꽃이 상체 전체를 불태워 다리와 머리만 남은 상태였다. 그는 말 그대로 가슴과 배 가운데에 커다란 구멍이 뚫려 있었다.

더욱이 상체를 태운 노란 불꽃이 머리 위쪽으로 번져 오는 중이라, 상황이 몹시 다급했다. 그때, 이를 악문 요검자가 붉은 검 하나로 자기 머리를 스스로 갈라 원신을 탈출시켰다.

그러나 한발 늦었는지 요검자의 머리를 불태운 노란 불꽃이 요검자 원신 왼쪽 다리에 옮겨붙어 순식간에 번져 나갔다.

"아아악!"

괴성을 지른 요검자가 불이 붙은 왼쪽 다리와 복부 일부를 잘라 내 위기에서 간신히 벗어났다. 그러나 법력 소모가 큰지 불그스름하던 원신의 얼굴이 백지처럼 창백해져 있었다.

그야말로 눈 깜짝할 사이에 벌어진 일이었다. 눈을 한번 감았다가 뜨는 순간, 멀쩡하던 요검자는 이미 재로 변해 흩어진 후였다. 또, 요검자의 원신은 다리와 배 일부가 잘려 나간 낭패한 모습으로 공중을 비행하며 갈팡질팡하는 중이었다.

금공동에 더 머무르는 것은 무리라고 판단했는지 피가 배어 나올 정도로 입을 앙다문 요검자의 원신이 바로 몸을 돌려 금공동 통로 쪽으로 도망쳤다. 이런 상태로는 누구를 만나도 위험했다. 지금은 어떻게든 금공동을 빠져나가 다친 원신부터 회복한 다음, 다른 수사의 육신을 빼앗아야 했다.

한데 요검자의 원신이 막 통로 입구에 들어서려는 순간, 등 뒤에서 날카로운 파공성이 연달아 들려왔다. 소스라치게 놀란 요검자의 원신이 고개를 돌려 파공성의 정체를 확인했다.

원래 이런 때는 절대 고개를 돌리면 안 되었다. 그러나 수사 역시 사람인지라, 뭐가 날아오는지 궁금할 수밖에 없었다.

파공성의 정체는 자주색 빛이 은은하게 감도는 은침 100여 개였다. 단번에 자광은침(紫光銀鍼)이 범상치 않은 법보임을 알아본 요검자의 원신은 혀를 깨물어 모은 피로 분신을 만들어 냈다. 이는 그의 사문에 전해지는 구명 비술이었다.

다행히 구명 비술이 제대로 통했는지 자광은침 100여 개 전부가 피로 만들어 낸 분신에 끌려 들어가 모습을 감추었다.

안도한 요검자의 원신이 다시 고개를 앞으로 돌리는 순간, 갑자기 눈앞에서 녹색 구름이 폭풍처럼 치솟았다. 요검자의 원신은 돌변한 상황에 당황해 급히 통로 위쪽으로 솟구쳤다.

녹색 구름이 지나가는 자리마다 녹아 없어지는 것을 보면 녹색 구름에 엄청나게 지독한 독이 들어 있는 게 틀림없었다.

그때, 통로 위쪽에서 평범하게 생긴 20대 사내가 떨어져 내리며 손에 쥔 족자를 힘껏 내던졌다. 사내의 손에서 벗어난 족자는 살아 있는 생물처럼 한 차례 꿈틀한 다음, 곧장 요검자의 원신 쪽으로 날아갔다. 요검자는 알고 있는 구명 비술을 연달아 펼쳤다. 비술 대부분이 몸에 큰 무리를 주거나, 아니면 수명이 줄어드는 대가를 치르는 것이었지만 지금은 다른 방법이 없었다. 지금은 어떻게든 살아남는 게 중요했다.

그러나 둘둘 말려 있던 족자가 펼쳐지는 순간, 그 안에서 어두컴컴한 통로 안을 대낮처럼 밝히는 우윳빛 광채가 뿜어져 나와 요검자와 요검자가 펼친 구명 비술을 먼지로 만들었다.

물론, 족자의 정체는 유건이 던진 현경도였다.

유건은 요검자의 원신이 도망칠 때, 헌월선사가 남긴 법보 중에 위력이 뛰어난 편에 속하는 자광은침을 몰래 뿌려 두었다.

자광은침은 자연법칙의 힘이 아주 미세하게 들어가 있는 법보라서 약간의 시간 차이를 두고 공격하는 게 가능했다. 그 틈에 통로 위에 숨은 유건은 규옥에게 통로 입구를 막으란 지시를 내렸다. 유건의 계획대로 기척도 없이 갑자기 등 뒤에서 튀어나온 자광은침에 깜짝 놀란 요검자는 집중력이 흐트러져 통로에 매복한 규옥의 존재를 놓치고 말았다.

요검자는 규옥이 발출한 녹색 독운(毒雲)을 피하려고 솟구쳤다가 무광무영복으로 숨어 있던 유건 앞에 뛰어들었고 그 때문에 코앞에서 날아든 현경도의 기습을 피하지 못했다.

비록 요검자를 죽이기 위해 천수금요공, 염화도인 등의 손을 빌리긴 했지만 어쨌든 끝을 낸 건 유건과 규옥이었다. 입선 후기와 공선 초기가 합작해 장선 초기를 살해한 것이다. 다른 수사들이 이 얘기를 들었으면 까무러쳤을지도 몰랐다.

6장. 생각지 못한 동행

　유건은 금공동에 오래 있고 싶은 마음이 없어 정리를 서둘렀다. 그는 우선 요검자를 상대하는 데 쓴 법보를 회수했다.

　현경도는 자기가 알아서 유건의 품속으로 돌아왔다. 그러나 옛 주인의 흔적이 남아 있는 자광은침은 유건 몰래 도망칠 기회만 엿봤다. 쓴웃음을 지은 유건은 헌월선사의 기억에 있는 회수 방법으로 자광은침을 회수해 법보낭에 보관했다.

　법보는 사용 방식에 따라 몇 종류로 나뉘는데, 자광은침은 그중 귀한 편에 속하는 상용법보(常用法寶)였다. 상용법보는 소유자가 주인으로 따로 인식시킬 필요가 없는 법보였다. 다시 말해 법력만 있으면 누구나 사용할 수가 있었다.

물론, 주입한 법력의 양에 따라 위력은 천차만별이지만 어쨌든 장선 후기가 쓰던 법보를 입선 후기인 유건이 쓰는 데 별 무리가 없었다. 강적을 죽이고 자광은침을 얻은 헌월선사는 한동안 즐겨 사용하다가 장선 중, 후기를 상대하기에는 위력이 약하다는 사실을 깨닫고 법보낭 깊은 곳에 보관만 할 뿐, 평소엔 거의 사용하지 않았다. 덕분에 유건은 그보다 강한 적을 상대할 수 있는 유용한 상용법보를 얻었다.

상용법보의 유일한 단점은 횟수나 수량에 제한이 있단 점이었다. 즉, 자광은침이 100개가 있을 때, 그 100개를 다 소진하면 더는 사용하지 못했다. 또, 10회만 사용할 수 있는 상용법보 역시 그 10회를 다 사용하면 물거품처럼 사라졌다.

유건이 남은 자광은침을 회수하는 동안, 규옥은 날개 달린 고양이처럼 동굴 여기저기를 쏘다니며 자신들의 흔적을 지웠다.

우선 독 구름으로 요검자, 염화도인의 잔해를 깨끗하게 녹인 규옥은 천수금요공의 시체 잔해를 모아 정리에 들어갔다.

천수금요공은 장선 중기에 해당하는 악수로 내단은 말할 것도 없거니와 뼈, 가죽, 더듬이, 다리 등 본체 거의 전부가 귀중한 재료였다. 아마 수사들이 사용하는 선도 시장에 내다 팔면 오행석 수천 개는 쉽게 벌어들일 수 있을 것이다.

천수금요공의 잔해를 종류별로 분해해 법보낭에 저장한 규옥은 독 구름을 뿜어 금공동 안에서 전투가 벌어졌단 사실을 누구도 알지 못하게 하였다. 또, 요검자와 염화도인이 지닌 법보와 내단, 법보낭 등을 꼼꼼하게 챙겨 유건에게 바쳤다.

일을 처리하는 규옥의 솜씨가 탁월한 것을 보고 흡족해진 유건은 이번에 얻은 전리품 중에 필요한 물건이 있는지 물었다.

규옥은 쭈뼛거리다가 필요한 약재와 재료 몇 가지를 말했다. 유건은 주저 없이 요검자와 염화도인의 법보낭을 뒤져 규옥이 원하는 약재와 재료를 원하는 양보다 더 많이 주었다.

새 주인의 인심이 후한 모습을 보고 크게 감동한 규옥은 절을 몇 번이나 올린 다음, 조심스러운 손길로 유건이 건넨 약재와 재료를 자기가 갖고 다니는 아담한 법보낭에 넣었다.

유건은 유건대로 이번에 정말 큰 수확을 얻었다. 요검자와 염화도인 두 수사는 장선 초기답게 대여섯 개의 법보낭 안에 진귀한 재료와 약재, 법보, 오행석 등을 잔뜩 넣어 다녔다. 아마 두 수사가 지닌 오행석의 양만으로도 몇십 년 동안 수련 재료 걱정 없이 수련에만 몰두할 수 있을 것 같았다.

무엇보다 귀하디귀한 천수금요공의 내단을 거의 공짜로 얻었다는 게 가장 기뻤다. 헌월선사의 기억에 따르면 천수금요공의 내단은 산선 5품계에 해당하는 아주 귀한 재료였다. 얻은 내단으론 법력을 늘리는 영약을 만들 수도 있고 극독으로 상대를 공격하는 지독한 법보를 연성할 수도 있었다.

다만, 요검자가 지녔던 붉은 검과 항아리 법보, 염화도인이 사용하던 불꽃무늬가 새겨진 북과 푸른 철종 법보는 대결 중에 태반이 부서져 더는 사용할 수 없다는 게 아쉬웠다.

그러나 유건은 바로 생각을 고쳐먹었다.

'욕심을 부리다간 한도 끝도 없는 법이다.'

고개를 저은 유건은 규옥을 데리고 붉은 바위가 뽑혀 나가 생긴 구멍으로 몸을 날렸다. 전에는 규옥이 지둔술로 뚫어 둔 지하 통로를 이용했었다. 그러나 지금은 은신술을 펼칠 이유가 없을 뿐만 아니라, 규옥의 본신이 있는 곳을 가로막 던 붉은 바위까지 사라져 바로 목적지에 도착할 수 있었다.

유건이 빨리 떠나고 싶어 한다는 사실을 잘 아는 규옥은 도착하기 무섭게 바로 이식대법을 펼쳐 유건이 준비해 둔 영목낭에 자기 본신을 옮겨 심었다. 영목낭 안에 본신을 심어 두면 천지 영기를 흡수하지 못해 수련에 차질이 생겼다. 그러나 먼 거리를 이동하는 데는 이보다 좋은 방법이 없었다.

본신을 영목낭 안에 옮겨 심은 규옥은 바로 지둔술을 펼쳐 자화연이 있는 방향으로 이동했는데 규옥의 지둔술이 유건의 무광무영복을 덮어쓰고 걸어가는 방법보다 빠르기 때문이었다. 물론, 다른 수사에게 들킬 가능성은 훨씬 올라갔다.

유건과 규옥은 자화연으로 가는 틈틈이 법력을 회복하기 위해 지하에 동굴을 만들어 휴식을 취했다. 한데 규옥은 그때마다 쉬지 않고 법보낭에서 화로를 꺼내 단약을 제련했다.

규옥이 단약을 제조할 때 사용하는 화로는 유건이 일전에 본 그 신비한 영로가 분명했다. 은은한 비취색이 감도는 영로 표면엔 신선 12명이 학, 거북이, 사슴 등을 타고 산천을 한가로이 유람하는 풍경이 세밀한 필치로 새겨져 있었다.

유건은 감탄 어린 시선으로 영로를 살펴보며 물었다.

"내력이 범상치 않은 영로 같은데 어떻게 얻었는가?"

규옥은 감회에 젖은 표정으로 영로를 내려다보며 대답했다.

"십이신선로(十二神仙盧)는 제 사부이신 공공자(㖇㖇子) 어르신께 물려받은 것입니다. 공공자 어르신은 무려 10만 년 동안 수련하여 영성을 깨우친 영기(靈器) 출신 수사셨는데 우연히 그분 눈에 들어 제자로 들어가는 행운을 누렸지요."

"공공자 어르신은 아직 생존해 계시는가?"

규옥이 붉어진 눈가를 손으로 닦으며 대답했다.

"천여 년 전에 구구말겁을 겪다가 윤회의 강을 건너셨습니다."

유건은 진심으로 탄식했다.

"안타깝군. 수십만 년 수행이 하루아침에 물거품으로 변하다니."

규옥은 한숨을 쉬며 고개를 저었다.

"선도에 발을 들여놓은 수사에게는 숙명과도 같은 일이지요."

규옥에 따르면 영선의 일주겁은 인간 수사와 다른 점이 많았다. 인간은 수련 속도가 빠른 대신, 일주겁이 닥쳐오는 기간이 아주 짧았다. 반면, 수명이 인간의 몇십 배에 달하는 영선은 수련 속도가 아주 느린 대신, 일주겁이 닥쳐오는 기간역시 아주 길어 거의 무한대에 가까운 생명을 지닌 영금(靈金)의 경우에는 백팔초겁을 겪는 데 10만 년이 걸렸다.

공공자는 삼월천 영선 중에 몇 손가락 안에 꼽히는 강자로 각종 단약을 제조하는 데 천부적인 재능을 지닌 수사였다.

그런 공공자의 제자로 들어간 규옥 역시 단약을 제조하는데 천부적인 재능을 지녀 사부의 의발(衣鉢)을 이을 수 있었다.

자신이 구구말겁을 통과할 확률이 그리 높지 않다는 사실을 깨달은 공공자는 말겁이 끝나기 직전에 자신의 보물 1호와 같은 십이신선로를 사랑하는 애제자 규옥에게 물려주었다.

공공자가 윤회의 강으로 떠난 후에 108년 동안 시묘(侍墓)한 규옥은 십이신선로로 단약을 제조해 수련에 사용해 왔다.

영로의 유래에 관해 설명한 규옥은 진언을 외운 다음, 단전에서 끌어올린 푸른 화염으로 십이신선로를 데우기 시작했다.

규옥의 푸른 화염은 농도가 아주 짙은 파란색이었기 때문에 화염 속에서 지독한 열기가 느껴지지 않았다면 수심이 깊은 바다나 구름 한 점 없는 맑은 하늘을 떠올렸을 것이다.

비취색이던 십이신선로가 열기를 흡수해 붉게 달아올랐을 때였다. 준비를 마친 규옥이 그동안 모은 영초와 재료 100개를 십이신선로에 집어넣어 본격적으로 단약을 제련했다.

재료를 집어넣을 때마다, 뚜껑을 덮지 않은 십이신선로 위에서 오색찬란한 빛이 무지개처럼 피어오르며 진한 약 냄새가 퍼져 나왔다. 사흘 동안 꼼짝 않고 십이신선로 앞을 지키며 단약을 제련하던 규옥은 나흘째 아침에 영로를 달구던 푸른 화염을 회수한 다음, 용과 봉황이 서로의 꼬리를 물고 있는 형태로 만들어진 뚜껑으로 영로 입구를 봉쇄했다.

"열흘 후에 뚜껑을 열면 단약이 만들어져 있을 겁니다."

규옥의 장담대로 뚜껑을 닫은 지 열흘쯤 지났을 무렵, 십이신선로 안에서 속이 물처럼 투명한 붉은색 환약 1개가 만들어졌다. 단약을 만들 때 들어간 재료는 작은 건물을 지을 정도였는데 결과물은 손톱보다 작은 환약 1개인 셈이었다.

규옥은 이번에 만든 환약을 공손하게 바쳤다.

"적로환(赤露丸)입니다. 법력의 불순물을 없애는 효과가 있어 장복하면 공자께서 공선에 드는 데 큰 도움을 줄 것입니다."

유건은 사양하지 않고 적로환을 받았다.

"잘 쓰도록 하지."

규옥은 유건이 본인이 만든 단약을 받는 것을 보고 뛸 듯이 기뻐했다. 적로환은 입선, 공선이 복용하면 효과가 있는 산선품 7품계 영단으로 법력의 불순물을 없애줄 뿐만 아니라, 더러워진 정혈을 깨끗하게 정화해 주는 효과까지 있었다.

적로환을 복용한 후에 운기조식한 유건은 법력이 전보다 약간 줄긴 했지만, 훨씬 순수해진 것을 느끼고 크게 기뻐했다.

적로환의 효과가 뛰어나서 기뻐했다기보단 적로환처럼 만들기가 쉽지 않은 영약을 뚝딱 만들어 내는 규옥의 연단술에 감탄한 면이 더 컸다. 유건은 백진의 조언을 받아들여 규옥을 구하길 잘했다는 생각이 들었다. 정식으로 연단술을 익힌 규옥을 데리고 다니면 앞으로 큰 도움을 받을 것이다.

목적지인 자화연이 얼마 남지 않았을 무렵, 유건은 규옥에게 지금 있는 재료로 만들 수 있는 단약이 있는지 물어보았다.

규옥은 유건과 자신의 법보낭을 자세히 조사한 후에 대답했다.

"흔하게 구할 수 있는 단약 재료 몇 가지만 충분히 확보하면 10년 정도 복용할 수 있는 단약 몇 가지를 만들 수 있습니다. 그중 단속제(斷束劑)는 공선에 드는 데 큰 효험을 발휘하는 단약이라 만들어 두면 두고두고 쓸모가 있을 겁니다."

유건 역시 헌월선사의 기억을 통해 단속제가 공선에 드는 데 가장 효과적인 영약 중 하나란 사실을 알았기 때문에 크게 기뻐하며 규옥에게 필요한 재료가 무엇인지 물어보았다.

규옥은 작고 통통해서 귀엽기 짝이 없는 손가락을 차례차례 꼽아 가며 단속제 등에 필요한 재료가 무엇인지 설명했다.

"나머진 재배하거나, 아니면 가진 재료로 충당할 수 있지만, 청은철(靑銀鐵), 만설액(萬雪液), 도장토(桃醬土), 현암지(玄暗紙), 뇌심목(雷心木), 봉분루(鳳芬縷)는 구매해야 합니다."

목록을 들은 유건은 바로 필요한 재료를 구매하기로 마음먹었다. 청은철 등은 모두 어디서든 쉽게 찾아볼 수 있는 재료로 대량으로 구매해도 다른 수사의 관심을 끌지 않았다.

물론, 큰 도시에는 들르지 않았다. 입선 후기 혼자 큰 도시에 들어가 단약 재료를 사는 것은 자살하는 행동과 같았다.

자화연으로 가는 길 근처에는 5,000만 명이 거주하는 초거대 도시와 2, 300만 명이 거주하는 중대형 도시가 몇 개 있었다. 그러나 유건은 그런 도시 쪽으론 눈길 한 번 주지 않았다.

유건은 그 대신, 10만 명쯤 거주하는 소도시를 찾아다니며 필요한 재료를 구했다. 그러나 그 정도론 안심할 수 없었다.

유건이 세운 가장 큰 원칙은 위험을 최대한 피해 쓸데없는 일에 휘말리지 않는 것이었다. 백진이 규옥을 구하는 바람에 천수금요공, 요검자, 염화도인 등과 얽히긴 했지만 그런 건 한 번이면 족했다. 다른 수사의 손에 죽지 않을 정도의 실력을 쌓기 전까지는 생존 그 자체에만 집중해야 했다.

유건은 다른 수사의 주의를 끌지 않기 위해 자화연으로 가는 길에 있는 소도시에 들를 때마다 재료를 10개 단위로 구매했다. 가끔 재료의 질이 좋을 때는 100개 단위로 사긴 했지만 어찌하다 한 번이었다. 어쨌든 그 덕에 자화연을 얼마 남겨 두지 않았을 때, 재료의 9할을 확보하는 데 성공했다.

유건은 뇌력으로 법보낭 속의 재료를 살펴보며 중얼거렸다.

"이제 남은 건 뇌심목 하난가?"

영목낭에 있는 본신과 합체해 있던 규옥이 뇌음으로 대꾸했다.

"그렇습니다. 뇌심목 300개만 구하면 단약을 제조하는 데 필요한 재료를 모두 모은 셈입니다. 다만, 이상한 점은 흔하디흔한 뇌심목이 잘 보이지 않는다는 점입니다. 아마 뇌심목을 시장에 내다 파는 중개상이 사재는 중이거나, 아니면 어떤 종파에서 뇌심목을 대거 매입하는 중인 것 같습니다."

규옥은 시장에 뇌심목이 잘 보이지 않는 이유를 나름대로 추리한 내용까지 덧붙여 알려 주었다. 며칠 후, 규옥의 추리가 맞아떨어졌단 사실을 알 수 있었다. 인구 5만 명이 거주하는 작은 마을에 들렀을 때, 이 근방에서 가장 큰 종문인 후양종(厚陽宗)에서 법보를 제련하기 위해 뇌의 속성을 지닌 기본 재료인 뇌심목을 매입하는 중이란 소문을 들었다.

뇌심목이 없으면 단속제를 만들 방법이 없었기 때문에 유건은 이번에 들른 수련 재료를 파는 상점 주인에게 슬쩍 물었다.

"뇌심목을 구할 방법이 정녕 없는 겁니까?"

"글쎄올시다."

상점 주인은 입선 중기로 보이는 뚱뚱한 중년 사내였는데 구할 방법이 잘 생각나지 않는지 늘어진 턱살만 쓸어내렸다.

유건은 오행석을 몇 개 던져 주며 다시 물었다.

"그러지 말고 잘 생각해 보십시오."

가게 주인은 오행석을 받기 무섭게 태도를 180도 바꾸었다.

"아, 생각났습니다. 우리 마을에서 왼쪽으로 사나흘쯤 걸어가면 우배성(牛背城)이란 제법 큰 도시가 나옵니다. 한 30만쯤 사는 도시지요. 아마 거기엔 뇌심목이 꽤 있을 겁니다. 우배성은 후양종과 사이가 좋지 않은 낙낙사(樂樂寺)의 영역이라 후양종 수사들이 들르기를 꺼리기 때문이지요."

"고맙습니다."

유건은 가게를 나와 우배성으로 곧장 향했다. 30만 명쯤 사는 도시라면 물건을 구매하기 위해 들르는 수사도 꽤 있을 뿐만 아니라, 도시를 지키기 위해 파견 나온 수사 역시 꽤 있을 터였다. 헌월선사의 기억과 규옥의 조언에 따르면 우배성과 같은 도시에는 항상 10여 명이 넘는 수사가 오간다고 하였다. 또, 그런 수사 대부분은 입선이나 공선이지만, 가끔은 오선 초기의 수사가 방문하는 예도 있다고 하였다.

오선 초기는 상대하기 어렵지만, 입선이나 공선은 상대할 자신이 있었기에 조심만 한다면 큰 문제는 없을 것 같았다.

규옥의 지둔술을 이용해 우배성에 도착한 유건은 하루 정도 도시 외곽을 돌며 소문을 모은 다음, 도시 안으로 들어갔다.

확실히 30만 명이 사는 도시라 그런지 꽤 넓어 다 둘러보려면 하루, 이틀 가지곤 힘들 것 같았다. 그러나 유람하러 온 게 아니었던 유건은 곧 수사들과 그 수사들을 위해 일하는 범인만이 출입하는 수련 재료 상점가를 찾을 수 있었다.

거래는 순조로웠다. 상점가를 둘러본 지 얼마 지나지 않아 재료를 파는 상점을 발견해 뇌심목 350개를 사는 데 성공했다. 예정보다 50개를 더 구한 덕에 기분이 바로 좋아졌다.

그러나 좋았던 기분이 나빠지는 데는 그리 오랜 시간이 걸리지 않았다. 우배성을 나온 유건과 규옥이 주변 수사의 주의를 끌지 않으면서 지둔술을 펼칠 수 있는 지점까지 서둘러 걸어가는 중일 때였다. 뒤에서 날카로운 파공성이 울리며 비행 법보에 올라탄 수사 네 명이 공중에서 곧장 내려왔다.

한데 그중 한 명은 바로 유건에게 오행석을 받고 우배성으로 가 보라 조언한 작은 마을의 수련 재료 상점 주인이었다.

◆ ◆ ◆

유건의 눈길이 바로 매서워졌다.

"역시."

수련 재료 상점 주인의 태도가 왠지 이상해 경계하는 마음이 있었는데 우배성을 나오기 무섭게 마각을 드러낸 것이다.

상점 주인은 아마 우배성에 기거하는 수사들과 짜고 품귀 현상을 빚는 뇌심목을 이용해 함정을 파는 역할을 맡았을 것이다. 그가 우배성에 뇌심목이 있다며 손님을 꼬드기면 우배성에 기거하는 수사들이 이를 미행하다가 덮치는 것이다.

그렇게 하면 오행석을 받고 판 뇌심목을 회수하는 것은 물론이거니와 손님이 지닌 법보와 남은 오행석까지 싹 털어먹을 수 있었다. 선도에서는 비일비재하게 일어나는 일이었다.

유건은 동서남북 사방을 포위해 들어오는 수사 네 명을 서늘한 시선으로 관찰하며 모아 둔 뇌력을 퍼트렸다. 입선 후기의 뇌력치곤 꽤 강대했던지라, 그중 두 명은 움찔하며 동작을 멈췄고 남은 두 명은 흠칫하며 포위하는 속도를 늦추었다.

그 틈에 유건은 그들의 경지를 자세히 살폈다. 앞서 말한 상점 주인은 서쪽에서, 입선 중기를 대성한 중년 도사는 동쪽에서, 또 뱀을 연상케 하는 표독한 인상의 입선 후기 여수사는 북쪽에서 각각 포위망을 좁히며 접근하는 중이었다.

마지막으로 남쪽에서 접근해 오는 적은 머리가 벗겨진 대머리 수사였는데, 그가 가장 강해 공선 초기를 대성한 상태였다.

유건은 뇌력을 더 퍼트려 주변에 다른 적이 있는지 조사했다. 그러나 네 명 외에 다른 수사의 기척은 느껴지지 않았다.

하지만 유건은 긴장을 풀지 않았다.

'기척이 없다고 안심할 순 없다. 내 뇌력이 미치지 못하는 범위 밖에 있거나, 아니면 내 뇌력으로는 탐지하지 못할 정도로 능력이 뛰어난 수사가 있을지 모르니까. 어쨌든 지금은 이 네 수사를 죽이고 여길 빨리 떠나는 게 가장 중요하다.'

유건의 강대한 뇌력에 움찔하긴 했지만, 그들은 네 명이었다. 심지어 그중 대머리 수사는 유건보다 경지가 높은 공선 초기였다. 자신감을 회복한 네 수사는 포위망을 완성했다.

대머리 수사가 자신만만한 목소리로 협박했다.

"지금 즉시 가진 걸 다 내놓으면 목숨만은 살려 주도록 하마!"

유건은 대머리 수사가 하는 말에는 크게 신경 쓰지 않았다. 그는 대신, 서쪽에 있는 상점 주인을 쏘아보며 이죽거렸다.

"그쪽이 먼저 찾아와 줘서 고맙단 말을 해야겠는걸."

상점 주인은 늘어진 턱살을 출렁거리며 물었다.

"그게 무슨 뜻이오?"

유건은 피식 웃으며 대꾸했다.

"이번에 당신이 같이 오지 않았으면 왔던 길을 돌아가서 당신을 따로 처리해야 했을 테니까. 꽤 번거로운 일이었을 테지."

"뭣이?"

상점 주인이 흠칫해 눈을 크게 뜨는 순간.

쉬익!

유건의 소매 속에서 갑자기 녹색 털 뭉치가 튀어나와 대머리 수사 쪽으로 빨랫줄처럼 날아갔다. 그러나 대머리 수사는 공선답게 입선보다 반응이 빨랐다. 배 형태의 비행 법보를 움직여 공중으로 도망친 대머리 수사가 품에서 꺼낸 부적 다발에 불을 붙여 화염으로 이루어진 방패를 소환했다.

녹색 털 뭉치가 화염 방패와 부딪치기 직전, 털 뭉치가 꿈틀거리더니 갑자기 녹색 털이 길게 자란 작은 사람처럼 변해 멈춰 섰다. 물론, 그 작은 사람의 정체는 바로 규옥이었다.

"여, 영선?"

대머리 수사가 돌변한 상황에 놀라 입을 쩍 벌릴 때였다. 규옥은 법보낭에서 십이신선로를 꺼내 던짐과 동시에 입을 벌려 새파란 화염을 뿜어냈다. 새파란 화염은 대머리 수사가 소환한 화염 방패보다 더 강한 열기를 뿜어내는지, 곧 화염 방패가 만든 불길을 흩어 버리며 대머리 수사를 덮쳐 갔다.

"지독하구나!"

고함을 지른 대머리 수사는 비행 법보를 이용해 끊임없이 위치를 바꾸면서 부적을 뿌리고 법보를 발출해 본신을 보호했다. 또, 별 모양의 검은색 표창을 던져 규옥을 공격했다.

이에 푸른 화염 대신, 녹색 독 구름을 토해 내 대머리 수사의 행동반경을 제한한 규옥은 미리 꺼내 둔 십이신선로로 대머리 수사가 발동한 부적과 검은색 표창을 계속 빨아들였다.

십이신선로는 여러 가지 이능을 지녔는데 그중 하나는 상대의 법보를 빨아들이는 이능이었다. 공공자는 한창 활약할 때, 이 십이신선로만으로도 불세출의 수사란 명성을 얻었다.

다만, 규옥은 경지가 약한 탓에 공공자처럼 단숨에 상대의 법보를 빨아들여 승기를 점하지 못했다. 지금은 그저 대머리 수사가 던진 부적과 법보를 붙잡아 시간을 끄는 게 다였다.

한편, 규옥이 녹색 털 뭉치로 변해 대머리 수사에게 날아가는 동안, 유건은 바로 몸을 돌려 상점 주인 쪽으로 짓쳐 갔다.

그때였다.

콰쾅!

마치 아주 먼 곳에서 벼락이 내려친 것처럼 은은한 천둥소리가 귓가를 살짝 간지럽히는 순간, 고무줄처럼 길게 늘어진 유건의 신형이 상점 주인 코앞에서 다시 모습을 드러냈다.

바로 불문 정종 신법인 전광석화였다.

깜짝 놀란 상점 주인은 급히 비행 법보를 박차 공중으로 도망치며 휘파람을 불어 근처에 있던 동료에게 구원을 청했다.

상점 주인은 대전 경험이 별로 없는지 도망치는 데만 정신이 팔려 손에 쥔 회초리 모양의 법보를 사용해 보지도 못했다.

한데 단지 빠르단 이유만으로 전광석화가 불문 정종 신법이라 불리는 것은 아니었다. 다시 한번 벼락이 은은하게 치는 순간, 불꽃에 휩싸인 유건이 머리로 주인의 가슴을 뚫었다.

화르륵!

유건을 휘감은 황금색 불꽃은 금세 상점 주인의 본신을 재로 만들었다. 전광석화가 만들어 낸 불길이 어찌나 지독하던지 상점 주인의 원신 역시 머리통을 반쯤 빠져나온 상태에서 다리에 불이 옮겨붙어 눈 깜짝할 사이에 재로 변해 버렸다.

"죽엇!"

그때, 상점 주인을 돕기 위해 급히 날아온 표독한 인상의 여수사가 허리에 찬 연검(軟劍)을 뽑아 유건의 등 쪽으로 던졌다. 여수사의 손을 떠난 연검은 도중에 뱀처럼 머리를 휙 들더니 붉은 광선을 발출해 유건의 등을 꿰뚫으려 하였다.

유건은 재빨리 전광석화를 펼쳐 붉은 광선을 피했다. 그러나 여수사가 수결을 맺은 손으로 손짓하는 순간, 연검이 살아 있는 것처럼 방향을 휙 바꿔 도망치는 유건의 뒤를 추격했다.

'연검보단 여잘 먼저 없애는 게 더 빠르겠군.'

생각을 바꾼 유건은 전광석화를 세 차례 연속 펼쳐 여수사 근처로 이동했다. 입술을 잘근 깨문 여수사는 부적으로 보호막을 형성해 접근을 차단했다. 그러나 유건은 보호막에 개의치 않는 것처럼 법보낭에서 자광은침을 꺼내 던졌다.

그때, 쫓아온 연검이 유건의 등에 붉은 광선을 발사했다. 그러나 유건은 피하지 않고 자광은침을 조종하는 데만 집중했다.

피피핏!

붉은 광선이 연이어 유건의 등에 틀어박혔다. 그러나 유건은 별다른 타격을 입지 않은 모습이었다. 금강부동공을 끌어올린 유건이 미리 황금색 보호막을 펼쳐 두었기 때문이었다.

한편, 자색 빛을 뿜어내며 날아간 자광은침은 부적으로 만든 보호막을 뚫고 들어가 여수사의 왼팔 속으로 파고들었다.

거머리처럼 왼팔의 혈관을 타고 올라오는 자광은침을 보고 놀란 여수사가 얼른 오른팔로 왼팔을 잘라 냈다. 그러나 자광은침은 하나가 아니었다. 이번엔 두 다리와 오른팔에 박힌 자광은침이 혈관을 타고 그녀의 심장과 뇌로 질주했다.

"으아아악!"

여수사는 결국 자광은침 3개가 심장과 뇌를 순식간에 먹어 치워 즉사했다. 심지어 원신조차 제때 빠져나오지 못했다. 사람의 심장과 뇌를 먹어 치운 자광은침은 바로 딱딱하게 굳어 쓸모가 없어졌기 때문에 유건은 그쪽으론 미련을 두지 않았다. 다행히 자광은침은 아직 90개 넘게 남아 있었다.

여수사를 죽인 유건은 동쪽에 있던 입선 중기 중년 수사를 찾았다. 입선 중기 중년 수사는 실력은 동료보다 떨어질지 몰라도 눈치는 기차게 빨라서 이미 도망친 지 오래였다.

후환을 남겨 둘 생각이 없던 유건은 바로 전광석화를 펼쳤다. 그러나 전광석화는 법력을 괴물처럼 잡아먹는 수법이었기 때문에 두 번 펼쳤을 땐 이미 법력이 바닥을 드러냈다.

하지만 유건은 포기하지 않았다. 도망친 적을 추격하는 게 불가능하다면 또 모르지만, 지금은 충분히 가능한 상황이었다.

유건은 입을 크게 벌려 강력한 음파를 뿜어냈다. 무형의 음파는 작은 밧줄처럼 변해 도망치던 중년 수사의 몸을 옭아맸다. 바로 헌월선사의 지하실에서 찾아낸 불문 사자후였다.

그 틈에 재빨리 거리를 좁힌 유건은 오른손 장심을 앞으로 쭉 뻗었다. 곧 장심 안에서 연꽃 9개가 춤추듯 날아올라 사자후에 몸이 묶인 중년 수사의 몸에 덕지덕지 달라붙었다.

유건이 이번에 발출한 연꽃의 정체는 사자후와 함께 찾아낸 구련보등이었다. 구련보등으로 만든 연꽃이 꽃봉오리를 활짝 피우며 흰 꽃가루를 뱉어 내는 순간, 중년 수사는 마치 강한 산성용액을 덮어쓴 것처럼 흐물흐물 녹아 사라져 버렸다. 당연히 원신 역시 본신과 함께 물처럼 녹아 사라졌다.

유건은 자신보다 경지가 한 단계 낮은 입선 중기 2명과 같은 경지인 입선 후기 1명을 거의 한 호흡 만에 죽이는 괴력을 선보였다. 분명, 대단한 성과였다. 그러나 유건은 별로 기뻐하는 내색 없이 규옥이 홀로 상대 중인 대머리 수사 쪽으로 방향을 틀었다. 지금 그의 머릿속에는 위험 지역과 붙어 있는 이곳을 빨리 벗어나야 한단 생각밖에 없었다.

차분한 성격을 지닌 규옥은 십이신선로와 녹색 독 구름을 이용해 대머리 수사를 단단히 붙들어 두고 있었다. 대머리 수사는 부하 세 명이 유건에게 연달아 나가떨어진 데다, 눈앞의 영선 역시 만만치 않은 실력을 드러내는 바람에 싸울 마음이 일찌감치 사라진 상태였다. 다만, 규옥이 끈질기게 달라붙는 통에 지금까지 도망치지 못하고 있을 따름이었다.

그때, 부하 세 명을 순식간에 해치운 젊은 녀석이 갑자기 종적을 감추어 버렸다. 말 그대로 설상가상이 아닐 수 없었다.

대머리 수사는 뇌력을 퍼트려 젊은 녀석의 흔적을 찾았다. 그러나 찾을 수 없기는 마찬가지였다. 마치 그들이 있는 공간에서 사라진 것처럼 어디에 있는지 알 길이 전혀 없었다.

위기를 직감한 대머리 수사는 잠시 고민하는 표정을 짓다가 돌연 허리춤에 찬 영수낭을 하나 풀어 공중으로 투척했다.

공중에 떠오른 영수낭의 입구가 저절로 풀리며 안에서 눈으로 빚은 것 같은 새하얀 괴조 한 마리가 괴성을 지르며 튀어나왔다. 괴조는 형태가 아주 특이했다. 다리가 몸통보다 훨씬 길고 오리 주둥이처럼 생긴 주둥이에선 파란색 불꽃을 뿜어냈다. 공중을 선회하며 빠른 속도로 속력을 높인 괴조가 기다란 날개를 펼치는 순간, 날개깃 사이에서 사람의 눈처럼 생긴 게 튀어나와 수정 같은 투명한 광선을 쏘았다.

투명한 광선이 닿는 곳마다 규옥의 녹색 독 구름이 비에 씻겨나가듯 자취를 감추었다. 이에 뛸 듯이 기뻐한 대머리 수사는 괴조에게 규옥부터 빨리 처리하라는 지시를 내렸다.

대머리 수사의 지시를 받은 괴조는 불만스러운 얼굴로 우배성을 바라보며 몇 차례 우짖더니 규옥 쪽으로 쏜살같이 날아갔다. 속도가 얼마나 빠른지 날개를 한 번 펄럭거린 후에는 규옥의 코앞에 도달해 있었다. 당황한 규옥은 푸른 화염으로 괴조를 막은 다음, 십이신선로를 불러 괴조를 공격했다.

그때였다.

무광무영복으로 신형을 감추었던 유건이 대머리 수사 뒤에서 허깨비처럼 나타나 사자후를 발출했다. 사자후가 만들어 낸 무형의 음파가 대머리 수사의 목을 단숨에 옭아맸다.

기습이 성공했음을 직감한 유건은 자광은침 10여 개를 재빨리 던진 다음, 무광무영복을 덮어써 다시 신형을 감추었다.

그러나 대머리 수사는 자광은침에 당해 죽은 여수사와는 달랐다. 대머리 수사는 쩌렁쩌렁한 기합을 토해 내 목을 옭아맨 무형의 음파를 손쉽게 깨트렸다. 또, 뒤이어 날아든 자광은침 10여 개는 법보낭에서 꺼낸 바둑판 형태의 법보로 막아 냈다. 바둑판에 침 종류 법보를 끌어당기는 이능이 있는

지 자광은침이 바둑판에 달라붙어 좀처럼 떨어지지 않았다.

유건의 연속 공격을 손쉽게 막아 낸 대머리 수사가 껄껄 웃었다.

"하하, 그게 다냐? 더 재밌는 수법은 없는 것이냐?"

그때, 신형을 감추었던 유건이 다시 튀어나왔다. 한데 이번에는 전과 달리 온몸에 불광이 어려 있었다. 또, 어깻죽지와 겨드랑이에 금빛 허상으로 이루어진 팔 10개가 돋아 있었다.

그뿐만이 아니었다. 허상으로 이루어진 팔 끝에 불경이 적힌 붉은색 칼날 10자루가 달려 있어 기이한 분위기를 자아냈다.

유건은 허상으로 이루어진 팔 10개를 동시에 휘둘러 대머리 수사를 공격해 갔다. 유건이 펼친 수법이 대단히 고명하단 사실을 눈치 챈 대머리 수사는 안색이 바로 달라져 도망쳤다.

그러나 대머리 수사가 비행 법보를 움직여 도망치려는 순간, 허상으로 이루어진 팔 10개에 달린 칼 10자루가 허공을 종횡으로 가르며 대머리 수사를 덮쳐 갔다. 대머리 수사는 어찌해 볼 틈도 없이 수천 조각으로 잘려 바닥으로 떨어졌다.

'역시 천수관음검법은 위력이 대단하구나.'

그러나 위력이 뛰어난 만큼 펼치는 데 필요한 법력 역시 굉장한 탓에 얼굴이 하얗게 질린 유건은 비틀거리며 주저앉

왔다.

한편, 주인을 잃은 괴조는 대머리 수사의 시체 잔해가 떨어진 방향을 바라보며 한 차례 날카롭게 우짖더니 규옥을 향해 두 날개를 펄럭거렸다. 그 순간, 괴조의 몸에서 빠져나온 깃털 수백 개가 날카로운 화살처럼 변해 규옥을 찔러 왔다.

규옥은 푸른 화염과 독 구름, 십이신선로를 전부 동원한 후에야 괴조가 날린 깃털 화살을 막을 수 있었다. 그러나 전부 막아 내기는 역시 어려웠던지 그중 하나가 규옥의 팔에 박혔다. 바로 깃털을 뽑은 규옥은 상처에 약을 발라 치료했다.

그때, 몸을 돌린 괴조가 우배성 방향으로 쏜살같이 날아가 모습을 감추었다. 유건의 법력이 멀쩡했어도 따라잡기 힘든 속도였다. 법보를 회수한 규옥이 날아와 유건을 부축했다.

"공자님, 괜찮으십니까?"

"그보다 깃털에 다친 팔은 어떤가?"

규옥은 다친 팔을 움직여 보며 대답했다.

"지금까지는 별 이상이 없는 것 같습니다."

그때, 심각한 표정으로 생각에 잠겨 있던 유건이 법보낭에서 투명한 실이 감겨 있는 실타래를 꺼내 규옥에게 건네주었다.

"이 실타래의 실을 주변에 꼼꼼하게 감아 두게."

규옥은 영문을 몰랐지만 시키는 대로 하였다. 규옥이 작업을 마쳤을 때, 유건은 규옥의 지둔술로 최대한 빨리 도망쳤다.

규옥이 지둔술로 길을 뚫으며 물었다.

"무슨 일입니까?"

"곧 만만치 않은 실력을 지닌 추적자가 우릴 쫓아올 것이
네."

대답한 유건은 규옥에게 속도를 더 높이라는 지시를 내렸
다.

소 등을 닮았다고 해서 우배란 이름이 붙은 성 중앙에는
높이만 무려 23층에 달하는 초고층 건물이 한 채 서 있었다.

원통 모양의 이 건물은 성주가 기거하는 곳으로 크기, 높
이, 너비, 화려함에서 우배성 제일이라 해도 과언이 아니었
다.

한데 언제부턴가 성주와 성주의 가족이 기거하던 건물에
흉악한 인상의 요승(妖僧)이 하나 들어와 살고 있었다. 요승
이 이 근방에서 세력이 가장 강한 후양종조차 쉽게 건드리지
못하는 낙낙사 본원 출신이라, 힘없는 성주는 눈물을 머금고
가족과 함께 옆에 있는 작은 별관으로 이사해야 했다.

성주가 살던 건물을 차지한 요승은 보호비 명목으로 달마
다 오행석 수천 개를 상납받는 한편, 얼굴이 반반한 여자를
보면 처녀고 유부녀고 상관없이 닥치는 대로 겁탈해 악업을

쌓았다. 또, 근방에서 악명을 떨치던 흑선 몇 명을 부하로 삼은 뒤부터는 아예 낙낙사 우배성 분원이란 거창한 이름의 분파까지 창건해 스스로 수장의 지위에까지 올랐다.

그러나 우배성 분원이 하는 일이라고는 경지가 낮은 수사들을 꼬드겨 그들의 목숨과 재산을 강탈하는 일이 전부였다.

법명이 마람(痲嵐)인 요승은 우배성 주민에게 그를 마람존자(痲嵐尊者)라 부르게 하였다. 우배성 주민들은 요승의 경지가 오선 초기임을 알았기 때문에 시키는 대로 따를 수밖에 없었다. 요승이 입선이나 공선이라면 오행석으로 다른 수사를 초청해 처리할 수 있을 테지만 오선이면 쉽지 않았다. 일단, 오선 자체가 쉽게 접할 수 있는 수사가 아니었다.

마람존자가 오기 전까지 우배성에서 제일가는 수사가 바로 유건 손에 죽은 공선 초기 대머리 수사였단 점을 고려하면 주민이 요승을 두려워하는 이유를 쉽게 짐작할 수 있었다.

우배성 주민들은 그저 속으로 마람존자보다 더 강한 수사가 나타나 마람존자가 천벌을 받는 날만 기다릴 따름이었다.

마람존자는 오늘도 여느 날처럼 건물 꼭대기에 있는 자기 처소에서 납치하다시피 하여 데려온 여염집 처자 10여 명과 환락에 빠져 허우적대는 중이었다. 처자들은 향로에서 피어오르는 음락향(淫樂香)에 중독당해 마람존자가 시키는 대로 할 수밖에 없었다. 한데 한창 신나게 즐기던 마람존자가 갑자기 표정이 돌변해 여자들을 처소 밖으로 내쫓았다.

손가락을 튕겨 음락향마저 아예 꺼 버린 마람존자가 홀딱 벗은 몸으로 창문 앞에 가부좌를 틀고 앉아 무언갈 기다렸다.

마람존자는 외모만 보면 요승이라기보단 흉승(兇僧)에 더 가까웠다. 웬만한 사내의 두 배는 됨직한 거대한 체구에 바람을 불어넣은 것 같은 근육을 두르고 있었다. 또, 눈은 퉁방울처럼 튀어나온 데다, 어렸을 때 전염병을 앓았는지 얼굴에 곰보 자국이 가득해 인상이 여간 흉악한 게 아니었다.

오선에 등극한 수사가 어렸을 적에 생긴 흉터를 치료하지 않고 그대로 남겨 두었단 것은 그가 사람을 위협하거나 불쾌하게 만들기를 좋아하는 성격을 지녔단 뜻이나 마찬가지였다.

그때, 유건과 규옥을 공격한 괴조가 열려 있는 창문 틈으로 들어와 방 안을 한 차례 돈 다음, 마람존자의 우람한 어깨 위에 털썩 내려앉아 날카로운 목소리로 쉴 새 없이 우짖었다.

마람존자가 심각한 표정으로 괴조에게 물었다.

"그곳에 영선이 있었다는 게 틀림없느냐?"

괴조는 틀림없다는 듯이 고개를 끄덕이며 길게 울부짖었다.

마람존자가 자기 허벅지를 세게 내려치며 일어났다.

"대홍산맥에 나타났다는 영선이 틀림없다! 한동안 소식이

뜸해 결국 요검자 선배 손에 들어간 줄 알았는데 그게 아니었구나! 어쨌든 더 멀리 도망치기 전에 추격을 서둘러야겠어!"

마람존자는 괴조에게 대머리 수사 등 그가 보낸 수사 네 명이 모두 죽었다는 소식을 들었다. 그러나 안타까워하거나 화내는 기색 없이 그저 영선이 어떻게 생겼는지만 물었다.

괴조는 주인이 물을 때마다 날카롭게 울부짖어 대답했다. 괴조는 마람존자가 아끼는 영수로 안익조(眼翼鳥)라 불렀다.

마람존자는 부하들이 강적을 만날 때를 대비해 안익조를 빌려주었는데, 빌려줄 때 생명이 위급한 때에만 사용해야 한다는 엄명을 내렸다. 대머리 수사는 시키는 대로 목숨이 경각에 처해서야 안익조를 풀어놓았다. 그러나 유건과 규옥의 절묘한 협공에 농락당해 그 덕을 보는 데는 실패했다.

안익조는 할 말이 남았는지 계속 종알종알 입을 놀렸다.

잠시 후, 마람존자가 껄껄 웃으며 안익조의 깃털을 쓰다듬었다.

"잘했다. 네가 가진 이능인 혼우추혈술(魂羽追血術)이라면 아무리 먼 곳으로 도망쳐도 내 손을 빠져나가지 못할 것이야."

안익조가 보상을 달라는 듯 마람존자를 보며 입을 뻐끔거렸다.

"하하, 당연히 잘한 일에는 그에 합당한 보상을 주는 게 맞겠지."

시원하게 웃어젖힌 마람존자가 손가락을 튕기는 순간, 밖에 있던 범인 몇 명이 살아 있는 소 두 마리를 데리고 들었다.

법결을 날려 소 두 마리를 꼼짝 못 하게 만든 마람존자는 직접 칼을 들고 앞으로 나아가 소를 산 채로 분해하기 시작했다. 소는 가죽, 살, 장기가 차례대로 떨어져 나가는 모습을 보며 닭똥 같은 눈물을 뚝뚝 흘렸다. 한데 마람존자는 오히려 그런 모습이 재밌다는 듯이 웃음을 그치지 못했다.

소를 데려온 범인들은 마람존자가 두려워 감히 이를 탓하지 못했다. 그저 속으로만 마람존자의 흉악함에 저주를 퍼부을 뿐이었다. 아무리 축생이라 해도 이건 너무한 게 아닌가.

마람존자는 소에서 산 채로 떼어 낸 살점과 간, 위, 내장 등을 안익조에게 던져 주었다. 안익조는 그때마다 득달같이 달려들어 마람존자가 던진 고기를 받아먹으며 입맛을 쩝쩝 다셨다.

마람존자 역시 소의 뇌수와 심장을 먹은 후에 포식했다는 듯 배를 한 차례 두드리곤 안익조를 불러 창문 밖으로 나갔다.

"지금부터 혼우추혈술을 펼쳐 영선을 추적해라."

마람존자의 지시를 받은 안익조가 순식간에 수백 배로 커졌다. 얼마나 크던지 눈이 달린 두 날개를 휘적거릴 때마다 23층 건물이 거대한 폭풍에 휩쓸린 것처럼 좌우로 흔들렸다.

그사이 안익조 위에 올라탄 마람존자가 팔짱을 끼고 눈을 감는 순간, 안익조가 바람보다 빠른 속도로 허공을 갈랐다.

현장이 우배성에서 그리 멀리 떨어지지 않은 곳에 있던지라, 숨 한 번 크게 내쉴 시간이 채 지나기 전에 마람존자를 등에 태우고 도착한 안익조가 오리 주둥이 같은 부리로 규옥과 유건이 있던 곳을 번갈아 가리키며 몇 차례 우짖었다.

턱을 쓰다듬으며 현장을 살펴본 마람존자가 안익조에게 물었다.

"혼우추혈술로 놈들을 찾아낼 수 있겠느냐?"

고개를 끄덕인 안익조가 북동쪽으로 쏜살같이 날아갔다.

한편, 규옥의 지둔술을 이용해 자화연으로 부리나케 도망치던 유건은 다시 한번 그가 세운 계획을 꼼꼼히 점검해 보았다.

유건은 애초에 우배성에 오선급 고수가 있단 전제하에서 이번 일을 추진했다. 즉, 안익조의 존재는 예상 밖이었지만, 마람존자가 추격해 오는 것에 대해선 크게 걱정하지 않았다.

그때, 지둔술로 땅을 뚫던 규옥이 고개를 슬쩍 돌리며 물었다.

"아까 설치한 실타래는 어떤 용도로 쓰는 것입니까?"

"경주사(警蛛絲)란 법보인데 사용할 수 있는 능력은 하나밖에 없지만, 그 하나가 아주 확실한 덕에 꽤 쓸 만한 편이지."

223

"어떤 능력인데 그러십니까?"

"어떤 현장에 다른 사람이 들렀음을 즉시 알려 주는 능력이네."

유건의 말이 끝나기 무섭게 경주사를 보관하던 실타래가 맑은 울음소리를 내었다. 그는 즉시 규옥에게 지둔술을 멈추란 지시를 내린 다음, 무광무영복을 덮어써 신형을 감추었다.

유건은 규옥에게 아직 말해 주지 않은 사실이 하나 있었다. 그건 바로 안익조가 마지막에 펼친 수법이 무엇인지 그 정체를 알고 있단 사실이었다. 엄밀히 말하면 그가 아는 게 아니라, 헌월선사의 기억을 통해 안다는 말이 더 정확했다.

헌월선사의 기억에 따르면 안익조는 깃털을 이용해 적을 추적하는 혼우추혈술을 펼칠 수 있었다. 한데 안익조가 도망치기 직전에 규옥을 상대로 펼친 수법이 바로 그 수법이었다.

유건은 혼우추혈술로 규옥에게 자신의 피를 묻힌 안익조가 우배성 방향으로 돌아가는 모습을 보기 무섭게 만만치 않은 수사가 그들을 추격해 올 것임을 예상하고 경주사를 현장에 펼쳐 둔 다음, 지둔술을 써서 전력을 다해 도망쳤다.

예상대로 우배성으로 돌아간 안익조가 만만치 않은 수사를 데려왔는지 경주사가 맑게 울었다. 유건은 그 즉시 무광무영복을 덮어써 상대가 그와 규옥을 찾아내지 못하게 하였

224

다.

장선 초기 중에서도 꽤 강한 축에 드는 요검자가 파훼하지 못한 무광무영복의 은신술을 상대가 파훼할 리 만무했다.

유건은 그 상태에서 자화연을 향해 나아갔다. 다행히 나흘쯤 열심히 걸었을 때, 마침내 자화연 연못이 눈앞에 나타났다.

자화연의 풍경은 헌월선사의 기억에 남아 있는 풍경과 정확히 일치했다. 자화연은 물 밖이나 속에 보라색 꽃이 만발해 자화연이란 이름이 붙은 게 아니었다. 자화연이란 단어 그대로 꽃을 연상케 하는 거대한 연못이 있었고 그 연못의 물색이 아주 짙은 보라색이어서 자화연이란 이름이 붙었다.

처음에는 특이한 물색 덕에 근처에 사는 수사들이 뻔질나게 오가며 연못 안에 보물이나 영초가 숨어 있는지 샅샅이 수색했다. 풍경이 아주 독특하거나 유달리 아름다운 곳에는 보물, 영초 등이 숨어 있는 경우가 꽤 잦았기 때문이었다.

그러나 수사들이 몇십 년에 걸쳐 연못을 샅샅이 뒤졌으나 그들이 바라던 보물이나 영초는 나오지 않았다. 그 후에는 풍경을 보기 위해 찾는 수사나 범인은 꽤 있어도 보물이나 영초를 찾겠다며 연못에 뛰어드는 수사는 거의 없었다.

유건은 자화연 연못가에 서서 무광무영복을 벗었다.

"네가 누군지는 모르겠지만 어디 한번 열심히 쫓아와 봐라."

중얼거린 유건은 주저 없이 규옥을 데리고 자화연 안으로 뛰어들었다. 자화연 안은 보라색 수초가 군락을 이루고 있었다. 즉, 물 색깔이 보라색으로 보이는 이유는 물 자체가 보라색이어서가 아니라, 군락을 이룬 보라색 수초 때문이었다.

보라색 수초 사이에선 생전 처음 보는 기이한 물고기들과 물뱀, 거북이와 같은 수중 생물이 살고 있었는데 유건과 규옥이 뛰어드는 순간, 겁을 집어먹고 수초 안으로 숨었다.

법력으로 시력을 끌어올린 유건은 자화연 안을 차분하게 수색하다가 정남 방향에 있는 야트막한 언덕 위로 이동했다.

정남 방향 언덕 위에는 사람 머리통만 한 돌 9개가 굴러다니고 있었다. 돌에 보라색 물이끼가 끼어 있단 점을 제외하면 특별한 점은 없었다. 돌은 그냥 돌일 뿐이었다. 누가 특이한 모양으로 조각해 놓았다거나, 아니면 돌 표면에 이상한 문양을 조각해 둔 것도 아니었다. 또, 돌이 놓여 있는 위치 또한 특별할 게 없었다. 별자리도 아니고 진법도 아니었다.

마치 아이들이 이 돌로 공기놀이하다가 밥 먹으란 어머니의 외침을 듣고 아무렇게나 던져두고 간 것 같은 모습이었다.

그러나 헌월선사의 기억을 가진 유건에겐 돌이 특별하게 다가왔다. 유건은 헌월선사의 기억을 되짚어 가며 돌의 위치를 바꾸었다. 차 한 잔쯤 마셨을 시간이 지났을 때, 돌이 있는 언덕 바로 위쪽 벽에 사람 한 명이 간신히 들어갈 만한 수직 통로가 생겼다. 유건은 주저 없이 통로로 들어갔다.

유건이 들어간 직후에 수직 통로가 다시 닫혔다. 또, 유건이 배치를 바꿔 놓은 돌 9개 역시 원래 위치로 재빨리 돌아갔다.

그때, 안익조를 탄 마람존자가 물살을 가르며 나타나 언덕 위에 놓인 돌 9개를 유심히 쳐다보았다. 마람존자는 돌의 위치를 바꾼 유건이 수직 통로로 사라지기 직전에 도착했기 때문에 돌의 위치를 바꿔야지만 유건과 규옥을 추격할 수 있다는 사실을 알았다. 통로가 닫힘과 동시에 돌이 원래 있던 곳으로 돌아가는 모습을 자기 눈으로 똑똑히 확인했다.

실망감에 거친 욕설을 내뱉은 마람존자가 안익조에게 물었다.

"영선의 위치를 알겠느냐?"

안익조가 고개를 저으며 뭐라 울부짖었다.

마람존자가 고개를 절레절레 저었다.

"네 혼우추혈술이 통하지 않을 정도면 이곳에 대단한 진법이 펼쳐져 있다는 뜻이겠구나. 그렇다면 지금은 저 돌을 움직여 통로를 직접 여는 수밖에 없단 뜻인데 이걸 어떻게 하나."

잠시 갈등하던 마람존자가 쓴웃음을 지었다.

"죽은 부하들의 복수를 못 하는 건 별 상관없어도 내 눈에 띈 귀한 영선을 이대로 도망치게 하는 건 영 기분이 별로군."

마음의 결정을 내린 마람존자는 어찌어찌 기억을 되살려 유건이 배치했던 것과 비슷한 형태로 돌 9개를 새로 배치했다.

그렇게 반나절쯤 했을 때였다. 마침내 돌을 제대로 배치했는지 유건이 들어간 바로 그 위치에 새로운 수직 통로가 생겼다.

쾌재를 부르며 안익조를 영수낭에 넣은 마람존자가 수직 통로 안으로 뛰어 들어갔다. 수직 통로는 생각보다 훨씬 깊어서 거의 향 한 대 탈 시간 동안 내려가고 나서야 끝이 났다. 빛이 들지 않던 통로가 약간 밝아지며 공간 역시 같이 넓어졌다. 목적지에 도착했다는 생각에 마람존자는 빛이 보이는 방향으로 나아가며 안익조를 불러 다시 물었다.

그러나 안익조는 풀이 죽은 얼굴로 고개를 저었다.

마람존자가 고개를 슬쩍 저었다.

"아직도 영선의 흔적을 찾아내지 못했단 말이지? 흠, 진법을 통과한 줄 알았는데 아직 아니었단 건가? 한데 영선과 젊은 놈은 어떻게 해서 자화연에 이런 지역이 있단 것을 안 거지? 나는 이곳을 대여섯 번이나 왕래했는데도 몰랐는데."

한데 그때였다.

갑자기 앞에 있는 물결이 부르르 떨리기 시작했다.

"뭐야?"

마람존자는 급히 법보로 보호막을 펼쳐 본신을 보호했다. 그러나 물결은 보호막이 없는 것처럼 밀려들어 와 그를 에워쌌다. 깜짝 놀란 마람존자가 법력을 끌어올려 도망치려 하였다. 그러나 물결이 주위를 에워싼 후에는 법력을 끌어올릴 수 없었다. 마람존자의 얼굴이 하얗게 질려 갈 때였다.

사방에서 몸이 투명한 물고기 수천 마리가 튀어나와 그를 공격해 왔다. 물고기는 크기가 주먹만 해 그리 위협적으로 보이지 않았다. 그러나 그 물고기들이 일제히 입을 벌리는 순간, 톱을 연상시키는 날카로운 이빨이 모습을 드러냈다.

"시, 식인어(食人魚)구나!"

법력을 쓰지 못하는 마람존자는 다급한 김에 안익조를 내보내 식인어를 상대하게 하였다. 안익조는 마람존자가 당한 결계에 영향을 받지 않는지 기세 좋게 앞으로 튀어 나갔다.

마람존자는 그제야 마음을 놓았다. 그러나 그가 믿던 안익조는 식인어 수백 마리에 에워싸이기 무섭게 갈려 나가기 시작했다. 사각사각하는 소리가 들릴 때마다 웬만한 금강석보다 단단한 안익조 살이 뜯겨 나가 식인어의 배로 들어갔다.

안익조는 순식간에 깃털 하나 남기지 못하고 식인어에게 잡아먹혔다. 안익조를 먹어 치운 식인어들이 이번에는 마람존자를 뜯어 먹었다. 마람존자는 쓸 수 있는 모든 수단을 동원해 저항해 보았다. 그러나 결계가 그를 놓아주지 않았다.

마람존자는 살아 있는 상태에서 식인어가 그의 살점을 야금야금 뜯어 먹은 모습을 지켜보며 엄청난 고통을 겪어야 했다.

순식간에 마람존자의 거대한 몸뚱어리를 먹어 치운 식인어 떼는 해야 할 일을 마쳤다는 듯 유유히 어둠 속으로 사라졌다.

한편, 규옥을 데리고 선부(仙府)에 도착한 유건은 처음 보는 동천복지(洞天福地)의 모습에 벌어진 입을 다물지 못했다.

7장. 자하선부(紫霞仙府)의 비밀

　수직 통로로 몸을 날린 유건은 헌월선사의 기억을 이용해 진로를 방해하는 결계와 진법, 금제 등을 손쉽게 통과했다.

　헌월선사는 선부를 둘러싼 엄청난 크기의 금제에 바늘구멍 같은 작은 통로를 하나 뚫었을 뿐이었기에 발을 조금만 헛디뎌도 바로 장선 후기조차 두려워 마지않는 엄청난 위력의 결계와 진법, 금제 등에 시신조차 제대로 남기지 못했다.

　조심하며 한참을 이동한 후에야 마지막 외부 금제를 돌파해 헌월선사가 기거하던 선부 남동쪽 지점에 도착할 수 있었다.

　유건은 우선 선부의 규모에 놀랐다. 선부는 거의 작은 성

233

만 하였다. 그가 일전에 본 우배성보다 약간 작을 뿐이었다. 우배성에 수사 몇 명과 범인 30만 명이 거주한다는 사실을 생각하면 선부의 규모를 어느 정도 짐작할 수가 있었다.

선부 중앙에는 검은색 윤이 나는 바위를 탑처럼 쌓아 만든 정사각형 형태의 제단이 하늘을 뚫을 것처럼 높이 솟아 있었다. 또, 제단 주위에는 나선형 형태로 흐르는 큰 강이 있었고 그 강을 따라 녹음이 짙은 광대한 숲이 이어져 있었다.

숲이 끝나는 지점에는 병풍처럼 늘어선 수직 절벽과 각종 기암괴석으로 이루어진 석산(石山)이 맞닿아 있었고, 그 반대편에는 천장에서 떨어지는 물줄기가 장대한 폭포를 이루었다.

또, 폭포 옆으론 산과 들, 언덕, 계곡 등이 끝도 없이 이어졌으며 그 반대편인 석산 옆에는 자화연보다 10여 배는 큰 호수가 자리해 있었다. 유건은 이게 수사가 만든 건지, 아니면 자연이 만든 건지 헷갈렸다. 수사 역시 어쨌든 인간일 텐데 이런 세계를 창조했다는 것이 좀처럼 믿어지지 않았다.

그러나 그중에서도 유건을 가장 감탄하게 만든 것은 따로 있었다. 바로 제단 꼭대기 위에 매달려 있는 거대한 구체였다.

투명한 유리에 덮여 있는 구체는 엄청나게 커서 하늘에 있는 태양을 연상시켰다. 실제로 구체는 태양처럼 엄청난 빛을 발산해 지하에 있는 거대한 선부를 대낮처럼 밝히고 있었다.

선부의 풍경에 압도당한 유건은 멍하니 서서 선부를 둘러봤다. 잠시 후, 그는 새로운 사실을 몇 가지 알아낼 수 있었다.

우선 구체가 진짜 태양과 비슷하단 점이었다. 구체 옆에 보라색 안개가 모여들면 먹구름이 낀 것처럼 주변이 어두워졌다.

또, 보라색 안개가 짙어지면 어느 순간, 보라색 물방울로 응결해 실제로 비가 내리는 것처럼 선부에 보라색 비가 내렸다.

그뿐만이 아니었다. 구체가 발산하는 빛이 잘 미치지 못하는 곳에는 응달이 짙게 껴 있을 뿐만 아니라, 보라색 눈까지 내렸다. 심지어 어떤 돌산에는 만년설처럼 꼭대기에만 보라색 눈이 쌓여 마치 보라색 모자를 쓰고 있는 것 같았다.

반대로 구체의 빛을 가장 많이 받는 지역은 남환산맥처럼 잎이 넓은 활엽수가 빽빽하게 자란 밀림으로 이루어져 있었다.

말 그대로 선부는 4계절을 동시에 지니고 있었다. 혹한이 몰아치는 곳과 봄, 가을을 연상시키는 곳, 또, 한여름을 연상시키는 곳으로 각각 나뉘어 저마다의 절경을 뽐내고 있었다.

한참 만에야 정신을 차린 유건은 출입구에 난 소로를 따라 안쪽으로 걸어 들어갔다. 소로에는 붉은색이 도는 돌조각이 깔려 있었는데 솜털처럼 부드러워 구름 위를 걷는 듯했다.

소로 옆에는 각양각색의 꽃과 나무, 관목이 자라 있었다. 한데 유건이 알아볼 수 있는 것은 그중 1할이 채 되지 않았다. 나머지 9할은 남환산맥을 떠나 자화연으로 오는 요 2, 3년 동안 한 번도 보지 못한 식물이어서 의아함을 자아냈다.

신기한 건 식물만이 아니었다. 나비, 잠자리를 닮은 곤충이나 토끼, 개, 사슴과 같은 중간 크기의 짐승은 흔하게 볼 수 있었다. 또, 가끔 코끼리나 기린처럼 엄청나게 큰 짐승을 마주쳤는데 사람을 보고도 별다른 반응을 보이지 않았다.

유건은 소로 끝에서 헌월선사가 세운 초옥을 발견했다. 초옥은 먼지만 약간 앉았을 뿐, 헌월선사의 기억에 남아 있는 초옥과 별반 다르지 않았다. 초옥을 대충 둘러본 유건은 헌월선사가 태을성진양경도를 찾아낸 방향으로 걸음을 옮겼다.

태을성진양경도가 있던 곳은 일대 전체가 폐허로 변해 있었다. 헌월선사가 양경도를 지키던 금제를 뚫다가 무언가를 잘못 건드려 일대 전체를 쑥대밭으로 만들어 버린 탓이었다.

헌월선사가 그런 상황에서 양경도를 성공적으로 찾아냈을 뿐만 아니라, 금제의 폭발에 휘말려 들어가 죽지 않는 것은 천우신조라 해도 과언이 아니었다. 그게 어느 정도냐면 헌월선사조차 본인이 산 이유를 정확히 이해 못 할 정도였다.

헌월선사의 기억에 따르면 양경도는 490개에 달하는 거대한 도사 석상이 지키는 제단에 있었다. 그러나 금제가 폭발할 때 석상과 제단이 같이 무너져 잔해만 남았을 따름이었다.

폐허에서 약간 떨어진 곳엔 헌월선사가 돌파하려다가 끝내 실패한 석부(石府)가 있었는데, 석부 입구에 보라색 안개가 아지랑이처럼 피어오르고 있어 들어갈 엄두가 나지 않았다.

헌월선사가 안전을 확인한 곳을 모두 둘러본 유건은 그 너비가 남환산맥 쌍주봉과 비슷하단 사실을 알아냈다. 즉, 아직 몇십 배에 달하는 지역이 비밀을 간직한 채 남아 있는 것이다.

초옥으로 돌아온 유건은 헌월선사가 약초를 기르던 약초밭에 규옥의 본신을 옮겨 심었다. 약초밭 주위에 헌월선사가 쳐 놓은 금제가 여럿 남아 있어 2중으로 보호받는 셈이었다.

헌월선사는 언젠가 이곳으로 돌아와 아직 뚫지 못한 다른 지역의 보물을 얻을 생각으로 초옥과 금제를 그냥 남겨 두었다. 한데 그 덕을 헌월선사가 아니라, 유건이 보는 중이었다.

규옥은 본신의 적응을 돕기 위해 당분간 본신과 합체한 상태에서 지내야 했기 때문에 유건은 홀로 주변을 돌아다녔다.

유건은 차가운 개울물에 발도 담가 보고 사람을 두려워 않는 짐승에게 근처 나무에서 딴 열매도 줘 보며 한참을 쏘다녔다.

이곳저곳 쏘다니다 보니 어느새 날이 져 있었다. 엄밀히 말하면 날이 진 게 아니라, 천장에 달린 구체의 빛이 약해졌단 표현이 더 맞을 것이다. 심지어 저녁에는 천장 한편에 보라색 노을이 져 이곳이 밖인지, 안인지 분간이 가지 않았다.

더 놀라운 일은 노을이 완전히 진 후에 일어났다. 유건은 구체의 빛이 완전히 사라지면 칠흑 같은 어둠이 찾아올 거라 예상했다. 한데 그렇지가 않았다. 마치 바깥세상에서 해가 진 뒤에 달이 떠오르듯 구체가 달처럼 맑은 빛을 뿌렸다.

즉, 천장에 달린 구체는 해와 달을 겸한 셈이었다. 마치 현경도의 풍경을 선부에 그대로 재현해 놓은 것 같은 모습이었다.

유건은 생각난 김에 현경도를 펼쳐 보았다. 현경도의 세상 역시 밤이 찾아온 듯 중천에 달이 자리해 있었다. 초옥 앞에서 수련하던 백진은 입정에 들었는지 가부좌한 상태에서 눈을 감고 있었다. 요검자의 원신을 없앨 때 현경도를 이용했기 때문에 백진이 눈을 뜨려면 좀 더 시간이 걸릴 듯했다.

달빛이 내리쬐는 선경을 하염없이 바라보던 유건은 얼마 후 초옥으로 돌아가 가부좌를 틀고 소모한 법력을 회복했다.

자신과 규옥의 뒤를 좇아온 정체불명의 수사와 안익조는 신경 쓰지 않았다. 유건이 움직인 돌을 보고 선부 입구를 찾아낼 순 있어도 선부에 깔린 금제와 결계는 뚫지 못했다.

또, 선부 입구를 찾아내지 못했다면 못한 대로 좋았다. 수백 년 동안 연구한다 한들, 입구를 찾아낼 리 만무하기 때문이었다. 장선 후기의 헌월선사조차 운이 연달아 따라 주지 않았으면 유건이 이용한 통로를 찾아내지 못했을 테니까.

한데 유건이 입정에 막 들려는 순간.

쉬익!

사람의 기분을 나쁘게 만드는 이상한 소리가 천장에서 들려왔다. 유건은 흠칫 놀라 천장 방향을 노려보았다. 그러나 먼지가 쌓인 서까래와 대들보만 보일 뿐, 이상한 점은 없었다.

유건은 천장을 조사하며 소리가 또 나는지 기다려 보았다. 그러나 조금 전에 들은 기분 나쁜 소리는 들려오지 않았다.

유건은 다시 입정에 들어가 법력을 회복했다. 다음 날, 아침 일찍부터 밖으로 나와 약초밭을 둘러본 유건은 전날 미처가 보지 못한 장소를 둘러본 후에 초옥으로 돌아와 입정에 들었다. 공선에 도전해 보기 위해서는 지금부터라도 열심히 운기조식하여 단전에 쌓인 법력의 양을 늘려 놓아야 했다.

규옥이 본격적으로 단약을 제조하기 시작하면 법력의 양이 빠른 속도로 늘겠지만 일단 그전까지는 운기조식으로 자연의 천지 영기를 흡수해 법력의 양을 늘려 놓는 게 중요했다.

단약으로 흡수한 천지 영기와 운기조식으로 흡수한 천지 영기는 순수함에서 차이가 크기 때문에 시간이 허락하는 한, 운기조식을 이용해 흡수한 천지 영기가 많을수록 좋았다.

한데 그날 밤에도 어제 들었던 그 기분 나쁜 소리가 다시 들려왔다. 이번엔 뒷문 쪽에서 들려왔다. 유건은 이상하다 싶어 날이 샐 녘 때까지 초옥 전체를 샅샅이 수색했다.

그러나 소리가 어디서 나는지 찾지 못했다. 아니, 소리를 내는 것의 정체가 무엇인지조차 알아내지 못했다. 유건은 초옥을 옮길까도 생각해 봤다. 그러나 초옥이 있는 위치가 약초밭에서 가까운 데다, 선부를 보호하는 결계의 영향이 가장 약하게 미치는 곳이어서 떠나기가 마음처럼 쉽지 않았다.

'이번엔 반드시 찾아낸다.'

유건은 마음을 단단히 먹고 선부에서 보내는 세 번째 밤을 맞이했다. 한데 자정이 막 지났을 무렵, 그 소리가 다시 들려왔다. 유건은 즉시 헌월선사에게 배운 경신술과 부약술을 최대 속도로 펼쳐 소리가 난 마루로 쏜살같이 날아갔다.

유건이 주위를 두리번거리며 다리로 마루를 딛는 순간.

콰앙!

발밑에서 폭음과 함께 마루가 쪼개지며 물컹한 무언가가 쑥 올라왔다. 흠칫한 유건은 마루를 다시 딛으며 공중으로 떠올랐다. 마루를 쪼갠 물건의 정체는 바로 몸통 굵기가 어른 허리만 한 보라색 구렁이였다. 구렁이는 혓바닥을 날름거렸는데 그때마다 유건이 그동안 들었던 기분 나쁜 소리가 들려왔다. 솔방울만 한 구렁이의 눈이 금빛을 뿜어냈다.

유건은 소스라치게 놀라 금강부동공을 펼쳐 몸을 보호했

다. 또, 사자후와 구련보등을 동시에 펼쳐 구렁이를 저지했다.

그러나 몸을 좌우로 크게 흔들어 사자후가 만들어 낸 음파 결계와 구련보등이 발출한 연꽃 꽃잎을 떨쳐 낸 구렁이가 용수철처럼 튀어 올라 유건의 몸을 칭칭 휘감으려고 하였다.

다급해진 유건은 현경도를 꺼내 던졌다. 한데 현경도는 구렁이를 보기 무섭게 멀찍이 도망쳐 버렸다. 유건은 속으로 욕을 내뱉으며 뇌음으로 약초밭에 있는 규옥을 부르려 하였다.

그러나 뇌음을 채 쓰기도 전에 보라색 구렁이가 유건의 몸을 칭칭 감아 버렸다. 유건은 오른팔을 제외한 나머지 부분, 즉 머리부터 발끝까지 보라색 구렁이에게 완전히 감겨 버렸다.

유건을 휘감은 구렁이는 몸통을 천천히 옥죄어 그를 기절시키려고 하였다. 아마 기절시켜서 잡아먹으려는 것 같았다.

그때, 유건은 오른팔이 날카로운 무언가에 찔린 것처럼 시큰거리는 느낌을 받고 간신히 붙잡고 있던 의식의 끈을 놓았다.

다음 날, 새벽부터 시끄럽게 울어 대는 새소리를 듣고 정신이 든 유건은 벌떡 일어나 몸을 살폈다. 오른팔에 처음 보는 보라색 팔찌가 채워져 있는 것 외에 다른 이상은 없었다.

어쨌든 무사하단 사실을 확인한 유건은 주변을 돌아다니며 보라색 구렁이를 찾았다. 그러나 구렁이는커녕, 평소에는 쉽게 볼 수 있던 일반 뱀조차 오늘따라 눈에 띄지 않았다.

다시 초옥으로 돌아온 유건은 보라색 팔찌를 팔에서 떼어 내기 위해 갖은 애를 썼다. 그러나 마치 태어날 때부터 이 팔찌를 차고 태어난 것처럼 아무리 용을 써도 떨어지지 않았다.

거의 반나절 만에야 몸에서 떼어 내는 것을 포기한 유건은 보라색 팔찌를 자세히 살펴보았다. 팔찌는 두 부분으로 이루어져 있었다. 손잡이처럼 잡는 부분과 무언가 날카로운 물건을 끼우는 구멍 같은 부분이었다. 장식이나 조각은 따로 없었기 때문에 팔찌 같은 장신구보다는 법보에 더 가까웠다.

유건은 종일 팔찌를 연구하며 그 정체를 알아내려 노력했다. 한데 날이 저물어 선부에 밤이 찾아왔을 때, 약초밭에서 본신과 함께 있어야 할 규옥이 방 안으로 뛰어 들어왔다.

"공자님, 바깥 상황이 심상치 않습니다."

놀란 유건이 뭐라 대답하려는 순간.

크아아아아앙!

선부 전체를 쩌렁쩌렁 울리는 포효 소리가 들려왔다.

흠칫한 유건은 규옥을 데리고 초옥 밖으로 나가 보았다.

유건은 규옥이 심상치 않다고 한 이유를 바로 알 수 있었다. 밤하늘에 보라색 안개가 잔뜩 껴서 얼마 전까지 잘만 보이던 달빛이 전혀 보이지 않았다. 유건은 법력으로 시력을 끌어올린 후에야 주변 풍경을 제대로 분간할 수 있었다.

선부 반대쪽 하늘에선 보라색 안개 사이에서 벼락이 내려치는 중이었다. 처음에는 가끔 내려치던 벼락이 마치 꼬리에 꼬리를 물고 이어지듯 쉼 없이 내려치기 시작했다. 또, 한쪽에서만 치던 벼락이 순식간에 선부 전체를 뒤덮으며 내리쳐 벼락과 보라색 안개 외에는 어떤 것도 보이지 않았다.

콰콰콰쾅!

유건은 바로 앞에서 번쩍하며 피어오른 벼락을 보고 흠칫해 한발 물러섰다. 벼락이 치는 모습을 이렇게 가까이서 본 것은 처음이었다. 눈은 따갑고 고막은 얼얼해 정신이 없었다.

'헌월선사의 기억 속에는 이런 일이 없었는데.'

유건은 의아한 표정으로 돌변한 대기의 움직임에 촉각을 곤두세웠다. 사실, 유건이 두려워하는 것은 벼락이 아니라, 초옥을 나오기 전에 들은 무시무시한 크기의 포효 소리였다.

이는 녹원대륙에서 가장 크다는 범수(凡獸)는 물론이거니와 웬만한 악수, 영수조차도 내기 쉽지 않은 소리였다. 선도에서는 포유류, 어류, 조류, 양서류, 파충류, 곤충류, 심지어 척추가 없는 연체동물과 갑각류까지 전부 합쳐 네 가지로 나누는데 그게 바로 범수, 악수, 영수, 신수(神獸)였다.

범수는 말 그대로 흔하게 보는 동물을 가리켰다. 또, 악수는 천수금요공처럼 동물이 특정한 상황에서 특이하게 진화한 경우를 뜻했고 영수는 수사가 악수를 길들인 상태를 뜻했다.

즉, 헌월선사가 데리고 다니던 토끼인 혈식토와 마람존자가 지닌 안익조는 영수였다. 그리고 신수는 말 그대로 신수라, 동물이라기보단 한계를 지닌 신에 가까웠다. 용과 봉황, 기린(麒麟), 대붕(大鵬), 불사조(不死鳥) 등이 이에 속했다.

한데 그때, 벼락이 내리치는 하늘 위에서 황금 비늘을 지닌 거대한 동체 하나가 보라색 안개 속을 헤엄치며 다가왔다.

지금까지 꿈과 현실을 분간키 어려운 장면을 적잖이 보아 왔다. 그러나 단연코 지금처럼 묘한 느낌을 받은 적은 없었다.

머리가 아플 정도의 짙은 장미 향이 풍기는 보라색 안개 속을 찬란하다 못해 경이롭기까지 한 거대한 동체 하나가 마치 한가로이 헤엄치는 고래처럼 초옥으로 천천히 다가왔다.

한가로이 헤엄치는 것처럼 보였지만 실제 속도는 생각보다 빨라 눈을 깜빡하는 순간, 어느새 지척에 다가와 있었다.

유건은 그제야 거대한 동체의 형체를 제대로 확인할 수 있었다. 갑옷을 연상케 하는 커다란 황금색 비늘로 뒤덮인 두꺼운 몸통에는 날렵한 앞다리 두 개와 두툼한 뒷다리 두 개가 달려 있었다. 또, 겨드랑이 밑엔 보라색 빛이 나는 뼈가

부챗살처럼 박힌 투명한 날개 한 쌍이 달려 있었고 엉덩이에는 삼각형 형태의 꼬리지느러미가 달린 꼬리가 나와 있었다.

꼬리 쪽은 황금색 비늘로 뒤덮인 몸통과 달리 옅은 은색으로 이루어진 비늘로 덮여 있었다. 한데 은색 비늘이 마치 숨을 쉬는 것처럼 옆으로 일어났다가 다시 누울 때마다 꼬리 쪽에서 세찬 바람이 뿜어져 나와 주변에 돌풍을 일으켰다.

유건은 시선을 높이 올려 처음 보는 생명체와 시선을 맞추었다. 머리 쪽은 줄무늬가 사라진 호랑이 머리에 수사자의 풍성한 갈기를 합쳐 놓은 것 같았다. 무엇보다 이마 중앙에 거의 유건의 몸통만 한 거대한 뿔이 달려 있었는데 뿔 끝에서 섬광이 번쩍할 때마다 주변에 벼락이 콰르릉 내리쳤다.

"진짜 용이구나."

유건은 감탄한 눈빛으로 눈앞에 있는 용을 관찰했다. 헌월선사조차 용을 본 적이 없는지, 그의 기억 속엔 용과 관련한 내용이 많지 않았다. 그러나 헌월선사가 남주봉 석실에 모아 둔 옛 고서에 용과 관련한 내용이 꽤 있었기 때문에 지금 그가 보고 있는 신수가 용임을 쉽게 짐작할 수 있었다.

유건은 고개를 돌려 규옥의 상태를 확인했다.

용이 모습을 드러낸 직후부터 몸을 사시나무처럼 떨던 규옥은 조금 전부턴 아예 바닥에 엎드려 고개조차 들지 못했다.

그러나 유건은 이상하게도 용이 별로 두렵지 않았다. 아니, 오히려 친근감이 들었다. 마치 오랜 친구를 다시 만난 듯했다.

이런 느낌은 이번이 두 번째였다. 처음은 백호의 모습을 한 백진을 만났을 때였다. 유건은 자신이 왜 용을 두려워하지 않는지, 또, 규옥에게는 숨조차 쉬지 못할 정도로 압도적인 위압감을 자랑하는 용이 자신에게는 왜 친근하게 느껴지는지 알지 못했다. 그저 모든 것이 혼란스러울 따름이었다.

궁금증은 꼬리에 꼬리를 물고 이어졌다. 헌월선사는 선부 안에서 적지 않은 세월을 보냈다. 그러나 헌월선사의 기억 속에는 선부 전체가 보라색 안개에 잠긴 적이 없었다. 또, 그 안개 속에서 천둥 번개가 내려치는 일은 더더욱 없었다.

물론, 용이 모습을 드러낸 기억 역시 당연히 없었다.

그렇다면 왜 이런 일이 일어난 것일까?

무언가를 잘못 건드려서? 아니면 그사이 무언가가 크게 달라져서? 그것도 아니라면 그저 그때와 지금은 시기가 달라서?

유건의 고민이 갈수록 깊어질 때였다. 황금비늘로 뒤덮인 용이 거대한 머리를 내밀어 유건의 이곳저곳을 살폈다. 마치 어린아이가 새로 선물 받은 장난감을 관찰하는 행동 같았다.

'왜 이러는 거지? 내게 궁금한 게 있나?'

유건의 의문이 커지는 순간, 웬만한 솥뚜껑보다 큰 보랏빛 눈으로 유건을 요리조리 살펴보던 용이 갑자기 입을 벌렸다.

용이 당장 유건을 산 채로 잡아먹기라도 할 것처럼 어른

장딴지보다 큰 송곳니가 튀어나온 거대한 입을 벌린 것이다.

규옥은 용이 입을 벌리기 무섭게 혼절해 버렸다. 용이 토해 내는 압도적인 기세를 견디지 못하고 그만 정신을 잃은 것이다.

그러나 유건은 피하지 않았다. 이유는 그도 몰랐다. 그저 용이 그를 해칠 것 같은 기분이 전혀 들지 않았기 때문이었다.

용의 입이 점점 다가올수록 날카롭게 솟아 있는 거대한 송곳니 역시 점점 커져 급기야는 크기가 유건의 몸통만 해졌다.

그때, 누구도 생각지 못한 일이 일어났다.

용이 갑자기 보라색 혓바닥으로 유건의 얼굴을 핥은 것이다.

혓바닥이 워낙 커서 얼굴 전체가 용의 혓바닥 속에 파묻힌 것 같았다. 그러나 유건은 이상하게도 별로 불쾌하거나 두렵지 않았다. 오히려 용에게 가졌던 친밀감만 더 높아졌다.

한데 용이 그의 얼굴을 핥은 데에는 다른 의도가 있었던 모양이었다. 용이 얼굴을 핥는 순간, 눈과 귀, 코, 입 주변이 시원해지며 촉각을 제외한 모든 감각이 한 단계 상승했다.

전엔 보이지 않던 게 보였고 전엔 들리지 않던 게 들렸다. 유건은 고마운 마음에 손을 뻗어 용의 머리를 만지려고 하였다. 한데 그때, 무얼 봤는지 갑자기 고개를 홱 돌린 용이 어딘가를 뚫어지라 노려보았다. 유건을 깜짝 놀라 그쪽으로 고개를 돌렸다. 처음엔 용의 눈이 워낙 커서 어딜 보는지 몰랐다. 그러나 곧 용이 그의 오른 팔목에 감겨 있는 보라색 팔찌를 노려보고 있다는 사실을 어렵지 않게 알아냈다.

팔찌를 발견한 용이 갑자기 엄청난 위력의 날갯짓을 하며 하늘로 치솟았다. 용이 날갯짓할 때마다, 초옥은 부서질 것처럼 흔들렸고 바람에 말려 올라간 흙먼지가 하늘을 가렸다.

천장에 부딪치기 직전까지 상승한 용이 갑자기 몸을 일자로 세우더니 선부 전체가 쩌렁쩌렁 울리는 포효를 터트렸다.

엄청난 포효에 설산에 쌓여 있던 눈이 쏟아져 곳곳에서 눈사태가 일어났고 석산 옆에 자리한 거대한 호수는 화산이 용암을 분출하는 것처럼 호수의 물을 사방으로 쏟아 내 때 아닌 홍수가 발생했다. 엄청난 위력의 포효가 아닐 수 없었다.

유건 역시 땅이 흔들리는 충격을 견디지 못하고 비틀거렸다. 한데 그때, 오른 팔목에 있던 보라색 팔찌가 맑은 광채를 뿌리더니 점점 투명하게 변해 갔다. 그는 깜짝 놀라 팔찌를 팔에서 떼어 내려 했다. 그러나 아교로 붙여 놓은 것처럼 팔찌는 떨어질 기미가 없었다. 그때, 완전히 투명하게 변한 팔찌 속에서 붉은 액체 같은 게 꽃처럼 몽글몽글 피어났다.

눈을 부릅뜬 유건은 액체가 팔찌를 반쯤 채웠을 때야 붉은 액체의 정체가 자신의 피임을 깨달았다. 팔찌가 그의 피를 흡수하고 있던 것이다. 팔찌는 유건이 과다 출혈로 극심한 현기증을 느낄 때까지 피를 흡수한 후에야 흡혈을 멈추었다.

그때, 포효를 터트리던 용이 펼쳐 둔 날개를 홱 접더니 유건 쪽으로 낙하하기 시작했다. 낙하하는 속도가 어찌나 빠른지 대기를 가득 채운 보라색 안개가 알아서 흩어지는 듯했다.

용이 유건 근처에 거의 도착했을 무렵, 피를 흡수한 팔찌가 갑자기 유건의 팔을 떠나 용이 있는 곳으로 곧장 치솟았다.

팔찌가 날아가는 힘을 이기지 못하고 엉덩방아를 찧은 유건이 고개를 막 들었을 때, 팔찌와 용이 정면으로 충돌했다.

처음에는 아무 소리도 들리지 않았다. 그저 보랏빛과 금빛이 충돌해 만들어 낸 거대한 폭발만 어렴풋이 보일 따름이었다.

콰아아아앙!

그때, 고막을 뒤흔드는 엄청난 굉음과 함께 거대한 충격파가 물밀듯이 덮쳐 와 유건을 초옥이 있는 방향까지 날려 버렸다. 기절한 규옥은 더 멀리 날아갔는지 아예 보이지 않았다.

간신히 균형을 잡은 유건은 초옥 기둥을 잡고 일어나 하늘을 보았다. 하늘에선 팔찌와 용이 계속 충돌하는지 폭발이 연이어 일어났다. 또, 폭발이 일어날 때마다 무형의 충격파가 파동처럼 퍼져 나가 주변의 대기를 압축하듯 짓눌렀다.

유건 역시 갑자기 공기가 엄청나게 무거워지는 바람에 팔을 위로 들어 올리는 간단한 일조차 법력을 이용해야만 했다.

팔찌와 용이 벌이는 대결의 여파는 아직 금제가 풀리지 않은 지역에까지 미쳤다. 선부 곳곳에서 빛 덩이가 폭발했다.

금제마다 성질이 각기 다른지 어떤 금제는 투명하게, 또 어떤 금제는 검은색으로 빛나며 덮쳐 오는 충격파를 밀어냈다.

대결의 여파는 지상에만 미치는 게 아니었다. 선부 중앙에 있는 검은색 정사각형 제단 역시 지진이 난 것처럼 흔들렸다.

또, 그 제단 천장에 자리한 거대한 구체인 일월구(一月球) 역시 금방이라도 떨어질 것처럼 좌우로 진자운동을 거듭했다.

이제 유건이 바라는 것은 오직 하나였다. 이 아름다운 선부가 더 망가지기 전에 팔찌와 용이 대결을 그만 끝내는 거였다.

그때였다.

팔찌가 뿜어내던 보랏빛이 피처럼 붉게 물들기 시작했다. 용은 팔찌의 돌연한 변화에 겁을 먹었는지 급히 뒤로 도망치려 하였다. 그러나 팔찌가 한발 더 빨라 붉게 물든 팔찌의 광채가 거짓말처럼 용이 뿜어내던 금빛을 뒤덮어 버렸다.

용과 용이 뿜어내던 금빛을 통째로 먹어 치운 팔찌는 다시 보랏빛에 휩싸여 우주를 밝히는 별처럼 엄청난 빛을 발산했다.

유건은 눈이 타는 것 같은 고통에 얼른 두 눈을 감았다. 두 눈을 감은 상태에서도 팔찌가 발산하는 빛을 느낄 수 있었다.

어느 정도 시간이 흘렀을 때, 유건은 감은 눈을 살짝 떠서 상황을 확인했다. 빛은 사라지고 없었다. 또, 용이 뿜어낸 안개와 귀청을 쩌렁쩌렁 울리던 벼락 역시 종적을 감추었다.

　유건은 고개를 들어 천장을 확인했다. 보라색 안개에 휩싸여 빛을 잃었던 일월구가 다시 청량한 달빛을 뿌리는 중이었다.

　그때, 정신을 차린 규옥이 겁을 먹은 얼굴로 나타나 물었다.

　"요, 용신(龍神)께서 돌아간 것일까요?"

　유건은 깨끗한 하늘을 올려다보며 대답했다.

　"안 보이는 걸 보면 그런 것 같군. 하늘도 원래대로 돌아왔고."

　한데 그 순간, 규옥이 깜짝 놀라 물었다.

　"팔목에 차고 계시는 건 뭡니까?"

　"팔목?"

　유건은 소매를 걷어 팔목을 확인했다. 한데 용과 싸우던 보라색 팔찌가 어느새 팔목에 감겨 있는 게 아닌가. 무게가 거의 느껴지지 않아 팔찌가 돌아왔단 사실을 인지하지 못했다.

　"이게 어떻게 다시 돌아온 거지?"

　유건은 규옥에게 전날 있었던 보라색 구렁이와 팔찌 얘기를 해 주며 쥐도 새도 모르게 원래 자리로 돌아온 팔찌를 살폈다.

'확실히 모양이 전과는 달라진 것 같군.'

전에는 팔찌가 손잡이와 무언가를 끼우는 구멍 두 부분으로 이루어져 있었는데 지금은 무언가를 끼우는 구멍에 황금색 칼날이 끼워져 있었다. 또, 그 칼날에는 유건이 좀 전에 보았던 용과 똑같은 형태의 용이 음각으로 새겨져 있었다.

음각이 얼마나 생생하던지 지금이라도 당장 용이 칼날 속에서 튀어나와 하늘로 승천할 것만 같았다. 유건은 혹시 하는 생각에 팔찌의 손잡이 부분을 잡고 법력을 주입해 보았다.

한데 조금 전까지는 마치 신체의 일부인 것처럼 팔목에서 떨어지지 않던 팔찌를 지금은 아주 손쉽게 분리할 수 있었다.

유건은 손잡이를 잡고 휘둘러 보았다. 그 순간, 원 형태로 감겨 있던 황금색 칼날이 똑바로 서며 훌륭한 검으로 바뀌었다.

손잡이와 칼날엔 아주 복잡한 선문이 새겨져 있었다. 유건은 헌월선사의 기억을 이용해 황금색 칼날엔 제룡(提龍)이, 보라색 손잡이에는 자하(紫霞)가 각각 적혀 있단 사실을 알아냈다. 즉, 검의 이름이 자하제룡검(紫霞提龍劍)인 것이다.

유건은 자하란 팔찌가 보라색 구렁이고 제룡이라 불리는 황금색 칼날이 조금 전에 본 황금비늘을 지닌 용이란 사실을 유추할 수 있었다. 그러나 의문이 다 가신 것은 아니었다.

자하가 보라색 구렁이로 변해 그의 팔에 달라붙은 이유와 자하가 달라붙은 후에 제룡이 나타나 마치 화가 난 것처럼 보라색 안개와 번개로 선부를 뒤덮은 이유는 알지 못했다.

또, 자하와 제룡이 마지막에 선부를 부수기 직전까지 충돌한 이유와 지금의 검 형태로 변한 이유 역시 알지 못했다. 그저 원래 자하와 제룡이 지금처럼 한 몸이었는데 자하가 구렁이로 변해 제룡 몰래 유건에게 접근했고 이를 안 제룡이 화가 나 곧장 따라온 게 아닌가 추측만 할 따름이었다.

마치 남녀가 사랑싸움하는 것처럼.

그때, 규옥이 자기 일처럼 기뻐하며 소리를 질렀다.

"귀한 보물을 얻으신 것을 경하드립니다, 공자님!"

총명한 규옥은 유건의 팔찌가 황금색 날을 가진 검으로 변하는 모습을 보고 사정을 얼추 이해했는지 축하 인사를 건넸다.

유건은 씁쓸한 표정으로 고개를 저었다.

"글쎄, 이게 복일지, 화일지는 좀 더 지켜봐야 알겠지."

규옥은 절대 아니라는 듯 고개를 세차게 저었다.

"소옥의 견문이 그리 넓진 않지만, 용을 담은 법보는 모두 일세를 호령할 만한 능력을 지녔다고 알고 있습니다. 공자님께서 이런 법보를 얻으신 것은 두 번 다시 없을 경사입니다."

유건은 규옥의 축하 인사를 들으며 손에 쥔 자하제룡검에

법력을 계속 밀어 넣어 보았다. 그러나 그가 밀어 넣은 법력
은 손잡이 내부를 한 차례 돈 후에 다시 유건의 단전으로 밀
려들어 왔다. 법력으로 움직이는 법보가 아니란 증거였다.

'그렇다면 혹시?'

유건은 조금 전 기억이 떠올라 자하제룡검 손잡이에 자기
피를 한 방울 떨어뜨려 보았다. 그 순간, 핏방울이 손잡이 속
으로 빨려 들어가 순식간에 자취를 감췄다. 예상대로 자하제
룡검은 법력이 아니라, 정혈(精血)로 움직이는 법보였다.

조금 전에 팔찌가 무시무시한 기세를 발하던 용을 상대하
기 위해 그의 피를 흡수한 적이 있었다. 유건은 그 바람에 거
의 쓰러지기 직전까지 갔었다. 한데 그 기억을 떠올려 시험
해 봤더니 실제로 자하제룡검을 쓰려면 정혈이 필요했다.

다음 날, 유건은 양경도가 있던 폐허에 가서 자하제룡검에
피를 주입했다. 한데 필요한 피의 양이 어마어마한지 머리가
멍해질 때까지 피를 주입한 후에야 자하제룡검이 변했다.

그의 손을 떠난 자하제룡검은 공중에서 두 개로 쪼개져 손
잡이인 자하는 보라색 노을을 연상시키는 짙은 안개로 변했
다.

또, 칼날인 제룡은 황금비늘을 지닌 용으로 변했다. 제룡
은 보라색 안개 속을 자유로이 헤엄치며 벼락을 만들어 내고
광선을 발출하고 송곳니와 발톱으로 주변을 닥치는 대로 헤
집었다. 벼락이 떨어진 곳에는 재만 남았고 광선이 적중한

자리에는 깊이를 알 수 없는 구멍이 뚫렸다. 또, 송곳니와 발톱이 지나간 자리에는 무엇 하나 남아나는 게 없었다.

다만, 그 시간이 그렇게 길진 않은 것 같았다. 차 한 잔 마실 시간이 채 지나기도 전에 이미 원래 형태로 돌아와 유건의 팔목에 팔찌 형태로 감겼다. 유건은 쓴웃음을 금치 못했다.

'이걸 연거푸 쓰다간 빈혈로 내가 먼저 쓰러지겠군.'

그러나 어쨌든 절체절명의 순간에 목숨을 지켜 줄 수단이 하나 더 생긴 셈이라, 없는 것보다는 훨씬 나았다. 유건은 그 날부터 적응을 마친 규옥이 제조한 단약을 먹으며 수련했다.

수련은 아주 순조로웠다. 규옥은 공공자에게 배운 연단술로 유건이 복용할 단약을 계속 제조했고 유건은 규옥이 공급한 단약을 복용해 공선으로 가는 고비를 순조롭게 넘겼다.

그렇게 10년쯤 수련했을 무렵, 유건은 마침내 입선 후기 최고봉을 찍으면서 공선으로 가는 마지막 관문만을 남겨 두었다.

선도에 입문한 지 30년 만에 공선에 도전하는 것은 거의 불가능에 가까운 일로 그와 비슷한 예를 찾아보기 어려웠다.

규옥은 유건의 빠른 성취에 감탄하며 공선에 이르는 데 가장 중요한 영단인 단속제를 제조하는 일에 전력을 기울였다.

규옥의 일과는 아주 단순한 편이었다. 오늘 역시 마찬가지였다. 유건이 약초밭 근처에 마련해 준 연단실(鍊丹室)에서 사는 규옥은 천지 영기를 흡수하는 새벽과 저녁을 제외한 시간에는 영단을 제조하거나, 아니면 숲을 산책하며 보냈다.

초목 출신인 규옥은 나무가 울창한 숲이나 깊은 산속에 있을 때 심리적으로 가장 큰 안정감을 받기 때문에 반드시 산책 시간을 지키려고 하였다. 아무리 오랫동안 수련해도 심신이 얼마나 안정적이냐에 따라 성취가 달라지기 때문이었다.

새벽에 본신과 합체해 천지 영기를 흡수한 규옥은 날이 밝는 대로 연단실로 돌아와 연단에 필요한 재료부터 확인했다.

가장 중요한 재료 4가지와 그보다 덜 중요하지만 없으면 큰일 나는 재료 10가지, 그리고 흔하게 볼 수 있는 재료 30여 가지가 담긴 작은 항아리, 유리병, 그릇, 대접, 석갑, 옥갑 등의 내용물을 일일이 확인한 규옥은 연단실 중앙에 세워 놓은 십이신선로 앞으로 걸어가 바로 가부좌를 틀었다.

가부좌한 다음엔 푸른 화염을 내뿜어 십이신선로를 달구었다. 비취처럼 영롱한 빛을 뿜던 영로 표면이 붉게 달아오르는 순간, 규옥이 손을 뻗어 단약에 쓸 재료를 지목했다.

규옥이 손으로 가리킬 때마다 재료가 든 용기가 허공으로 떠올라 십이신선로로 날아갔다. 그 후엔 버려지는 게 없게 조심하며 용기를 기울여 영로에 준비한 재료를 집어넣었다.

영단에 들어가는 재료를 차례차례 집어넣을 때마다 영로

위에 노란색 수증기가 떠오르기도 하고 검은색 줄무늬가 있는 파란색 빛이 뿜어져 나오기도 했다. 또, 한 번은 연단실에 수십 가지 색을 머금은 무지개가 피어오른 적도 있었다.

영로 안에서 풍기는 냄새 역시 시시각각 달라졌다. 처음에는 아무 냄새가 없다가 갑자기 참을 수 없는 악취가 연단실을 가득 채웠다. 또, 악취가 사라진 직후에는 초여름 산 정상에서 부는 상쾌한 바람 같은 냄새가 올라오기도 하였다.

그날 오후, 연단을 완료한 규옥은 영로 뚜껑을 덮으며 길게 기지개를 켰다. 앞으로 330일 동안 하루도 빠짐없이 영로를 가열해야 규옥이 원하는 단속제가 만들어지기 때문에 이제 첫발을 뗀 셈이었다. 처음부터 안달복달할 이유가 없었다.

일을 마친 규옥은 남는 시간을 이용해 숲을 산책하기로 하였다. 숲엔 규옥조차 잘 모르는 식물이 많았다. 숲을 산책하는 동안, 처음 보는 식물을 연구하는 건 또 다른 기쁨이었다.

유건이 안전을 확인한 지역 밖으로는 절대 나가지 말라 당부했기 때문에 규옥은 평소 산책하던 경로를 따라 걸어갔다.

한데 산책로를 반쯤 돌았을 때였다.

"음, 이게 뭐지?"

규옥은 산책로 옆에 있던 작은 바위에 붉은 껍질과 파란 꼭지를 지닌 기다란 과일 몇 개가 놓여 있는 모습을 발견했다.

지난 10년간 이 산책로를 수천 번을 왕복했었다. 그러나 이 작은 바위에 과일이 놓여 있는 모습을 본 것은 오늘이 처음이었다. 신기한 생각에 고개를 돌려 주변을 슬쩍 돌아보았다.

그때, 얼마 떨어지지 않은 곳의 수풀이 흔들리는 게 보였다. 누군가 숨어 있단 뜻이었다. 산책할 때 만나던 토끼나 사슴, 담비일 수도 있고 아니면 처음 보는 짐승일 수도 있었다.

근처에 공선을 위협할 만한 악수가 살지 않는단 사실을 잘 아는 규옥은 고양이를 닮은 코를 벌렁거리며 그쪽으로 향했다.

좀 전에 뇌력을 퍼트려 상대의 정체를 알아내려 했지만, 뇌력이 아무 성과 없이 돌아왔기 때문에 호기심이 점점 커졌다.

긴장한 표정으로 흔들리던 수풀을 옆으로 살짝 걷어 내는 순간, 안에서 갑자기 파란 털을 지닌 작은 짐승이 튀어나왔다.

깜짝 놀라 유건이 준 법보로 몸을 보호한 규옥은 녹색 독구름을 뿜어 짐승을 물리치려 하였다. 한데 그때 짐승이 갑자기 바닥에 엎드려 머리를 쉬지 않고 조아리는 게 아닌가.

독 구름을 거둬들인 규옥은 눈을 크게 뜨고 작은 짐승을 관찰했다. 작은 짐승은 악수가 틀림없었다. 겉모습은 파란 털을 가진 개와 비슷했다. 그러나 머리에는 사슴을 연상시키는 멋들어진 뿔이 한 쌍 달려 있었다. 또, 다리는 말과 비슷했고 엉덩이엔 털이 복슬복슬한 꼬리가 3개나 달려 있었다.

무엇보다 네 다리와 꼬리 세 개엔 불꽃 모양을 이루는 주황색 털이 나 있었다. 아무리 봐도 절대 평범한 개는 아니었다.

쉬지 않고 머리를 조아리던 개가 갑자기 바위 쪽으로 쪼르르 달려갔다. 규옥은 개의 행동을 말없이 지켜보기만 하였다.

그때, 바위 위에 있던 붉은 과일 하나를 입에 물고 돌아온 개가 그 과일을 규옥 바로 앞에 떨어트렸다. 규옥이 고개를 갸웃거릴 때, 개가 코로 붉은 과일을 규옥 쪽으로 밀었다.

규옥이 과일을 집어 들며 개에게 물었다.

"나 먹으라고 준 거니?"

개가 웃는 얼굴로 고개를 끄덕이며 꼬리를 살랑살랑 흔들었다.

규옥은 말귀를 알아듣는 개가 귀여워서 머리를 몇 번 쓰다듬었다. 개가 지닌 파란색 털은 아주 짧아 거의 없는 거나 마찬가지였다. 그러나 털은 예상외로 아주 부드러웠다. 마치 질 좋은 비단을 만지는 것 같아 기분이 절로 좋아졌다.

한데 모습은 특이해도 특성까지 사라진 건 아닌 모양이었다. 개가 갑자기 규옥 앞에 벌러덩 누워 배를 드러냈다. 배를 긁어 달라는 표시였다. 약간 어이가 없었지만, 규옥 눈에는 그 모습조차 귀여워 보여 요구하는 대로 배를 긁어 주었다.

규옥은 왼손으로 개의 배를 긁어 주며 오른손으로 개가 가져온 과일을 들고 냄새를 킁킁 맡아 보았다. 시원하면서도 달콤한 향기가 물씬 풍기는 게 독과(毒果)는 아닌 것 같았다.

초목 출신인 규옥은 이런 쪽엔 원래 해박했으므로 과일을 시험 삼아 한입 베어 먹어 보았다. 곧 달콤한 과즙이 폭발하듯 터져 나오며 상쾌한 향기가 온몸을 짜릿하게 만들었다.

상쾌한 향기에 취한 규옥은 자신도 모르는 사이에 자기 머리만 한 과일 하나를 순식간에 먹어 치웠다. 안에는 씨가 없었다. 덕분에 파란 꼭지를 제외한 과일 전부를 먹을 수 있었다.

과일을 깨끗이 먹어 치운 규옥은 눈을 감고 몸의 변화를 관찰했다. 곧 훈풍이 돈 것처럼 단전 안이 따뜻해지며 보름 동안 수행해야 얻을 수 있는 법력이 생겼음을 알 수 있었다.

"이름은 모르겠지만 법력을 높여 주는 영과(靈果)인 건 틀림없구나. 이런 영과는 몹시 찾기 어려운데 어디서 구했을까?"

그때, 규옥의 중얼거리는 말을 들었는지 갑자기 벌떡 일어난 개가 입으로 규옥의 손을 물고 어딘가로 데려가려 하였다.

규옥은 못 이기는 척 개의 뒤를 따라가 보았다. 한데 개는 헌월선사가 뚫으려다가 실패한 석부 쪽으로 규옥을 데려갔다.

"설마?"

설마가 사람 잡는단 말처럼 개는 석부 옆에 있는 열대 나무를 보며 몇 차례 짖었다. 규옥은 열대 나무를 훑어보았다.

열대 나무는 가지가 샛노란 색이었다. 또, 이파리는 특이하게도 사람 손을 닮았는데 그 손처럼 생긴 이파리 위에 개가 따 온 과일이 맺혀 있었다. 마치 사람이 손으로 과일을 꽉 틀어쥔 것 같은 모습이었다. 그러나 익은 과일 대부분은 개가 따서 먹었는지 남은 과일은 껍질이 거의 다 녹색이었다.

그때, 안전 지역을 절대 벗어나지 말란 유건의 당부가 떠오른 규옥은 계속 팔을 잡아끄는 개를 내려다보며 고개를 저었다.

"여긴 위험한 곳이야. 그러니까 앞으론 들어가면 안 돼."

낑낑거리던 개가 규옥의 말을 이해했는지 사람처럼 한숨을 푹 내쉬며 돌아섰다. 산책로로 돌아온 규옥은 해가 질 때까지 개와 산책로 이곳저곳을 뛰어다니며 신나게 놀았다.

헤어지기 전에는 개에게 청랑(靑狼)이란 근사한 이름까지 붙여 주었다. 개도 청랑이란 이름이 마음에 드는지 꼬리를 흔들며 좋아했다. 규옥과 헤어지는 게 아쉬운지 초옥 근처까지 따라왔던 청랑은 이제 돌아가란 규옥의 손짓에 실망한 표정으로 발길을 돌렸다. 규옥 역시 청랑과 헤어지기 싫었다. 그러나 입정 중인 유건을 방해할 순 없는 노릇이었다.

규옥은 그날부터 오전 일과를 마치기 무섭게 산책로를 찾아 청랑과 놀았다. 청랑 역시 아침 일찍부터 산책로에 나와 규옥이 오길 목이 빠지게 기다렸다. 한쪽은 산선품 3품계에 해당하는 초목 출신으로 이미 영성을 깨우쳐 선도를 걷고 있는 영선인 반면에 다른 한쪽은 아직 영성이 트이지 않은 악수에 불과했다. 그러나 규옥과 청랑은 마치 오래 사귄 친구처럼 금세 정이 들어 서로 떨어지길 아쉬워하였다.

한데 청랑은 생각보다 재주가 많아 규옥의 혼을 더 쏙 빼놓았다. 청랑은 몇 가지 신통을 부릴 줄 알았는데, 첫 번째는 몸을 자유자재로 늘리거나 줄이는 신통이었다. 덕분에 규옥은 자기보다 훨씬 커진 청랑의 등에 올라탄 상태에서 주변을 돌아다니며 숲 이곳저곳을 마음껏 구경할 수 있었다.

규옥이 좋아하는 모습을 보고 신이 날 대로 난 청랑은 앞발을 들어 자기 머리에 난 뿔 한 쌍을 가리키며 계속 짖었다.

규옥은 배를 잡고 깔깔거리며 웃었다.

"그래, 그래. 네 뿔 아주 멋져. 그렇게 강조까진 할 필요 없다고."

청랑은 그게 아니라는 듯 다시 앞발로 자기 뿔을 툭툭 쳤다.

규옥은 고개를 갸웃거리며 물었다.

"네 뿔을 잡으란 뜻이니?"

청랑이 이번엔 맞는다는 듯 꼬리를 살랑거렸다.

"그래, 뿔을 잡으라 이거지?"

규옥이 청랑의 뿔을 손잡이처럼 꽉 잡았을 때였다.

불꽃무늬 털이 있던 청랑의 네 다리와 꼬리에서 진짜 불꽃이 크게 일더니 엄청난 속도로 허공을 가르기 시작했다. 청랑의 속도가 어찌나 빠르던지 규옥은 바람이 거세서 말조차 할 수 없을 지경이었다. 규옥은 그저 청랑의 등에서 떨어지지 않으려고 뿔을 잡은 두 손에 힘만 더 줄 뿐이었다.

규옥이 어떤 상태일지 알 리 없는 청랑은 자기가 가진 재주를 자랑할 속셈으로 속도를 높였다. 급기야 규옥은 청랑의 등에서 완전히 떨어져 나와 허공에 떠 버렸다. 규옥이 만약 청랑의 뿔을 잡지 않았다면, 떨어져 나갔어도 한참 전에 떨어져 나갔을 것이다. 청랑은 공선인 규옥이 겁을 먹을 정도의 속도로 미친 듯이 날뛴 후에야 땅에 다시 내려섰다.

규옥은 고개를 절레절레 저으며 이마에 맺힌 식은땀을 닦았다.

"저, 정말 대단하구나. 내 지둔술은 상대도 안 되겠어."

청랑은 근육으로 둘러싸인 앞가슴을 떡 내밀며 한참을 뻐긴 후에야 규옥의 상태가 이상하다는 사실을 깨달은 모양이었다. 청랑이 걱정스러운 표정으로 규옥의 얼굴을 핥았다.

규옥은 쓴웃음을 지으며 청랑의 두툼한 가슴을 쓰다듬었다.

"후후, 괜찮아. 걱정할 거 없어. 조금 놀랐을 뿐이니까."

청랑은 그 외에도 후각이 뛰어난 개답게 영초나 영약, 심지어 지하에 묻힌 금속을 귀신같이 찾아내는 재주가 있었다.

한데 그보다 더 신기한 재주는 뇌력이 통하지 않는단 점이었다. 청랑은 뇌력으로 탐지할 수 없었다. 규옥은 사부 공공자에게서 이런 이능에 관해 들은 적이 있었다. 그러나 그때는 별로 신경 쓰지 않아 정확히 어떤 이능인진 알지 못했다.

청랑의 신기한 재주에 푹 빠진 규옥은 오전 일과를 마치면 반드시 산책로를 찾아 청랑과 남은 시간 대부분을 보냈다.

그렇게 열 달이 지났을 때였다. 청랑이 끼깅거리며 규옥의 팔을 물고 어딘가로 데려가려 하였다. 호기심이 동해 청랑이 가자는 대로 따라간 규옥은 깜짝 놀라 눈을 크게 떴다.

청랑이 일전에 발길을 돌린 석부로 규옥을 다시 데려온 것이다. 규옥은 무슨 일인가 싶어 석부 주변을 자세히 관찰했다.

규옥은 곧 청랑이 자기를 이곳으로 다시 데려온 이유를 깨달았다. 열대 나무에 맺힌 과일이 그새 탐스럽게 익은 것이다.

"익은 과일을 따자는 거니?"

청랑이 맞혔다는 듯 자리에서 한 바퀴 돈 후에 크게 짖었다.

그러나 규옥은 이내 고개를 저었다.

"석부는 위험해. 공자님께서 일전에 석부에는 금제가 있어서 함부로 들어갔다가는 뼈도 추리기 어렵다고 말씀하셨는걸."

답답한지 갑자기 길게 울부짖던 청랑이 초옥이 있는 방향과 열대 나무에 달린 붉은 과일 방향을 번갈아 쳐다보았다. 같이 지낸 열 달 동안 청랑이 보여 주는 표정과 몸짓, 행동 등을 이해하는 데 도가 튼 규옥이 심각한 어조로 물었다.

"네 말은 붉은 과일이 공자님 수행에 도움을 줄 거란 뜻이
니?"

신이 난 청랑이 같은 자리에서 두 바퀴 돈 후에 크게 짖었
다.

그때, 규옥의 뇌리에 무언가가 스쳐 지나갔다.

"가만, 네가 전에 저 과일을 땄다는 건 금제에 영향을 받지
않았단 거잖아. 설마 금제를 뚫을 방법을 알고 있는 거야?"

청랑은 고민하는 듯 고개를 갸웃거리다가 고개를 반쯤 끄
덕였다. 이는 반은 맞고 반은 틀렸다는 의미였다. 그 모습을
보고 규옥의 고민이 깊어질 때였다. 청랑이 갑자기 규옥의 팔
을 물고 열대 나무가 있는 쪽으로 성큼성큼 걸어갔다.

"자, 잠깐만! 먼저 공자님과 상의를……."

규옥이 놀라 소리칠 때였다.

청랑은 금제가 있던 지역을 아무렇지 않다는 듯 쉽게 통과
했다. 규옥은 혹시 하는 생각에 청랑을 쫓아 안으로 들어갔
다. 한데 정말 아무 일도 일어나지 않았다. 이는 금제가 어떤
이유로 인해 풀렸거나, 아니면 고장이 났단 뜻이었다.

신이 난 규옥은 청랑과 함께 열대 나무에 달린 붉은 과일을
전부 땄다. 규옥은 곧 청랑이 서두른 이유를 알 수 있었다.

열대 나무에 달린 과일은 특정한 시기에 수확하지 않으면
스스로 녹아서 나무의 거름으로 변했다. 똑똑한 청랑은 과일

이 거름으로 변하기 전에 수확하기 위해 서두른 것이었다.

나무에 맺힌 과일을 전부 땄을 때였다. 킁킁거리며 냄새를 맡던 청랑이 갑자기 몸을 돌려 석부 안으로 뛰어 들어갔다.

"기, 기다려!"

규옥은 청랑을 말리기 위해 급히 석부 안으로 따라 들어갔다.

규옥은 석부 정문 위에 고대 선문으로 적혀 있는 자하선부
(紫霞仙府)라는 글귀를 통해 선부의 이름이 자하선부라는 사
실을 어렵지 않게 유추해 낼 수 있었다. 한데 선부의 이름을
써 내려갈 때, 마치 먹물 대신 보라색 벼락을 찍어 적은 것처
럼 글자의 획마다 보라색 전기불꽃이 파바박 튀었다.

규옥은 선문의 형태가 심상치 않은 모습을 보고 전보다 더
불안해졌다. 그렇다고 청랑을 이대로 내버려 둘 수도 없는 일
이라, 커지는 불안감을 애써 억누르며 안으로 들어갔다.

석부 안에는 야명주가 박힌 직사각형 통로가 곧게 뻗어
있었다. 규옥은 뇌력으로 함정이나, 진법, 금제 등이 있는지

269

살피며 진입했다. 한데 통로 안은 예상외로 아주 안전했다.

물론, 함정이나 진법, 금제가 아예 없지는 않았다. 그러나 함정은 작동하지 않았고 진법과 금제는 누가 해제한 상태였다.

'청랑의 짓은 아닌 것 같은데 대체 누가 그랬을까?'

규옥은 의문을 가진 상태에서 통로 안쪽으로 계속 걸어갔다. 통로는 생각보다 무척 길어 걸어서는 답이 나오지 않았다.

하는 수 없이 즐겨 사용하는 나뭇잎 모양의 비행 법보를 꺼내 통로 안을 질주했다. 한데 통로는 끝날 기미가 보이지 않았다. 또, 먼저 들어간 청랑의 모습 역시 보이지 않았다.

규옥의 불안감은 갈수록 커졌다. 지금까지 온 거리를 계산해 보면 선부 중앙에 있는 사각형 제단에 도착했어야 맞았다.

어떤 곳이든 중앙으로 갈수록 금제나 진법의 위력이 강해졌다. 이 점을 생각했을 때, 이 이상 들어가는 행동은 별로 좋아 보이지 않았다. 규옥은 보이지 않는 청랑과 점점 더 크게 엄습해 오는 불안감 사이에서 쉽게 결정을 내리지 못했다.

그때, 통로 앞에서 불꽃이 번쩍였다. 깜짝 놀란 규옥은 급히 출구로 도망치려 하였다. 그러나 불꽃은 번쩍한 순간, 이미 규옥 앞에 도달해 있었다. 본능적으로 독 구름을 발출하려던 규옥은 불꽃의 정체가 청랑임을 깨닫고 화가 치솟았다.

"대체 그동안 어디 있었던 거니? 걱정했잖아!"

잘못했단 사실을 아는지 꼬리 세 개를 엉덩이 쪽으로 말아넣은 청랑이 낑낑거리며 다가와 규옥의 뺨을 연신 핥았다.

그러나 규옥도 이번에는 봐줄 생각이 전혀 없었다.

"어서 나가자. 이곳은 암만 봐도 위험해."

그러나 세차게 고개를 청랑은 규옥이 말릴 새도 없이 다시 통로 안으로 홱 날아갔다. 화가 난 규옥은 이제부턴 청랑이 죽든 말든 신경 쓰지 않겠다는 것처럼 바로 돌아섰다.

그러나 다섯 걸음을 채 떼기도 전에 청랑에 대한 걱정이 스멀스멀 피어올랐다. 유건이 몇 년 전에 공선 진입을 위한 긴 입정에 들어간 이후 유일하게 사귄 동무가 청랑이었다.

"나도 마음이 약해서 탈이로군."

고개를 절레절레 저은 규옥은 나뭇잎 비행 법보에 올라 청랑의 뒤를 쫓았다. 한데 원래 통로 끝에 거의 도착했었는지 얼마 날아가기도 전에 주변이 밝아지며 큰 광장이 나타났다.

"석부 안에 이런 곳이 있을 줄이야."

규옥은 광장의 풍경에 압도당해 그 자리에 얼어붙었다. 광장 중앙에는 인간을 수십 배 확대한 것 같은 조각상 2개가 우뚝 서 있었다.

왼쪽에 있는 조각상은 검은빛이 어른거리는 고목으로 만

들어져 있었는데 왼손은 허공 어딘가를 가리켰고 오른손은 녹색 포대(包袋) 같은 법보를 들고 있었다.

조각상 안에서 은연중에 풍겨 나오는 강대한 나무 속성 기운을 감지한 규옥은 눈에 힘을 주어 좀 더 자세히 관찰했다.

긴 머리카락을 틀어 올려 비녀로 정리한 모습과 하늘하늘한 옷 사이로 드러난 풍만한 몸매를 보면 여자를 조각한 목상(木像) 같았다. 규옥의 시선이 여자 목상 옆으로 돌아갔다.

여자 목상 옆엔 마치 살아 있는 용암을 굳혀 조각한 것 같은 주황색 석상(石像)이 자리해 있었다. 또, 짧은 머리와 꼬불꼬불한 수염, 나체인 상반신에 철갑 같은 근육이 울룩불룩 튀어나와 있는 모습을 봐서는 남자를 조각한 게 분명했다.

한데 남자 석상 역시 여자 목상처럼 양손에 큼지막한 법보를 들고 있었는데 불꽃무늬가 새겨진 주황색 바퀴 네 개였다.

석상 주위를 훑던 규옥은 곧 청랑이 남자 석상 앞에 앉아 있는 모습을 어렵지 않게 찾아낼 수 있었다.

규옥이 근처에 있다는 사실을 전혀 모르는지 청랑은 이글거리는 눈빛으로 남자 석상을 올려다볼 뿐이었다. 아니, 좀 더 정확히 말하면 남자 석상이 손에 쥔 불꽃무늬 바퀴를 보는 중이었다.

한데 그런 점에서는 규옥 역시 별반 다르지 않았다. 규옥은 자신도 모르는 사이에 시선이 자꾸만 여자 목상 쪽으로 움직인다는 사실을 뒤늦게서야 눈치 챘다. 규옥은 여자 목상이 오른손에 쥐고 있는 녹색 포대에서 뿜어져 나오는 엄청난 기세의 나무 속성 기운에 정신을 차리지 못할 지경이었다.

규옥은 마치 여우에 홀린 사람처럼 여자 목상 앞으로 뚜벅뚜벅 걸어가 위를 올려다보았다. 한데 그때 여자 목상이 머리를 숙여 규옥을 내려다보았다. 규옥이 흠칫해 물러서려는 순간, 목상이 마치 부처님처럼 자애로운 미소를 지었다.

규옥이 그 미소에 취해 정신이 혼미해졌을 때였다.

크르르릉!

갑자기 엄청난 굉음이 석부 전체를 뒤흔들었다. 굉음에 정신을 차린 규옥이 비행 법보를 꺼내 물러설 때였다.

여자 목상과 남자 석상이 순식간에 광장 밑으로 모습을 감추었다.

심상치 않은 예감을 느낀 규옥은 망부석처럼 앉아 있는 청랑을 재빨리 낚아채 광장을 나가려 하였다. 그러나 출구에 이르기 직전에 거미줄 같은 금제가 나타나 그 앞을 막아섰다.

"이런!"

규옥은 재빨리 독 구름과 푸른 화염으로 금제를 공격했다. 그러나 금제는 약간 출렁거렸을 뿐, 뚫릴 기미가 전혀 없었다.

이번엔 청랑이 불꽃으로 변해 돌진했다. 그러나 마찬가지였다. 오히려 금제에 먹히려는 청랑을 규옥이 얼른 나서서 구해 줘야 할 정도였다.

규옥은 겁에 질린 표정으로 금제에 뒤덮인 광장 내부를 둘러보았다. 한데 그때, 광장 동서남북 네 방향에서 금속으로 이루어진 조각상 네 개가 올라왔다.

조각상은 형태가 각기 달랐다. 동쪽은 거미, 서쪽은 늑대, 남쪽은 자라, 북쪽은 전갈의 모습이었다.

네 조각상의 눈이 동시에 번쩍 뜨이는 순간, 조각상이 살아 있는 생명체처럼 부드럽게 움직이며 금제에 갇힌 규옥과 청랑을 에워쌌다.

거미는 거미줄을 발사해 규옥과 청랑을 옴짝달싹 못하게 만들었다. 또, 그사이 늑대는 날카로운 송곳니와 발톱으로, 자라는 독무로, 전갈은 꼬리의 독침으로 협공을 시도했다.

규옥은 급히 법보와 독 구름, 푸른 화염으로 이루어진 보호막 세 겹을 펼쳐 조각상의 협공을 막아 갔다. 그러나 방어 법보는 전갈 꼬리에 달린 독침에 닿기 무섭게 녹아내렸다.

또, 독 구름은 자라가 입으로 뿜어낸 은색 독무에 점점 설 자리를 잃었고 푸른 화염은 늑대가 휘두르는 발톱에 여지없이 찢겨 나갔다.

만약 청랑이 위급한 순간에 한 줄기 불꽃으로 변해 규옥의 푸른 화염을 지원하지 않았으면, 규옥과 청랑은 그 자리에서 늑대 발톱에 찢겨 목숨을 잃었을 것이다.

절체절명의 위기에 처한 규옥이 사문의 비술을 쓸지 말지 고민할 때였다. 광장 통로 쪽에서 우윳빛 광채가 작렬했다.

콰콰콰쾅!

뒤이어 폭음과 함께 어마어마한 크기의 백호가 광장 안으로 뛰어들어 은빛 발톱을 크게 휘둘렀다. 그 즉시, 발톱이 수십 개의 허상으로 변해 전갈 꼬리에 달린 독침을 분쇄했다.

꼬리가 잘려 나간 전갈 조각상이 물러나는 순간, 백호의 두 눈에서 금빛 광선이 쏘아져 나와 늑대 조각상과 자라 조각상을 동시에 갈랐다.

두 조각상은 머리부터 꼬리까지 깨끗하게 잘려 나가 바닥에 쓰러졌다. 이제 적은 꼬리가 잘린 전갈 조각상과 거미줄을 뱉어 내는 거미 조각상만 남아 있었다.

공중에서 몸을 일으켜 세운 백호가 입을 크게 벌려 우윳빛 광채를 뿜어냈다. 사람 몸통보다 굵은 우윳빛 광채가 기둥을 이루며 날아가 전갈 조각상과 거미 조각상을 먼지로 만들었다. 그러나 그 정도로는 안심할 수 없는지 백호가 앞발을 휘둘렀다.

그 순간, 두 조각으로 잘려 나간 늑대 조각상과 자라 조각상의 잔해 역시 한 줌 먼지로 변해 흩어졌다.

백호가 광장에 뛰어들어 무시무시한 조각상 네 개를 재로 만드는 데 걸린 시간은 그야말로 촌각에 불과할 정도로 짧았다.

조각상을 눈 깜짝할 사이에 해치운 백호가 공중에서 춤을 추듯 우아하게 한 바퀴 회전하는 순간, 백호는 온데간데없이 사라지고 그 자리에 나삼을 걸친 절세 미녀가 등장했다.

절세 미녀의 정체는 바로 백진이었다.

광장에 내려선 백진이 냉랭한 표정으로 소리쳤다.

"어서 썩 내려오지 않고 뭐 하는 것이냐!"

그 말에 깜짝 놀란 규옥이 얼른 청랑을 데리고 지상으로 내려갔다. 한데 청랑은 백호가 처음 모습을 드러냈을 때부터 이미 제정신이 아니었다.

마치 개가 호랑이를 만난 것처럼 사지를 벌벌 떠는 바람에 제대로 서 있지조차 못할 정도였다. 아마 규옥이 옆에 없었으면 그대로 기절했거나, 아니면 백진 앞에서 오줌을 지리는 추태를 저질렀을지도 몰랐다.

청랑을 부축해 지상으로 내려온 규옥은 고개조차 들지 못하고 바로 백진 앞에 엎드려 상대의 처분만 기다릴 따름이었다.

규옥은 일전에 주인에게서 백진이란 방명을 쓰는 선자(仙子)의 도움 덕에 자신이 목숨을 구할 수 있었단 얘길 들은 적이 있었다.

백진이 주인을 설득하지 않으면 주인이 위험을 무릅쓰고 자신을 구해 주는 일은 없었을 거란 얘기였다.

또, 그 선자가 지금은 모종의 이유로 모습을 드러내지 못하지만 언젠가 그들 앞에 나타나 선인의 풍모가 어떤 것인지 제대로 보여 줄 거란 말도 같이 들었었다. 한데 말로만 듣던 백 선자(白仙子)가 나타나 자기와 청랑을 구해 준 것이다.

처음엔 죽다 살아난 안도감 때문에 다른 생각을 할 겨를이 없었다. 또, 그 후에는 주인 옆에 저처럼 강대한 수사가 있단 사실에 말할 수 없는 희열을 느꼈다.

백 선자처럼 강대한 수사가 주인을 도와준다면 주인은 대도를 이룰 가능성이 커졌다. 물론, 아주 순수한 마음에서 기뻐한 것은 아니었다. 주인이 대도를 이루면 자신 역시 그 덕에 대도를 이룰 가능성이 커졌기 때문에 마치 자기 일처럼 기뻐한 것이다.

한데 백 선자의 냉랭한 말투를 듣는 순간, 온몸에 소름이 쫙 끼쳤다. 자신은 주인의 당부를 잊고 금제로 봉쇄해 둔 석부에 섣불리 발을 들였다가 위험한 지경에 빠진 상태였다. 이는 문규를 어지럽힌 행동이라 어떤 벌이 내려질지 몰랐다.

백진은 먼저 규옥부터 호되게 나무랐다.

"너는 참으로 간도 크구나. 고작 공선 초기 따위가 감히 자하선부의 금제가 펼쳐져 있는 석부를 제멋대로 들락거리다니. 본녀가 만약 제때에 출관하지 못했으면 어찌할 뻔했느냐!"

규옥은 면목이 없어 머리를 바닥에 찧어 가며 용서를 구했다.

"어떤 벌이든 달게 받을 터이오니 쫓아내지만 말아 주십시오."

백진은 뒷짐을 진 채 고개를 절레절레 저었다.

"추선화견(追仙火犬)이야 아직 연이 닿지 않아 영성이 트이지 못한 데다, 본능에 이끌려서 석부에 있던 화륜차(火輪車)를 탐한 것은 어쩔 수 없는 일이었다. 그러나 너는 이미 수만 년 수행을 쌓아 의인화에 성공한 영선이 아니더냐?"

부끄러워진 규옥은 귀뿌리까지 새빨갛게 달아올랐다.

"백 번 천 번 옳은 말씀이십니다. 모두 소옥이 잘못한 일이니 청랑을 올바른 길로 인도하지 못한 벌을 내려 주십시오."

백진은 혀를 끌끌 차며 고개를 저었다.

"네 주인은 내가 아니라 공자님이시다. 벌을 내리셔도 공자님이 내리시겠지. 아마 공자님께서는 마음이 너그러우셔서 큰 벌을 내리지 않으실 테지만, 앞으론 몸가짐을 똑바로 해야 쫓겨나는 불상사를 피할 수 있을 것이다.

또, 나쁜 길로 빠져 몸을 더럽히지만 않는다면 훗날 공자님께서 대도를 이루신 후에 너를 이끌어 주실 것이니 그때까지 공자님이 순조롭게 수행을 쌓을 수 있게 온 힘을 다해야 할 것이야."

"명심하겠습니다."

"그만 일어나거라."

규옥은 조용히 일어나서 백진 뒤에 공손히 자리했다.

그때, 백진이 청랑을 향해 뇌음을 보냈다. 한데 백진이 뇌음으로 무슨 말을 했는지 모르겠지만 벌벌 떨며 뇌음을 듣던 청랑의 두 눈에 닭똥 같은 커다란 눈물이 그렁그렁 맺혔다.

백진이 뇌음을 마쳤을 때, 청랑은 마치 사람처럼 머리를 세 번 조아려 그녀에게 감사를 표한 후에 규옥 옆으로 걸어갔다.

규옥과 청랑을 계도한 백진은 돌아서서 광장 중앙을 보았다.

"어차피 모습을 드러냈으니 이제 세상에 나갈 시기가 온 거겠지."

알 수 없는 말을 중얼거린 백진은 수결을 맺은 손으로 복잡해 보이는 법결 몇 개를 단숨에 만들어 냈다.

규옥은 지금까지 저렇게 빨리 법결을 만들어 내는 수사를 본 적이 없던지라, 소스라치게 놀랐다. 심지어 사부 공공자보다도 빨랐다.

백진이 만들어 낸 법결 수십 개가 허공에서 미친 듯이 회전하며 각양각색의 빛을 뿜어냈다. 자신이 만들어 낸 법결을 쓱 훑어본 백진은 만족한 표정을 지으며 입김을 후 불었다.

백진의 입김에 닿은 법결이 광장 중앙으로 쏜살같이 날아갔다. 규옥과 청랑이 고개를 돌려 법결의 흔적을 쫓을 때였다.

법결 몇 개가 불꽃놀이 폭죽처럼 사방으로 빛을 내뿜으며 폭발하는 순간, 조금 전에 지하로 사라진 여자 목상과 남자 석상이 크르릉 하는 소리를 내며 지상으로 다시 올라왔다.

그때, 백진이 목상과 석상 앞으로 날아가 소매를 크게 떨쳤다. 그 순간, 남은 법결이 목상과 석상에 달라붙어 엄청난 빛을 발했다.

눈으로 법결을 쫓던 규옥과 청랑이 깜짝 놀라 눈을 급히 감았다가 떴을 때였다. 목상과 석상은 온데간데없이 사라지고 그 자리엔 목상이 들고 있던 녹색 포대와 석상이 들고 있던 주황색 바퀴 네 개만이 둥둥 떠다녔다.

포대와 바퀴는 도망치기 위해 이쪽저쪽으로 몸을 날렸다. 그러나 그때마다 백진이 날린 법결이 달라붙어 힘을 쓰지 못했다.

그러길 한참 동안 하다가 포대와 바퀴가 포기했는지 백진 앞으로 나아가 상처 입은 짐승처럼 으르렁거렸다.

그러나 냉랭한 시선으로 이를 지켜보던 백진이 수결을 맺은 손가락을 몇 번 튕기는 순간, 포대와 바퀴는 저항을 포기하고 백진의 나풀거리는 소매 속으로 금세 모습을 감추었다.

"따라오너라."

규옥과 청랑에게 명령한 백진은 곧장 광장 통로로 날아갔다.

규옥과 청랑은 통로로 먼저 들어가 버린 백진의 뒤를 허겁지겁 쫓았다. 백진이 수거해 간 녹색 포대와 주황색 바퀴가 신경 쓰이긴 했지만, 지금은 그런 걸 욕심낼 때가 아니었다.

석부를 나온 일행은 몸을 날려 곧장 초옥으로 날아갔다.

한데 초옥이 얼마 남지 않았을 때였다.

백진이 뒤를 힐끔 보며 규옥과 청랑에게 뇌음을 보냈다.

"석부에서 있었던 일은 내가 알아서 공자님께 잘 말씀드릴 터이니 너희 둘은 함부로 입을 놀리는 일이 없어야 할 것이야."

규옥과 청랑은 긴장한 표정으로 즉시 고개를 끄덕였다.

한편, 초옥 앞에서 초조한 표정으로 마당을 거닐던 유건은 백진과 규옥이 무사히 돌아오는 모습을 보고 크게 기뻐했다.

입정에서 막 깨어났을 무렵, 백진이 갑자기 나타나 규옥이 생각지 못한 위험에 처한 것 같으니 가서 도와줘야겠단 말을 했을 땐 꽤 놀라 같이 가겠다고 하였다.

한데 굳이 그럴 필요 없다며 혼자 가 버린 백진이 얼마 지나지 않아 규옥을 무사히 데려왔다. 유건으로서는 기쁘지 않을 이유가 없었다.

물론, 규옥 옆에 있는 파란색 개를 봤을 때 어안이 벙벙했다.

"웬 개가 같이 오는 거지?"

초옥에 도착한 백진은 규옥과 청랑에게 밖에서 기다리란 지시를 내리고는 유건을 초옥으로 청해 그간의 사정을 설명했다. 한데 그간의 사정이란 게 들으면 들을수록 놀라운 얘기

뿐이라, 유건은 놀라 벌어진 입을 쉽게 다물지 못했다.

"그러니까 백 선자의 말은 헌월선사가 예전에 들어가려다가 실패한 석부의 금제가 어느 순간부터 깨져 있었다는 말입니까?"

"그렇습니다."

"이유가 뭘까요?"

백진은 붓으로 그린 듯한 아름다운 눈썹을 찡그리며 대답했다.

"본녀의 기억이 확실치 않아 장담은 할 수 없으나 아마 공자님이 팔목에 차고 있는 자하제룡검과 관계가 있을 것입니다."

유건은 본인 팔목에 감겨 있는 자하제룡검을 흘깃 보며 물었다.

"이 자하제룡검과요?"

"그렇습니다. 자하제룡검이 선부의 금제를 여는 열쇠였던 것입니다. 공자님이 자하제룡검을 얻으신 후로 전에는 꿈쩍하지 않던 석부의 금제가 풀린 것이 그 증거라 생각합니다."

유건은 반색하며 물었다.

"그럼 선부 전체의 금제가 풀린 겁니까?"

백진은 모호한 표정으로 고개를 저었다.

"시간이 없어 다 확인하진 못했으나 그건 아닌 것 같습니다. 아마 금제 전체를 풀려면 다른 열쇠가 있어야 할 것입니다."

백진의 이어진 설명에 따르면 그녀는 현경도에서 20년 동안 수련하며 잃어버린 기억 일부를 찾는 데 성공했다. 한데 그 기억 중에 놀랍게도 자하선부와 관련한 내용이 있었다.

백진의 기억이 정확하다면 자하선부는 삼월천에서 만들어진 선부가 아니었다. 즉, 다른 세계에서 이곳으로 넘어온 선부였다. 또, 자하선부는 태을성진양경도와 태을성진음현도를 만든 정체불명의 선인이 직접 건설한 선부로 그 안에는 무수한 비밀이 숨어 있었다. 백진은 한 몸이던 현경도를 양경도와 음현도로 분리한 선인이 그중 음현도에는 그녀의 화신을 가둔 다음, 유건이 살던 지구로 보냈을 거로 추측했다.

또, 선인이 남은 양경도를 본인이 직접 건설한 자하선부의 금제에 보관한 상태에서 엄청난 선술을 펼쳐 자하선부 전체를 본인이 있던 세계에서 삼월천으로 옮겼을 거로 추측했다.

즉, 현월선사가 자하선부에서 찾아낸 양경도로 지구에 있던 음현도를 감응해 유건을 이곳으로 데려올 수 있게 말이다.

다시 말해 현월선사가 자하선부에서 양경도를 찾아낸 일, 또 양경도를 찾아내 유건을 삼월천으로 소환한 일 역시 자하선부를 세우고 현경도를 제작한 선인의 안배란 의미였다.

유건은 뭔갈 생각할 때 하는 버릇대로 턱을 긁적이며 물었다.

"대체 그 선인의 의도가 뭘까요?"

백진 역시 답답하단 표정으로 고개를 저었다.

"그걸 모르겠습니다."

"흠, 그 외에 또 자하선부와 관련해 기억나는 내용이 있습니까?"

"다른 건 몰라도 소옥이 들어간 석부의 정체는 알고 있습니다."

"그래요?"

백진이 눈썹을 살짝 찌푸리며 설명했다.

"그 석부는 상삼계(上三界)에서 문규를 어지럽히거나, 아니면 선도에서 금지한 비술을 수련한 죄인을 전문적으로 추격해 체포하는 형선(刑仙)이 머물던 거처일 공산이 높습니다."

유건은 놀라 물었다.

"상삼계라면 산선, 지선, 천선이 산다는 전설상의 선계가 아닙니까? 한데 그런 곳의 형선이라면 엄청난 실력을 지녔겠군요."

"그렇지요."

"한데 석부의 어떤 점을 보고 그런 생각이 떠오른 것입니까?"

"석부 광장에 두 가지 보물이 있었는데 하나는 형선이 죄인을 포박할 때 주로 쓰는 포선대(捕仙袋)였고 다른 하나는 죄인을 쫓아갈 때 사용하는 화륜차였습니다. 이것들은 상삼계의 형선이 사용하는 대표적인 법보로 유명합니다."

말을 마친 백진은 소매 속에서 포선대와 화륜차를 꺼내 건
넸다.

"이게 본녀가 말씀드린 포선대와 화륜차입니다."

"호오."

포선대와 화륜차를 받아 자세히 살펴보던 유건이 감탄했
다.

"과연 풍기는 영기의 기운이 심상치 않군요."

"둘 다 내력이 범상치 않은 법보지요. 진짜 포선대는 천주
갈(天柱葛)이라 불리는 신령스러운 넝쿨로 만드는데 한번 표
적으로 삼은 수사는 누구든 절대 놓치는 법이 없다고 들었습
니다. 또, 진짜 화륜차는 100만 년 묵은 풍령목(風靈木)에 신
수의 하나인 시화조(尸火鳥)의 깃털을 붙여 만들기에 한 걸
음 만에 삼월천만 한 세상을 일주할 수 있다더군요."

유건은 실망스러운 표정을 감추지 못했다.

"그럼 이건 진짜가 아닌 모양이군요."

"그렇습니다. 천주갈, 풍령목, 시화조의 깃털 모두 쉽게 구
할 수 없는 재료라 진짜 포선대와 진짜 화륜차를 지닌 형선은
아마 상삼계에서도 극소수에 불과할 것입니다. 석부에 있던
포선대와 화륜차는 진짜를 흉내 낸 가짜에 불과하지요. 하지
만 가짜라고 해서 아예 쓸모가 없는 것은 아닙니다."

유건은 포선대와 화륜차를 옆으로 치우며 주제를 다시 바
꿨다.

"한데 소옥 옆에 있던 개는 대체 정체가 뭡니까?"

"석부에 살던 추선화견입니다. 원래는 형선이 데리고 다니며 죄를 지은 수사를 추적하는 데 사용하는 영수지요. 지금은 영성이 트이지 않은 악수에 불과하나 영성이 트이면 요긴하게 부리실 수 있을 겁니다. 추선화견은 몇 가지 신통을 부릴 줄 아는데 그중 가장 중요한 신통은 역시 비행술이 뛰어나다는 점입니다. 도망치는 수사를 쫓으려면 비행술이 뛰어나야 할 수밖에 없었겠지요. 또, 후각이 예민해 아무리 고명한 은신술을 사용해도 죄인을 쉽게 찾아낼 수 있을 뿐만 아니라, 뇌력으로 탐지할 수 없어 죄를 지은 수사들에게는 오히려 형선보다 더 두려운 존재일지도 모릅니다."

말을 마친 백진은 포선대, 화륜차, 추선화견의 처리를 유건에게 맡긴 후에 현경도로 돌아가 수련을 계속 이어 나갔다.

지금 그들에게 가장 시급한 것은 백진이 잃어버린 기억을 되찾아 선인이 유건을 삼월천으로 소환한 이유를 알아내는 것이었다. 그래야 앞으로의 행보에 도움을 받을 수 있었다.

한편, 법보를 챙겨 밖으로 나온 유건은 먼저 규옥에게 물었다.

"단속제는 다 완성하였느냐?"

규옥은 바닥에 엎드려 떨리는 목소리로 대답했다.

"예, 공자님. 오늘 아침에 완성을 마쳤습니다."

"다행히 노는 데 정신이 팔려 맡은 일을 소홀히 한 것 같진 않구나. 내 원래는 문규를 어지럽힌 죄를 물어 엄한 벌을 내리려 하였으나 백 선자가 이미 잘 알아듣게 꾸짖었다기에 오늘 일은 불문에 부치도록 하겠다. 앞으론 허락 없이 선부를 돌아다니다가 위험에 빠지는 일이 없어야 할 것이다."

"명심하겠습니다."

규옥은 떨리는 표정으로 연신 고개를 조아리며 주인의 관대한 처사에 고마워했다. 물론, 말로만 고마워하진 않았다. 규옥은 그 자리에서 바로 오늘 아침에 완성해 아직 따끈따끈한 단속제와 청랑이 딴 붉은 과일 스무 개를 공손히 바쳤다.

유건은 가지고 다니는 옥함에 단속제를 집어넣으며 물었다.

"이 붉은 과일은 무엇이냐?"

규옥이 옆에 있는 청랑을 가리키며 대답했다.

"여기 있는 청랑이 석부 옆에서 수확한 이름 모를 과일인데 소옥이 시험 삼아 복용했을 때, 법력이 늘어나는 효과를 확인할 수 있었습니다. 전에 법력을 늘려 주는 영과가 아주 희귀하다는 말을 들어서 공자님께서 입정에서 깨어나시면 바치려고 지금까지 하나도 손대지 않고 그대로 두었습니다."

유건은 규옥의 성의가 기특해 과일 하나를 집어 먹어 보았다. 과연 오래지 않아 법력이 약간 늘었음을 확인할 수 있었다.

"진짜 영과구나. 난 대여섯 개면 충분하다. 나머지는 소옥 네가 복용하든지, 아니면 연구하여 영약 재료로 쓰든지 해라."

규옥은 유건의 관대함을 칭송하며 주인이 가져가고 남은 영과를 법보낭에 도로 넣었다.

주인 말대로 영과의 성분을 더 연구하면 약효가 뛰어난 영단을 제조할 수 있을 것이다.

유건은 기뻐하는 규옥을 보다가 품속에서 포선대를 꺼냈다.

"법보엔 각자 맞는 주인이 있단 말을 들었다. 이 포선대는 애초에 소옥이 네가 청랑과 고생해 가며 찾아낸 것이다. 또, 나무 속성 기운을 지닌 법보인 만큼, 나보단 네게 더 어울리는 법보일 것이다. 포선대를 줄 터이니 요긴하게 사용해라."

규옥은 전혀 예상 못 했는지 눈물까지 글썽거리며 감격했다.

"저, 정말 그 귀한 법보를 소옥에게 주시는 것입니까?"

유건은 심드렁한 표정으로 포선대를 규옥에게 건넸다.

"팔 떨어지겠다. 어서 받아."

"감사합니다, 공자님! 이 은혜는 절대 잊지 않겠습니다!"

규옥은 누가 다시 뺏어 가기라도 할까 봐 건네받은 포선대를 얼른 법보낭에 넣었다. 그때, 옆에 앉아 있던 청랑이 낑낑거리며 유건 앞으로 기어가서는 머리를 쉼 없이 조아렸다.

유건은 혀를 끌끌 차며 물었다.

"소옥이 포선대를 받는 모습을 보고 화륜차에 욕심이 난 것이냐?"

청랑은 아니라는 듯 고개를 세차게 저으며 유건의 바짓가랑이를 물고 늘어졌다. 마치 죽어도 놓지 않겠다는 뜻 같았다.

유건은 한숨을 내쉬며 다시 물었다.

"그럼 내 문하에 들어오고 싶은 것이냐?"

청랑이 맞는다는 듯 고개를 끄덕이며 구슬프게 울었다. 규옥은 청랑을 도와주고 싶었다. 그러나 유건의 심기를 건드릴 위험이 있어 차마 말을 꺼낼 수 없었다. 그저 속으로 친구가 주인의 눈에 들어 동문수학할 수 있기만 바랄 따름이었다.

유건은 한참 만에야 고개를 끄덕였다.

"좋다. 너를 내 문하의 영수를 받아들이겠다. 네가 날 배신만 하지 않는다면 네가 영성을 깨우친 후에 의인화에 성공하여 영선에 들 수 있도록 도와주겠다. 물론, 넌 최선을 다해 내 수행을 도와야겠지. 내 말이 무슨 뜻인지 이해했느냐?"

청랑이 이해했다는 듯 제자리에서 펄쩍펄쩍 뛰며 좋아했다.

유건은 그 자리에서 바로 천농쇄박으로 만들어 낸 침에 본인의 진혈을 섞었다. 천농쇄박은 백진이 가르쳐 준 고명한 비술로 이미 규옥에게 한 차례 써먹은 경험이 있는 술법이었다.

유건은 진혈을 섞어 만든 혈침을 즉시 청랑의 뇌에 밀어 넣어 청랑이 그를 배신하거나 명령을 어기면 뇌 안에서 혈침이 폭발하도록 조치했다.

혈침이 폭발하면 원신, 본신, 혼백이 동시에 소멸당하기 때문에 배신은 꿈도 꾸지 못했다.

유건과 주종 관계를 맺은 청랑은 사람처럼 아홉 번 절을 올려 자기를 문하에 받아들여 준 주인에게 감사의 인사를 올렸다.

유건은 그 답례로 청랑에게 화륜차를 하사했다.

"원래는 네가 영선에 도달해 의인화에 성공하면 화륜차를 줄 생각이었다. 그러나 가만 생각해 보니 지금 주나, 그때 주나 별 차이가 없을 것 같구나. 조심해서 사용하도록 해라."

청랑은 기뻐하며 화륜차를 바로 자기 다리에 착용했다. 그렇지 않아도 빠른 청랑이 화륜차 덕에 더 빨라지는 순간이었다.

마지막으로 규옥에게 청랑의 수행을 도와주란 지시를 내린 유건은 단속제를 들고 초옥 안으로 들어가 수행을 재개했다.

규옥은 유건이 이번에 공선에 도전할 것임을 알았기 때문에 초옥 안으로 들어가는 유건을 향해 큰절을 올리며 성공을 기원했다.

청랑은 이런 이치를 알지 못했으나 규옥이 옆에서 큰절을 올리는 모습을 보고 자기도 급히 따라 하려 하였다.

그러나 개의 신체 구조가 사람과 같을 순 없기에 그 모습이 우스꽝스럽기 짝이 없었다. 규옥은 그 모습을 보고 하마터면 웃음이 나올 뻔했으나 가까스로 참고 큰절을 마쳤다.

어쨌든 마음이 맞는 친구에서 동문수학하는 사형제 사이로 신분이 바뀐 규옥과 청랑은 서로 도와 가며 수행을 쌓았다.

규옥은 선배의 입장으로 청랑의 수행을 지도해 주었고 청랑은 놀라운 후각과 벼락을 방불케 하는 빠른 속도를 활용해 규옥이 필요로 하는 수련 재료를 찾아다 주었다.

자하선부는 일세에 다시없을 선부답게 곳곳에 질 좋은 수련 재료가 널려 있었다. 땅을 파면 진귀한 금속이 나왔고 산에 오르면 영초와 영과, 영목, 영화 등이 앞다투어 모습을 드러냈다.

붉은 과일 연구를 끝마친 규옥은 과일에 청랑이 구해 온 재료를 합한 후에 자신만의 비법으로 새로운 영약을 개발했다.

180일 동안 십이신선로 앞을 떠나지 않고 영약을 제조하는 데 온 신경을 기울인 규옥은 마침내 법력을 늘려 줌과 동시에 내상 치료에 특효를 지닌 산선품 5품계 영약을 완성했다.

새 영약에 본인과 청랑의 이름을 더해 만들어진 옥청단(鈺靑丹)이란 이름을 붙인 규옥은 주인이 어서 빨리 공선에 등극해 자신이 만든 새 영단인 옥청단을 복용하길 기원했다.

한편, 단속제를 복용하고 입정에 들어간 유건은 몇 번의

291

시도 끝에 마침내 공선에 드는 고통스러운 과정을 겪는 중이
었다.

유건은 어느 순간, 검은 물이 찰랑거리는 거대한 공간에
홀로 서 있었다. 하늘은 흰 물감을 수백 번 덧칠한 것처럼 하
얗고 바닥에는 검은 물이 시선이 닿는 곳까지 펼쳐져 있는,
말 그대로 흑백이 완벽히 대비를 이루는 기이한 공간이었다.

유건은 한쪽 무릎을 꿇고 앉아 손으로 바닥에 있는 검은
물을 만져 보았다. 검은 물은 빛의 굴절 때문에 검게 보이는
것이 아니었다. 물 자체가 검어서 검게 보이는 것이었다.

유건의 손에 있던 물이 자갈처럼 조각조각 쪼개져 바닥으
로 떨어졌다.

그때, 열 걸음 정도 떨어진 곳에 갑자기 하얀 모래사장이
나타났다. 뜬금없는 변화에 놀란 유건이 눈을 크게 뜨는 순
간, 모래로 장난을 치는 유건의 원신이 보였다.

원신은 유건의 본신이 근처에 있단 사실을 모르는지 모래
를 가지고 노느라 완전히 넋이 나가 있었다. 유건은 신기하
단 생각에 그쪽으로 걸음을 떼었다. 그러나 그는 그러지 못
했다.

걸음을 떼는 순간, 검은 물이 아교처럼 다리에 들러붙어
다리를 들어 올리지 못하게 만들었기 때문이었다. 유건은
이것이 공선으로 가는 마지막 관문임을 깨닫고 정신을 집중
했다.

헌월선사의 기억에 따르면 경지를 뛰어넘기 전에 보이는 실제 같은 환상은 각 수사의 성취나 자질에 따라 다르다고 하였다.

그런 이유로 선배가 후배에게 조언하기가 쉽지 않았다. 각자 겪는 상황이 다르기에 조언이 쓸모가 없었다.

유건은 법력 일부를 다리에 밀어 넣어 보았다. 그러나 다리를 전보다 조금 더 들어 올리는 게 전부였다.

오히려 법력의 양을 늘리는 순간, 검은 물이 순식간에 다리와 몸통, 팔, 목, 얼굴에 순차적으로 들러붙어 검은 물속으로 끌어당겼다.

유건은 순식간에 검은 물속으로 끌려 들어가 빠져 죽기 직전에 이르렀다. 물속에서 숨을 쉬지 못해 익사하는 공포는 인간이든, 짐승이든, 선도를 걷는 수사든 상관없이 모든 생물이 가지는 본능적인 공포였다.

당황한 그는 검은 물에서 빠져나가기 위해 법력의 양을 늘렸다. 그러나 법력을 쓸수록 검은 물이 당기는 힘이 세져 그는 완전히 물에 잠겼다.

깊이를 모르는 물이 주는 근원적인 두려움 때문에 유건은 발버둥을 치며 법력의 양을 계속 늘렸다. 지금은 이성적인 판단이 불가능한 탓에 법력을 쓰면 더 빨려 들어간단 사실을 알면서도 법력을 사용하는 기이한 상황이 벌어지고 있었다.

그때, 단전에서 오행의 기운이 무지개를 이루며 뻗어 나와 유건을 붙잡는 검은 물을 떼어 냈다. 마침내 단속제가 효력을 발휘하기 시작한 것이다. 단속제 덕에 두려움이 약간 가신 유건은 단속제의 약효를 뇌 속으로 보내는 데 집중했다.

유건은 누가 뭐래도 천령근을 타고난 수사였다. 단속제가 도움을 약간 주는 순간, 천령근이 두려움을 없애고 이성이 다시 돌아오게 해 주었다.

그는 긴장을 풀면서 천천히 법력을 줄여 나갔다. 마지막엔 아예 법력을 전혀 사용하지 않았다.

그 순간, 그를 옭아매던 검은 물이 천천히 바닥으로 돌아가 그는 다시 자유를 얻었다. 유건은 같은 잘못을 반복할 정도로 우둔하지 않았기 때문에 모래사장으로 가기 위해 법력이나 육체의 힘을 이용하지 않았다.

대신, 입선 후기를 뛰어넘는 강대한 뇌력으로 몸 전체를 공중으로 밀어 올렸다.

몇천 번의 시도가 실패로 돌아갔다. 그러나 유건은 끈질기게 노력하여 마침내 검은 물의 속박에서 벗어나는 데 성공했다.

그 순간, 모래사장에서 모래로 장난을 치던 원신이 그를 향해 빙긋 웃으며 날아올라 유건의 뇌 속으로 천천히 내려앉았다.

잠시 후, 흑백의 공간이 사라짐과 동시에 전엔 느껴 보지 못한 엄청난 양의 천지 영기가 사방에서 쏟아져 들어오는 것을 느꼈다. 마침내 공선으로 가는 마지막 관문을 통과한 것이다.

〈2권에 계속〉